HAYMON taschenbuch 264

MIX
Papier aus verantwortungsvollen Quellen
FSC www.fsc.org FSC® C083411

Auflage:
4 3 2 1
2022 2021 2020 2019

HAYMON tb **264**

Originalausgabe

www.haymonverlag.at

ISBN 978-3-7099-7911-2

Umschlag- und Buchgestaltung nach Entwürfen von himmel.
Studio für Design und Kommunikation, Innsbruck / Scheffau –
www.himmel.co.at
Umschlag: Eisele Grafik · Design, München, unter Verwendung von
Illuminated Spanisch Riding School at night
in Vienna, Austria, Europe; BigstockTM/Stephan Walochnik
Satz: Da-TeX Gerd Blumenstein, Leipzig
Autorenfoto: Rainer Wölzl

Gedruckt auf umweltfreundlichem,
chlor- und säurefrei gebleichtem Papier.

Edith Kneifl

Todesreigen in der Hofreitschule

Ein historischer Wien-Krimi

Edith Kneifl

Todesreigen in der Hofreitschule

Für Doris

1. November 1900. Das Attentat

Ein ohrenbetäubender Knall, markerschütterndes Wiehern. Aus dem Inneren einer geschlossenen schwarzen Karosse ertönten gellende Schreie.

Eine zweite Detonation erschütterte die Wiener Hofburg, Fleischteile flogen durch die Luft. Begleitet von lautem Zischen und Krachen regneten Holzsplitter und Eisenstücke auf die Passanten nieder.

Die Wucht des Feuerstoßes erfasste eine junge Dame, die gerade den Michaelerplatz überqueren wollte, brachte sie zu Fall. Ein blutiger Pferdekopf landete in ihrem Schoß, Blut vermischt mit Asche breitete sich auf ihrem weißen Kleid aus. Der Saum ihres Kleides fing Feuer. Kurz danach ereilte sie die Gnade der Ohnmacht.

Ein Mann, der sich auf sie gestürzt hatte, trampelte auf ihrem Kleid herum, bis die Flammen erloschen. Dann packte er die leblose Frau unter den Armen und zerrte sie vom Tatort weg.

Vom Kutschbock fiel eine menschliche Fackel.

Zwei beherzte Passanten eilten dem schreienden Mann zu Hilfe, warfen ihre Mäntel über sein lichterloh brennendes Gewand und retteten ihm das Leben.

Die Insassen der Karosse hatten weniger Glück. Sie schafften es nicht mehr ins Freie.

Gustav von Karoly, der mit seinem leiblichen Vater, dem Grafen Batheny, im Café Central saß, hatte den lauten Knall gehört. Da er jahrelang bei der Armee gewesen war, begriff er sogleich, dass es sich um eine explodierende Sprengladung gehandelt hatte.

Als er zur Tür ging, sah er draußen aufgeregte Passanten vorbeilaufen. Er forderte seinen Vater auf mitzukommen, wartete aber nicht auf ihn, holte seinen Mantel aus der Garderobe und eilte der aufgeregten Menge nach.

Vor dem Michaelertor bot sich ihm ein schauriger Anblick. An der halb niedergebrannten Kutsche züngelten noch vereinzelt Flammen hoch. Verkohlte Leichenteile lagen zwischen den Überresten der Pferde auf dem Pflaster. Der Gestank von verbranntem Menschen- und Pferdefleisch verpestete die Luft. Auch die schwarz lackierten Holzteile der Karosse verströmten einen scheußlichen Geruch.

Kurz nach Gustav von Karoly trafen Polizei und Feuerwehr ein. Sie sperrten den Platz großräumig ab und befahlen ihm, sich zu entfernen. Leider war sein Freund Polizei-Oberkommissär Rudi Kasper nicht dabei. Er hätte ihm sicher erlaubt, den Tatort genauer zu inspizieren.

Als Gustav seinen früheren Untermieter Edi mit seinem Gefährt vor der k. u. k. Hofzuckerbäckerei Demel am Kohlmarkt entdeckte, ging er zu ihm.

Der Fiakerstandplatz am Michaelertor war anscheinend wegen des hohen Gastes in der Hofburg auf den Kohlmarkt verlegt worden. Hinter Edi standen zwei Droschken. Lautstark kommentierten die Kutscher das entsetzliche Ereignis.

Gustav bekam mit, dass es sich bei den Opfern des Attentats um den Budapester Polizeipräsidenten und um den stellvertretenden Wiener Polizeidirektor Hofrat Hoffinger handelte. Die Fiaker waren sich uneins darüber, ob das dritte Opfer, ein Schwerverletzter, auch in der Karosse gewesen war oder ob es sich um den Attentäter handelte.

Edi war nicht allein. In seinem Wagen saß eine junge Dame. Sehr bleich und völlig ermattet lehnte sie auf der rot gepolsterten Bank. Ihr weißes Kleid war blutbefleckt und völlig verdreckt.

„Wie kann ich Ihnen zu Diensten sein, gnädiges Fräulein?“, fragte Gustav.

Mit weit aufgerissenen Augen schaute sie ihn verzweifelt an, brachte aber kein Wort heraus.

„Ein Pferdeschädel hat sie erwischt.“ Edi tippte mit dem rechten Zeigefinger auf seine Stirn – was wohl bedeutete, dass die junge Dame nicht ganz bei Sinnen war.

Gustav fand sie entzückend. Unter ihrem eng geschnürten, mit Rüschen besetzten Kleid zeichneten sich wundervolle Brüste und eine schlanke Taille ab. Ihr Kleid war hochgerutscht, gab ihre wohlgerundeten Waden und zarten Fesseln frei.

Während er dem hübschen Fräulein versicherte, dass sie sich nicht mehr in Gefahr befände, weil das Schlimmste vorüber wäre, nahmen zwei Wachmänner Edi ins Gebet. Sie forderten ihn auf mitzukommen, behaupteten, er wäre ein wichtiger Zeuge.

Edi, der einem Wachmann normalerweise meilenweit aus dem Weg ging, weigerte sich, seinen Fiaker und das hilflose Frauenzimmer im Stich zu lassen.

„Nehmt eure dreckigen Hände weg“, hörte Gustav ihn schreien.

„Herr von Karoly, so helfen Sie mir doch!“

Zögernd löste Gustav seine Augen von dem lieblichen Antlitz.

„Verraten Sie mir Ihren Namen, gnädiges Fräulein?“, fragte er sie rasch.

„Emma von Zoloto“, seufzte sie.

„Gustav von Karoly.“

Mittlerweile war ein kleiner Tumult vor dem Fiaker ausgebrochen. Einige Passanten hatten sich zu dem Trio gesellt. Edi hatte sich kräftig zur Wehr gesetzt, als ihn die beiden Polizisten links und rechts an den Armen gepackt hatten.

Die neugierigen Zuschauer waren geteilter Meinung:

„Ja, nehmts ihn mit, der hat a richtige Verbrechervisage."

„Lasst den Mann in Frieden, der hat nichts getan."

„Hängts den Pülcher auf!"

„Das ist doch nur ein armer Fiaker."

„Alles Falotten, diese Fiaker ...!

„Was ist los, meine Herren? Hat dieser Mann etwas angestellt?" Gustavs hohe, vornehme Gestalt, seine elegante Kleidung und sein leicht nasaler Tonfall schienen auf die Wachmänner Eindruck zu machen. Sie lockerten ihre Griffe um Edis Oberarme.

Ein Fehler, wie sich herausstellte, denn Edi hieb ihnen seine Ellbogen in die Seiten und rannte los.

Idiot, schimpfte Gustav in Gedanken. Am liebsten wäre er ihm selbst nachgelaufen. Andererseits amüsierte er sich über die wohlbeleibten Wachmänner, die dem Flüchtenden völlig verdattert nachblickten und keinerlei Anstalten machten, ihn zu verfolgen.

„Den kriegen wir schon", beteuerte der ältere der beiden.

„Kennen Sie diesen Kerl?", wandte sich der andere an Gustav.

„Ja."

„Wie heißt er?"

„Sein Name ist Edi Doubek."

„Ah, ein rabiater Behm."

„Aber meine Herren, wer wird denn so voreingenommen sein? Fragen Sie Polizei-Oberkommissär Rudi Kasper. Er wird Ihnen bestätigen, dass Edi Doubek zwar manchmal gachzornig, im Grunde jedoch ein friedfertiger und angenehmer Mensch ist, der keiner Fliege etwas zuleide tun kann."

Die beiden Dicken schauten Gustav zweifelnd an, waren aber zu duckmäuserisch, um sich auf ein Streitgespräch mit dem feinen Herrn einzulassen.

„Darf man nach Ihrem werten Namen fragen?", meldete sich dann der Jüngere kleinlaut zu Wort.

„Gustav von Karoly, Privatdetektiv, wohnhaft in den k. k. Hofstallungen. Ich war mit meinem Vater, dem Grafen Batheny, im Café Central, als ich die Explosion hörte."

„Ein Privater, soso", brummte der ältere Wachmann in seinen Schnauzbart.

Der andere hatte seinen Notizblock gezückt und fragte: „Wie buchstabiert man Bat...?"

„Sie kennen den Grafen Batheny nicht?" Gustav gab sich entrüstet. „Wenden Sie sich an Polizei-Oberkommissär Rudi Kasper. Ich habe Ihnen alles gesagt, was ich weiß."

Bevor er hocherhobenen Hauptes von dannen stolzierte, warf er noch einen Blick in Edis Kutsche.

Die schöne Fremde hatte sich während des Tumults aus dem Staub gemacht.

2. Komplizierte familiäre Verhältnisse

Als Gustav in seine Wohnung über den k. k. Hofstallungen zurückkehrte, wurde er von lauten Stimmen und fröhlichem Gelächter empfangen. Seine Tante Vera von Karoly, mit der er sich die Wohnung teilte, hatte Besuch von einigen Freundinnen und Mitkämpferinnen.

Diese politisch engagierten Damen hielten ihre wöchentlichen konspirativen Treffen normalerweise in den Räumen des Österreichischen Frauenvereins ab. In den vergangenen Wochen hatte sich der sogenannte harte Kern des Vereins öfters in der Wohnung der Karolys getroffen, da die Damen befürchteten, in ihren offiziellen Räumlichkeiten bespitzelt zu werden. Der Verdacht, dass die Geheimpolizei eine Spionin bei ihnen eingeschleust hatte, lag nahe, denn in letzter Zeit wurde ihr Journal manchmal verboten, noch bevor es erschienen war.

Vera war eine schlanke, hochgewachsene Frau Anfang fünfzig. In ihrem dunkelblonden Haar zeigten sich wenige graue Strähnen, und ihre graublauen Augen strahlten oft wie die eines jungen Mädchens. Sie war dreizehn Jahre älter als Gustav und eine Art Muttersatz für ihn.

Gustavs Mutter war mit vierzig an Brustkrebs gestorben. Seither kümmerte sich Vera mit Hilfe von seinem ehemaligen Kindermädchen Josefa um ihn. Obwohl von Kümmern eigentlich kaum die Rede sein konnte. Vera war keine mütterliche Frau. Sie forderte ihren Neffen – sowohl intellektuell als auch emotional. Zwar liebte sie ihn sehr, zeigte ihm ihre Liebe aber selten.

Gustav verstand sich bestens mit seiner Tante, doch ihre frauenrechtlerischen Aktivitäten erleichterten ihm nicht gerade das Leben.

Die resoluten Damen des Österreichischen Frauenvereins empfingen Gustav mit schrillem Gelächter und herzhaften Küssen. Verlegen wand er sich aus der Umarmung einer alten, schwarz gekleideten Matrone, die ihm zwei herzhafte Busserln auf die Wangen drückte.

„Was ist er nur für ein fescher Mann geworden. Schaut euch den kleinen Gustl mal an! Er ist bestimmt ein schlimmer Herzensbrecher“, scherzte die Dame mit den grauen Löckchen.

Ihr Name war Baronin von Millstätt, wenn Gustav sich richtig erinnerte. Er errötete, küsste rasch Bertha, eine Jugendfreundin von Vera, auf die Wange und sah dabei seine Tante verzweifelt an.

„Was ist los?", fragte Vera von Karoly.

„Ein Attentat in der Hofburg. Beim Michaelertor. Habt ihr den Krach nicht gehört?"

„Nein. Was ist passiert? – Ich bitte um Ruhe, meine Damen."

Das Getratsche und Gelächter verstummte augenblicklich.

Mit wenigen Worten schilderte Gustav den Frauen das Attentat und erwähnte auch, dass die Polizei seinen ehemaligen Untermieter Edi verdächtigte, bei diesem Anschlag seine Hände mit im Spiel gehabt zu haben.

„Schwachsinn! Edi ist kein Terrorist", empörte sich Vera.

„Wie viele Tote?", fragte eine andere Dame.

„Zwei, vielleicht drei. Der dritte Mann ist schwer verletzt. Der Budapester Polizeipräsident soll eines der Opfer sein. Der andere Tote ist Hofrat Hoffinger, der Adlatus des österreichischen Polizeipräsidenten. Die Identität des Schwerverletzten ist noch unbekannt."

„War bestimmt auch kein Guter", sagte Bertha schnippisch.

Die Damen scheinen ja nicht gerade betrübt über die Ermordung der hohen Polizeibeamten zu sein, dachte Gustav.

„Anarchisten?", fragte Rosa, eine jüngere hagere Frau, die im Gegensatz zu den anderen eher ärmlich gekleidet war. Gustav schätzte sie wegen ihres scharfen Verstandes, fürchtete sich jedoch ein bisschen vor ihr.

„Wahrscheinlich", sagte er.

„Haben auch Unschuldige dran glauben müssen?“, fragte Vera.

„Kommt darauf an, wen du als unschuldig betrachtest. Der Kutscher scheint überlebt zu haben.“

„Gott sei Dank!“ Baronin von Millstätt bekreuzigte sich.

Daraufhin entfachte Vera eine Diskussion über die Legitimität von Terror im politischen Kampf. Die meisten der anwesenden Frauen waren Pazifistinnen, lehnten Gewalt prinzipiell ab und reagierten empört auf ihre provokanten Worte.

„Ist für den revolutionären Wandel nicht manchmal Gewalt notwendig?“, legte Vera ein Schäuflein nach.

„Das behaupten zumindest die Anarchisten“, sagte Rosa.

„Entsetzlich“, stöhnte Annemarie von Lautern, eine eher biedere ältere Dame.

„Glaubt ihr nicht, dass man sehr wohl manchmal zu ungewöhnlichen, ja sogar brutalen Mitteln greifen muss, um eine gesellschaftliche Veränderung herbeizuführen?“, fragte Rosa.

Einige Damen fielen sogleich über sie her. Bezichtigten sie, einen Hang zur Grausamkeit zu besitzen.

„Rosa ist eben radikaler als wir“, nahm Vera ihre junge Freundin in Schutz. „Und wenn ihr ehrlich seid, macht es euch doch ebenfalls nichts aus, wenn es ein paar Henkersknechte weniger auf der Welt gibt. Denkt nur an all die Hinrichtungen unschuldiger Menschen.“

Seit wann hatte seine Tante Sympathien für Verbrecher, wunderte sich Gustav. Seiner Meinung nach waren politische Attentäter nichts anderes als Mörder.

„Versteht mich nicht falsch, selbstverständlich verurteile ich Mord und Totschlag, aber ich versuche die Verzweiflung dieser Terroristen nachzuvollziehen. Und ich hasse nichts mehr als Falschheit und Verlogenheit. Deswegen gestehe ich euch, dass ich wegen des gewaltsamen Todes dieser hohen Polizeibeamten nicht so entsetzt bin, wie ich es sein sollte. Leider wird das Attentat unserer Bewegung schaden. Das ist ein viel größeres Problem. Jeder Terroranschlag hat schlimme Restriktionen der Regierenden zur Folge, die auch uns betreffen werden. Verschärfte Überwachung, noch mehr Bespitzelung, noch mehr Kontrolle ... Die Anarchisten erreichen mit ihren Anschlägen das, wogegen wir kämpfen. Und trotzdem beteuern sie, auf unserer Seite zu stehen."

„Vera, was ist in dich gefahren? Du wirst doch nicht tatsächlich Sympathien für diese Mörder haben", echauffierte sich Baronin von Millstätt.

„Keine Sympathie, ich teile ihre Verzweiflung."

„Die Anarchisten wollen Angst verbreiten", wandte Frau von Lautern ein.

„Das stimmt nicht, Annemarie. Hast du die Schriften von Pjotr Alexejewitsch Kropotkin gelesen? Es geht um viel mehr, es geht um das Prinzip der Enteignung. Wenn man den Arbeitern und Arbeiterinnen keine Arbeit gibt, sollen sie nach Brot verlangen, schrieb er. Wenn sie weder Arbeit noch Brot erhalten, sollen sie sich das Brot nehmen. Ist dir bewusst, was er damit sagen wollte?"

Annemarie nickte eifrig. „Marie Antoinette hat angeblich auch gesagt: Wenn das Volk kein Brot hat, soll es Kuchen essen, oder so ähnlich. Aber wenn es kein Brot gibt, gibt es auch keinen Kuchen. Oder?"

Vera schickte der älteren Dame einen irritierten Blick. „So habe ich es nicht gemeint. Kropotkin hat behauptet, dass das Privateigentum der Grund für die Unterdrückung und Ausbeutung des Volkes ist. Deshalb hat er eine umfassende Kollektivierung des Eigentums vorgeschlagen."

„Wir sollen alle enteignet werden?" Der gewaltige Busen der Baronin von Millstätt hob und senkte sich vor Empörung.

„Ja, im Grunde läuft es darauf hinaus. Die Anarchisten wollen den Kapitalismus und die Herrschaft des Geldes abschaffen."

„Dagegen hätte ich absolut nichts einzuwenden", sagte Rosa.

„Weil du ohnehin nichts besitzt", keifte die wohlhabende Baronin.

Oh, oh, jetzt geben es sich die Damen aber gegenseitig, dachte Gustav und wollte sich rasch zurückziehen, als Dr. Dorothea Palme, Veras Patentochter, die seit einigen Monaten wieder bei den Karolys wohnte, mitten in die Diskussion hineinplatzte.

Sie kam von ihrer Arbeit im Gerichtsmedizinischen Institut. Dorothea hatte dort seit kurzem eine Stelle als Assistenzärztin.

Die junge Frau war eine auffallende Schönheit. Sie war einen Meter siebzig groß, schlank und hatte eine ausgezeichnete Figur: volle Brüste, schmale Hüften und lange Beine. Die vielen Sommersprossen, die ihre Nase und ihre Wangen zierten, und der Schalk, der in ihren blauen Augen saß, ließen sie jünger als sechsundzwanzig wirken. Ihre rotgoldene Haarpracht war schwer zu bändigen. Meistens hielt sie ihre wilden Locken mit einem Band im Nacken zusammen. Nach diesem langen Arbeitstag hingen ihr einige widerspenstige Löckchen ins Gesicht.

Gustav fand, dass sie bezaubernd aussah. Als sie mit vierzehn unglücklich in Gustav verliebt gewesen war, hatte sie ihm eine Locke geschenkt. Er hatte dieses überaus liebevolle Geschenk damals nicht so richtig zu schätzen gewusst, bewahrte die Locke aber bis heute in einem Medaillon mit dem Bild seiner verstorbenen Mutter in einer verschließbaren Schreibtischschublade auf.

Dorothea hatte bereits von dem Attentat gehört.

„Ihr müsst damit rechnen, dass die Geheimen euch und eure Aktivitäten in Zukunft noch strenger unter die Lupe nehmen werden“, sagte sie, während sie Hut und Mantel ablegte. „Zufällig habe ich im Institut eine Unterhaltung zwischen zwei Polizeibeamten belauscht. Sie waren sich einig, dass man alle unzuverlässigen und aufmüpfigen Elemente sowie die heimlichen Sympathisanten dieser Radikalen sorgfältig im Auge behalten müsse. Und ich nehme nicht an, dass sie vor den Frauenvereinen Halt machen werden.“

„Seit der Gründung unseres Vereins wird ohnehin jeder unserer Schritte beobachtet und dokumentiert. Ich fürchte, dass sie bei uns längst ihre Konfidenten eingeschleust haben.“ Bei diesen Worten sah Rosa die dicke Baronin misstrauisch an.

„Jetzt übertreibst du wieder einmal, liebe Rosa“, versuchte Bertha zu schlichten.

Ihr schien ebenso wenig wie Gustav entgangen zu sein, dass das Gesicht der Baronin knallrot angelaufen war und sie verzweifelt nach Luft schnappte.

Dorothea, die offensichtlich keine Lust auf eine neue Leiche am Seziertisch hatte, bereinigte die kritische Situation, indem sie Vera fragte: „Wo ist eigentlich Josefa?“

„Die Arme hat nach wie vor fürchterliche Zahnschmerzen. Wir haben es mit Kamillentee, Gewürznelken und Knoblauch versucht ... Es hat alles nichts geholfen, nicht einmal das Schnapserl. Ich hoffe, dass sie nach dem dreifachen Wacholder wenigstens schlafen kann."

„Sicher nicht, wenn ihr so laut seid. Die beiden Zähne müssen auf jeden Fall gezogen werden. Sie sind total verfault. Ich habe ihr das erklärt und ihr einen Kollegen empfohlen, der sehr sanft mit seinen Patienten umgeht."

„Sie hat halt Angst."

„Wer hat keine Angst vor Zahnärzten?", mischte sich Bertha ein.

„Ich zum Beispiel." Dorothea grinste und zeigte den Damen ihre strahlend weißen Zähne.

Dorothea Palme war die Tochter von Veras Jugendfreundin Valerie, die einen Hamburger Arzt geheiratet und mit ihm in der Hansestadt Typhus und Cholera bekämpft hatte. Als Valerie nach dem Tod ihres Mannes mit ihrer Tochter nach Wien zurückkehrte, setzte sie ihren Kampf gegen die Armut und die katastrophalen hygienischen Verhältnisse in den Vorstädten fort. Als Frau hatte sie damals kein Medizinstudium absolvieren können, doch ihr Mann hatte ihr das Wichtigste beigebracht. Da sie ihre medizinischen Kenntnisse den Armen kostenlos zur Verfügung stellte, wurde sie eines Tages von missgünstigen und reaktionären Ärzten denunziert, der Scharlatanerie beschuldigt und in die k. k. Irrenanstalt auf dem Michelbeuerngrund abgeschoben. Ein paar Monate später erlag sie den unmenschlichen Torturen, denen sie dort unterzogen wurde. Vera und Dorothea sprachen bis heute von Mord.

Nach dem Tod ihrer Mutter lebte Dorothea eine Zeitlang bei den Karolys, ging jedoch dann nach Zürich, um Medizin zu studieren. In Wien waren damals immer noch keine Frauen an der Medizinischen Fakultät zugelassen. Nach dem Abschluss ihres Studiums bekam sie von Dr. Samuel Abendrot, einem ehemaligen Freund ihres Vaters, eine Stelle am Gerichtsmedizinischen Institut angeboten. Sie war die erste Pathologin in Wien, nahm ihre Arbeit sehr ernst, arbeitete oft zwölf Stunden täglich in dem gruseligen Institutsgebäude.

Gustav bekam sie kaum zu Gesicht, da er, wenn sie die Wohnung verließ, meistens noch schlief, und wenn sie heimkam, oft nicht zuhause war. Und das war besser so, redete er sich zumindest ein.

Gustav liebte Dorothea. Vor ein paar Monaten hatte er ihr einen etwas überstürzten Heiratsantrag gemacht. Doch sie hatte ihm den Smaragdring seiner Großmutter zurückgegeben. Anfangs war er schwer gekränkt gewesen, hatte kaum mehr ein Wort mit ihr gewechselt.

Da sie seit ihrer Rückkehr aus Zürich wieder bei ihnen wohnte, gestaltete sich ihr Zusammenleben anfangs ziemlich kompliziert. Inzwischen pflegten Dorothea und er jedoch wieder einen freundschaftlichen Umgang miteinander. Er schien sich damit abgefunden zu haben, dass sie ledig bleiben, besser gesagt, ihr Leben in den Dienst der Medizin stellen wollte.

Obwohl er sie nach wie vor abgöttisch liebte, war er inzwischen eine Affäre mit einer verheirateten Dame der besseren Gesellschaft eingegangen. Er bemühte sich nicht besonders, diese Liaison vor Dorothea geheim zu halten, und hoffte insgeheim, sie würde Anzeichen von Eifersucht zeigen. Seine Hoffnung war aber auch in dieser Hinsicht vergeblich. Sie hatte anscheinend beschlossen, sein Techtelmechtel einfach zu ignorieren.

Die Karolys wohnten über den Ställen in dem von Fischer von Erlach erbauten Palast für die Pferde des

Herrscherhauses. Gustavs Großvater, Albert von Karoly, war Stallübergeher gewesen. Die große Wohnung in den k. k. Hofstallungen hatte er vom Stallmeister Seiner Majestät Kaiser Franz Joseph als Dienstwohnung zugesprochen bekommen.

Damals war die Welt noch in Ordnung gewesen. Albert von Karoly, seine Gattin und ihre beiden Töchter Gisela und Vera lebten in relativem Wohlstand. Erst nach dem Tod von Gustavs Großeltern und der schweren Erkrankung von Gustavs Mutter, genannt Giselle, ging es finanziell bergab.

Giselle, eine stadtbekannte Operettensängerin mit einem fixen Engagement im Theater an der Wien, hatte sich unsterblich in den Grafen Alexander von Batheny verliebt. Gustav war das Kind dieser Liebe. Kurz nach seiner Geburt heiratete Graf Batheny auf Druck seiner Eltern die Tochter des schwerreichen Fürsten Schaumburg, zeugte mit ihr zwei Töchter, liebte aber seine Giselle bis zu ihrem Tode.

In den letzten Jahren pflegte Gustav, der seinen Vater früher abgelehnt hatte, einen regen Verkehr mit ihm und seiner Halbschwester Marie Luise.

Der Graf war seit langem Witwer und hatte seinen illegitimen Sohn inzwischen anerkannt. Gustav würde nach dem Tod seines Vaters den Grafentitel erben. Diese Aussicht war ihm, obwohl er mit einer Republik liebäugelte, absurderweise eine Genugtuung.

3. Beste Freunde

Am späten Nachmittag, als sich die Sonne längst hinter den hohen Häusern in Mariahilf verabschiedet hatte, traf sich Gustav mit seinem besten Freund Polizei-

Oberkommissär Rudi Kasper im Café Sperl in der Gumpendorfer Straße.

Rudi war der Sohn eines Wirtes aus Margareten. Obwohl er aus einfachen Verhältnissen stammte, hatte er mit Gustav gemeinsam das Gymnasium besucht. Er war ein kluger Kopf.

Zu Gustavs Leidwesen hatte sein Freund als Erwachsener Eigenschaften und Verhaltensweisen entwickelt, die ihm missfielen. Zum Beispiel benahm er sich dem weiblichen Geschlecht gegenüber meistens unmöglich. Die einzigen Frauen, die Rudi mit Respekt behandelte, waren Dorothea und Vera von Karoly.

Auch in ihren politischen Ansichten waren die beiden Freunde oft uneins. Während Gustav ein überzeugter Liberaler war, der jedoch das österreichische Kaiserhaus respektierte, bezeichnete sich Rudi als Sozialdemokrat und hasste den Adel. Er machte sich oft über Gustavs zukünftigen Grafentitel lustig.

Im Café Sperl waren an diesem frühen Abend einige freizügig gekleidete Sängerinnen und Tänzerinnen aus dem benachbarten Theater an der Wien und einige Künstler, vor allem Secessionisten, anwesend. Gustav mochte dieses von Schülern Theophil Hansens eingerichtete Kaffeehaus an sich gerne und überlegte, sein Büro hierher zu verlegen, denn das Sperl war von den k. k. Hofstallungen aus einfacher und schneller zu erreichen als das Café Schwarzenberg am Ring.

Früher hatte Gustav das Sperl eher gemieden, weil er schmerzliche Erinnerungen mit diesem Kaffeehaus verband. Seine Mutter hatte sich während ihrer Krankheit hier oftmals mit ehemaligen Kollegen getroffen, um Klatsch und Tratsch aus der Theaterwelt zu hören. In ihren letzten Lebensjahren waren diese Kaffeehausbesuche ihr einziges Vergnügen gewesen.

Außer Sängerinnen, Schauspielern und Malern waren auch Militärs aus der benachbarten k. u. k. Kriegsschule im Café Sperl Stammgäste. Zwei seiner ehemaligen Kameraden, die bei der militärischen Laufbahn geblieben waren, Oberstabsarzt zweiter Klasse Freiherr Wilhelm von Landau und ein anderer Offizier, an dessen Namen er sich nicht erinnern konnte, begrüßten Gustav mit einem kurzen Nicken und widmeten sich sogleich wieder ihrer Billardpartie. Verübelten sie ihm nach wie vor seinen überstürzten Abschied von der Armee?

Gustav war nach dem Tod seiner Mutter freiwillig aus dem Militärdienst geschieden, hatte es aber immerhin zum Rang eines Oberleutnants gebracht. Wie lange war das her? Weit weg erschienen ihm die Jahre, die er in einer öden galizischen Garnisonstadt an der Grenze zum russischen Reich vergeudet hatte.

Bevor er länger bei seinen Erinnerungen an die eintönigste Zeit seines Lebens verweilen konnte, fragte ihn Rudi, wie weit sein Verhältnis mit Frau von Dalheim mittlerweile gediehen war.

Gustav hatte keine Lust, mit seinem Freund über diese Affäre zu reden, würgte seine Frage mit einer Gegenfrage ab: „Hat der Anschlag tatsächlich dem Budapester Polizeipräsidenten gegolten?"

„Ja und nein. Ich denke, der ist zum Handkuss gekommen, um es salopp auszudrücken. Wahrscheinlich hatten sie es auf den Wiener Polizeipräsidenten abgesehen. Stattdessen haben der hohe Gast aus Budapest und der Adlatus seines österreichischen Gastgebers dranglauben müssen."

„Wenn ich mich richtig erinnere, war Hofrat Hoffinger, dem die sicherheits- und gerichtspolitische Abteilung unterstand, nicht unbedingt dein Freund?"

„Na und? Soll ich deswegen jubeln? Der Hoffinger war ein Idiot, den Tod habe ich ihm aber nicht gewünscht."

„Wie ist es zu dieser Verwechslung gekommen?"

„Der hohe Gast aus Ungarn war vom Kaiser empfangen worden, hatte ein paar höfliche Phrasen zu hören bekommen und die Hofburg gerade verlassen wollen. Er und seine Begleiter haben kurz auf den Wiener Polizeidirektor gewartet. Der ließ ihnen ausrichten, sie sollten vorausfahren, er würde sich verspäten und mit einem anderen Wagen nachkommen. Als die Kutsche mit seinem ungarischen Gast unterm Michaelertor explodierte, befand er sich noch im kaiserlichen Vorzimmer und konferierte mit dem Innenminister. Die Anarchisten haben also ziemlich sicher die falsche Karosse in die Luft gesprengt. Der Kutscher hat übrigens überlebt, er hat aber schwere Brandverletzungen."

„Und ihr wisst bereits, dass dieser Sprengstoffanschlag von Anarchisten verübt worden ist?"

„Wer soll es sonst getan haben? Seit der blutigen Niederschlagung der Pariser Commune durch die französische Regierung im 1871er-Jahr kommt es in ganz Europa zu Terroranschlägen von militanten Anarchisten. Diese Dynamitarden, wie wir die Sprengstoffattentäter nennen, verbreiten sich wie die Schwammerln, vor allem im russischen und im deutschen Reich. Denk an deine geliebte Kaiserin Elisabeth. Ihre Majestät ist zwar nicht von einem Dynamitarden umgebracht worden, aber so einem Anarchisten reicht auch manchmal eine Feile ..."

„Erinnere mich nicht daran. Das war einer der schwärzesten Tage meines Lebens!" Gustav, der Ihre Majestät Kaiserin Elisabeth sehr verehrt hatte, bekam prompt feuchte Augen.

„Das Wetter war übrigens ideal für einen Sprengstoffanschlag. Solche Attentate gelingen meist nur bei trockenem Wetter, sonst funktionieren die Zünder für die Granaten nicht verlässlich. – Es waren wahrscheinlich zwei Täter. Die erste Granate hat ihr Ziel verfehlt, ist vor den Füßen der Pferde gelandet. Das zweite Geschoss, eine mit Dynamit gefüllte Dose, ist aus einer anderen Richtung gekommen und hat direkt die edle Karosse getroffen."

„Deine Kollegen scheinen zu glauben, dass ein tschechischer Nationalist diesen Anschlag verübt hat. Zumindest verdächtigen sie unseren Fiaker Edi, weil er zur fraglichen Zeit am Tatort war. Er bezeichnet sich übrigens selbst gerne als radikalen Sozialisten, obwohl er im Grunde keine Ahnung von Politik hat. Eure Leute haben ihn jedenfalls gleich mitnehmen wollen."

„Ah, das war der Edi! Ich habe von diesem Verdächtigen gehört. Er ist ihnen entwischt, oder?"

„Zum Glück, ja. Edi ist ein Prahlhans, hat aber ein weiches Herz. Wenn eines seiner Pferde krank ist, sitzt er die ganze Nacht lang neben dem Tier im Stall. Vergiss ihn! Er kommt keinesfalls als Täter in Frage."

„Der Gedanke, dass es sich um den Racheakt eines tschechischen Nationalisten handeln könnte, ist nicht komplett von der Hand zu weisen. Denk an die Brutalität der Polizei beim letzten Aufstand der hungernden Ziegelbehm. Vize-Polizeidirektor Hoffinger hat damals seine Leute angewiesen, in die aufgebrachte Menge zu schießen. Vierzehn Tote und zahlreiche Verwundete, darunter viele Kinder unter zwölf Jahren. So ein Gemetzel schreit doch förmlich nach Rache. Dabei haben die Leute nur was zum Essen verlangt. Die sind alle unterernährt und müssen sechzehn Stunden am Tag hackeln. Da würde ich auch durchdrehen."

„Soviel ich weiß, haben sie nur mit Pflastersteinen geworfen.“

„Ja, aber als ein Stein den fetten Wanst eines Berittenen getroffen hat und der daraufhin vom Pferd gefallen ist, hat dieser kleine Zwischenfall sogleich den Schussbefehl zur Folge gehabt. Der Hoffinger war eben ein brutaler Hund.“

„Der Gaul hat bestimmt die Gelegenheit genützt, um diesen Fettwanst endlich loszuwerden.“

Rudi musste bei Gustavs Worten wider Willen grinsen.

„Die Ziegelbehm engagieren sich normalerweise nicht politisch. Das sind keine Nationalisten. Sie machen diese Drecksarbeit, um zu überleben, und haben ständig Angst, arbeitslos zu werden“, fuhr er fort.

„Tschechen sind halt in Wien nicht gern gesehen. Sie haben einen schlechten Ruf.“

„Nichts als idiotische Vorurteile der Deutschnationalen. Die benötigen immer ein Feindbild, einen Sündenbock, besser gesagt. Entweder sind es die Juden oder die Zigeuner, oder eben die Tschechen. Warst du schon mal draußen am Wienerberg in einer der Barackensiedlungen? Hast du gesehen, wie die Leute dort hausen?“

„Ein einziges Mal, und das hat mir gereicht.“

„Als ich bei der Sicherheitswache angefangen habe, bin ich ständig nach Favoriten rausgeschickt worden. Auch heute kommt es oft zu Messerstechereien und anderen Gewaltdelikten in diesem Bezirk.“

„Elend und Armut erzeugen notgedrungen Kriminalität“, murmelte Gustav.

„Für den Bau der Wiener Ringstraße hat man die Leute dringend gebraucht, hat sie extra aus Böhmen und Mähren herangekarrt. Und dann hat man sie ausgepresst wie Zitronen. Die Ziegelbehm sind die schlechtbezahltesten Arbeiter der Welt. Einquartiert hat man sie in elendiglichen Baracken. Bis zu siebzig Leute schlafen in einem Raum. In einiger Entfernung von den Hütten wurden Löcher ausgehoben, darüber Pfosten gelegt – dort müssen sie ihre Notdurft verrichten. Der Gestank in dieser Siedlung ist bestialisch, vor allem bei Ostwind."

„Hör auf, mir wird gleich schlecht."

„Hast du mal einem Ziegelschläger zugeschaut? Körperlich bin ich gut beieinander, aber so eine Hacken würde ich keinen Tag durchhalten. Ein Lehmscheiber muss zum Beispiel für tausend Ziegel zweiunddreißig Scheibtruhen führen. Der legt täglich mindestens sieben Kilometer mit den schweren Scheibtruhen zurück. Am Schlagtisch stehen auch Frauen und schlagen die Ziegel in eigene Formen. Angeblich siebentausend Ziegel pro Woche. In die Formen wird zuerst Sand gestreut, damit die Ziegel nicht haften bleiben. Diese Arbeit wird von den Sandlern erledigt. Das sind Leute, die zu keiner anderen Arbeit taugen."

„Mir musst du das nicht erzählen. Ich war, wie gesagt, einmal da draußen – meine Tante hatte mich mitgeschleppt. Als ich all den ausgemergelten Frauen zugesehen habe, wie sie den Mörtel mischten ..."

„Du meinst die Maltaweiber?"

„Ja. Noch mehr entsetzt war ich über die vielen Kinder, die Schwerstarbeit verrichtet haben. Vera hat damals eine Reportage über die hohe Kindersterblichkeit in den Elendsquartieren geschrieben. Vier Familien haben sich einen Raum geteilt. Es hat keine sanitären Einrichtungen gegeben, das Wasser zum Waschen haben sie den Tümpeln der Lehmgruben entnommen. In diesem einen Raum hat sich alles unter den Augen der Kinder abgespielt: Sexualität, Geburt, Tod. Die Gschrappen waren voller Krätze und hatten Hungerbäuche. Ich sage dir, ich hab nachher tagelang keinen Bissen mehr hinuntergebracht.“

„Dein Mitgefühl in Ehren! Davon haben aber diese armen Leute nichts. Mich wundert's nicht, dass die Kleinen stehlen wie die Raben. ‚Der Hungernde hat das Recht auf ein Stück Brot seines Nachbarn‘, hat mal irgendein englischer Kardinal, ich glaube, er hieß Manning, gesagt. Mundraub ist also selbst für die Vertreter der heiligen römisch-katholischen Kirche kein Verbrechen.“

„Vera und ich waren an einem Sonntag dort. Schließlich wollte sie ja die Frauen befragen. Wir haben tatsächlich fast nur Frauen und Kinder angetroffen.“

„Kein Wunder, die Männer schmeißen sonntags ihren kümmerlichen Wochenlohn im Böhmischen Prater für Hutschen, Bier und mechanische Karussells raus. Der Prater für die Armen, den sie im Laaer Wald auf den Gründen der Wienerberger Ziegelfabriks- und Baugesellschaft errichtet haben, füllt die Hosensäcke der Kriminellen mit einem Haufen Geld. Es würde mich nicht wundern, wenn die Fabrikbesitzer an den Einkünften beteiligt wären.“

„Das hat Vera auch vermutet.“

„Ich war unlängst mal in so einem Gasthaus am Laaerberg. Die Luft war zum Speiben. Eine Mischung aus Rauch, Staub und menschlichen Ausdünstungen. Während des Fünf-Kreuzer-Tanzes haben sich einige Frauenzimmer tatsächlich übergeben müssen. Die anwesenden Soldaten schienen das lustig zu finden, haben gebrüllt vor Lachen und zu stänkern angefangen. Eine Rauferei war unausweichlich. Die Arbeiter waren in der Überzahl, haben es den besoffenen Vaterlandsverteidigern ordentlich gegeben. Ich bin heute noch froh, dass sie nicht gewusst haben, dass ich ein Polizeibeamter bin, denn sonst hätten sie mich womöglich auch zusammengeschlagen."

„Die Soldaten?"

„Nein, die Hackler ..."

„Das hast du mir nie erzählt."

„Warum auch? Hätte ich dich aus deinem Elfenbeinturm aufscheuchen und deine zarten Gefühle verletzen sollen? Du hast keine Ahnung, was sich in unserer Reichshaupt- und Residenzstadt wirklich abspielt."

Nach dem zweiten Kapuziner, einem Mocca mit wenigen Tropfen Schlagobers, die dem Kaffee die Farbe einer Kapuzinerkutte verliehen, drängte Rudi zum Aufbruch.

„Lass uns woanders hingehen. Ich fühle mich unter all diesen hochnäsigen Künstlern und Offizieren nicht wohl."

Gustav ahnte, welche Art von Lokal sein Freund aufsuchen wollte. „Ich trinke gerne noch hier ein Bier mit dir, aber dann muss ich nach Hause. Meine Schwester Marie Luise hat Dorothea und mich eingeladen, mit ihr morgen früh der Messe in der Hofburgkapelle beizuwohnen."

„Wirst du auf deine alten Tage fromm?"

„Ach was! Dorothea möchte unbedingt einmal die Hofburgsängerknaben hören."

„Na gut, lass uns aufbrechen. Ich muss ebenfalls früh raus. Ein ungarischer Kollege, mit dem ich bereits bei einem anderen Fall zusammengearbeitet habe, kommt heute Abend nach Wien. Ich werde ihm morgen beim Frühstück in seinem Hotel Gesellschaft leisten."

„Will er euch bei den Ermittlungen auf die Finger schauen?"

„Vielleicht. Istvan von Serényi ist jedenfalls ein kluger Kopf. Ich bin froh, wenn er mich unterstützt, denn meine eigenen Leute sind mir keine große Hilfe. Am liebsten würden sie die üblichen Verdächtigen festnehmen und irgendeinem armen Schwein das Attentat vor der Hofburg anhängen, nur damit sie diesen Fall rasch wieder los sind."

4. Der ungarische Major

Die Comtesse von Batheny hatte bei der Messe in der Hofburgkapelle Bekannte getroffen und sich mit ihnen ins Hotel Sacher begeben, um dort zu frühstücken. Sie hatte Gustav und Dorothea gebeten mitzukommen. Die beiden hatten sich angesehen und gesagt, dass sie lieber heimgehen und Vera Gesellschaft leisten wollten.

„Graf Basti und Gräfin Bumsti können mir gestohlen bleiben", kicherte Dorothea. „Aber ich bin Marie Luise sehr dankbar, dass sie uns heute mitgenommen hat. Die Kapellknaben waren grandios. Ich habe noch nie in meinem Leben so wunderbare Knabenstimmen gehört."

Glücklich lächelnd tätschelte Gustav ihre Hand. Sie entzog sie ihm nicht.

Der Tag war gerettet!

Sie standen vor der Schatzkammer im Schweizerhof. Der Himmel war blau. Es war kalt, doch einige Sonnenstrahlen hatten sich in den Renaissancehof verirrt, tauchten ihn in ein helles, freundliches Licht.

Dorothea schien das bis an die Zähne bewaffnete Wachpersonal zu missfallen. „Hier sind mir zu viele Schießwütige. Lass uns lieber spazieren gehen", schlug sie vor und hängte sich bei ihm ein.

Arm in Arm lustwandelten sie über den Kohlmarkt. An der zugigen Ecke zum Graben stießen sie auf Polizei-Oberkommissär Rudi Kasper und einen großen, schlanken Mann in einer farbenprächtigen Uniform.

„Major Istvan von Serényi“, stellte Rudi seinen ungarischen Gast vor.

Der Major verbeugte sich tief vor Dorothea und küsste ihr galant die Hand. Gustav bedachte ihn mit einem argwöhnischen Blick, erwiderte jedoch seinen freundlichen Gruß.

Der Ungar besaß eine gewisse Ähnlichkeit mit Gustav, war ebenso groß wie er und hatte auch dunkelbraune Augen und schwarzes, leicht gewelltes Haar. Allerdings trug er keinen Schnurrbart und seine Gesichtszüge waren gröber.

Während sie zu viert über den Graben schlenderten, bemerkte Istvan von Serényi, dass er den Stephansdom gerne von innen sehen würde: „Bei uns in Budapest wird auch gerade eine St.-Stephans-Basilika errichtet. Es soll die größte Kathedrale Ungarns werden.“

Dorothea erklärte sich sofort bereit, ihm den Wiener Dom zu zeigen.

Die Frühmesse war vorbei, als sie am Stephansplatz ankamen. Rudi hatte offensichtlich keine Lust, in die Kirche zu gehen. Er schlug vor, mit Gustav im Café gegenüber auf Istvan und Dorothea zu warten.

„Das ist eine ausgezeichnete Idee. Gustav hat ja seit einem seiner letzten Fälle, bei dem er auf unzählige tote Kinder in den Katakomben gestoßen ist, eine Aversion gegen den Steffl“, sagte Dorothea mit ernster Miene zu Istvan von Serényi.

„Von diesem Fall müssen Sie mir unbedingt berichten, Herr von Karoly“, bat ihn der ungarische Major.

„Später." Dorothea schritt energisch voran.

Dem Major blieb nichts anderes übrig, als ihr zu folgen. Und Gustav blieb nichts anderes übrig, als Dorothea mit dem schneidigen Ungarn ziehen zu lassen.

Als die beiden eine halbe Stunde später aus dem Dom kamen, wirkten sie recht vertraut miteinander. Er flüsterte ihr etwas ins Ohr. Sie lächelte vergnügt. Gustav spürte Zornesröte in sein Gesicht schießen. Dorothea und der fesche Magyar waren seiner Meinung nach vom ersten Augenblick an zu gut miteinander ausgekommen.

Er schalt sich selbst einen Idioten, weil er nach wie vor Besitzansprüche an sie stellte. Hatte sie ihm nicht letztens, als sie ihm den Smaragdring seiner Großmutter zurückgab, eindeutig zu verstehen gegeben, dass sie ihn nicht liebte?

Bevor sie oder einer der Männer ein gemeinsames Mittagessen vorschlagen konnten, verabschiedete Gustav sich rasch von seinem Freund und dessen Gast: „Wir müssen nach Hause. Sonntags gibt es bei uns Schnitzel mit Erdäpfelmayonnaisesalat. Josefa würde uns nie verzeihen, wenn wir zu spät kommen, nicht wahr, Dorothea?"

Er bemerkte ihr Zögern. Zum Glück hörte sie ausnahmsweise auf ihn, verabschiedete sich von Rudi und dem Major und hängte sich bei ihm ein.

Auf dem Heimweg warf Gustav Dorothea vor, mit István von Serényi geflirtet zu haben: „Angehimmelt hast du ihn wie ein Schulmädchen."

„Spinnst du?" Dorothea entzog ihm ihren Arm und lief ein paar Schritte voraus.

Er hatte sie bald eingeholt: „Sei ehrlich, er gefällt dir, oder?"

„Und wenn es so wäre? Was geht es dich an?“ Sie funkelte ihn mit ihren wunderschönen blauen Augen, die im kalten Novemberlicht fast dunkelblau wirkten, wütend an. Wieder einmal staunte er darüber, dass sie ihre Farbe wechseln konnten wie ein Chamäleon.

„Er ist bestimmt verheiratet.“

„Ist er nicht.“

„Wieso weißt du das? Seid ihr bereits so intim miteinander?“

„Ach Gustl, lass mich in Ruh!“ Sie machte eine wegwerfende Handbewegung.

Er kam sich wie eine lästige Fliege vor.

„Hat er dir explizit gesagt, dass er ledig ist?“ Er konnte es einfach nicht lassen.

„Hat er nicht. Ich spüre es, wenn ein Mann in festen Händen ist.“

„Das bildest du dir zumindest ein.“

„Halt lieber deinen Mund. Ich weiß zum Beispiel, dass du momentan wieder eine Geliebte hast ...“

„Ah, Mademoiselle verfügen über den sechsten Sinn?“

„Mach dich nur lustig über mich. Du bist und bleibst ein Gigolo, egal, wie oft du beteuerst, mich zu lieben. Ich möchte keinen Mann, der seine Finger nicht von anderen Frauen lassen kann.“

„Soll ich ins Kloster gehen, weil du mich nicht willst?“

Sein aggressiver Tonfall tat ihm sogleich leid. Bevor er sich dafür entschuldigen konnte, sagte sie: „Ich habe dich vor kurzem mit deiner neuen Flamme gesehen. Als ich mit der Elektrischen am Ring beim Rathauspark vorbeigefahren bin, wäre ich fast in Ohnmacht gefallen. Wen sah ich Arm in Arm aus dem Park kommen? Dich und die fesche Ada von Dalheim. Hast du denn keine Angst, dass ihr Mann von eurer Affäre Wind bekommt? Du bist mehr als leichtsinnig, lieber Freund.“

„Mir ist alles egal, seit du unsere Verlobung gelöst hast."

„Wovon sprichst du? Wir waren nie miteinander verlobt. Du hast mir in einem abfahrenden Zug den Smaragdring deiner Großmutter an den Finger gesteckt. Aber ich habe nicht Ja gesagt. Im Gegenteil, ich habe deinen Antrag abgelehnt. Leidest du etwa an Gedächtnisverlust?"

„Du hast mir falsche Hoffnungen gemacht. Außerdem bist du sowieso eine Meisterin im Auflösen von Verlobungen. Deinen Züricher Arzt hast du ja auch von heute auf morgen in die Wüste geschickt."

„Ich bitte dich, Gustav, lass diese alten Geschichten ruhen. Ich will deine Freundschaft nicht verlieren. Du bist wie ein Bruder für mich ..."

„Oh Gott!"

Schlimmeres hätte sie kaum sagen können. Gustav raufte sich das Haar.

„I...ich bin n...nicht d...d...dein Bruder", stammelte er.

5. Unliebsames Geplänkel im Café Schwarzenberg

Am Montagmorgen betrat Gustav von Karoly um zwanzig nach elf das Café Schwarzenberg. Er erschien dort jeden Montag, Mittwoch und Freitag um zehn Uhr vormittags. Heute hatte er sich ziemlich verspätet. Der Tisch links vom Eingang war jedoch nach wie vor für ihn reserviert.

Gustav bezeichnete diesen Platz gerne als sein Büro, ließ sich die geschäftliche Post ins Café schicken und verlegte auch alle seine beruflichen Termine hierher. Von allen Wiener Kaffeehäusern war ihm das Café Schwarzenberg das liebste. Die mit dunklem Holz getäfelten Wände, die Marmortischchen und die mit tabakbraunem Leder überzogenen Clubsessel sowie die prächtigen Lüster an der mit weißen Kacheln gefliesten Decke erinnerten ihn an die britischen Clubs, in denen er während seines Studienaufenthalts in London mehr Zeit verbracht hatte als an der London School of Economics.

Beim Eintreten fiel sein Blick auf das Porträt Seiner Majestät Kaiser Franz Joseph, das an der Wand hinter der Theke hing. Kam es ihm nur so vor oder sah ihn Seine Majestät heute tadelnd an? Der Kaiser hasste Unpünktlichkeit, das war allgemein bekannt.

Nicht selten erwartete ihn bereits ein ungeduldiger Klient an der Theke, wenn er etwas verspätet das Kaffeehaus betrat. Die Kellner erlaubten keinem noch so noblen Gast an Gustavs Tisch Platz zu nehmen, bevor er nicht eingetroffen war. Der Herr, der an diesem Vormittag an der Theke lehnte und einen kleinen Braunen vor sich stehen hatte, zog, als er Gustav erblickte, seine buschigen grauen Brauen hoch und musterte ihn unverschämt, während der Piccolo sofort herbeieilte und dem Stammgast Mantel und Hut abnahm.

Gustav setzte sich auf die mit braunem Leder überzogene Sitzbank, mit dem Rücken zum Fenster, ignorierte den älteren Herrn an der Theke, den er vom Sehen kannte und bei dessen Anblick ihm leicht mulmig zumute wurde, und widmete sich seiner Post.

„Das Übliche, Eure Erlaucht?", fragte der neue grobschlächtige Kellner.

„Was sonst?" Gustav konnte den Kerl wegen seiner schmierigen Art nicht leiden.

Seit der Oberkellner Leopold das Zeitliche gesegnet hatte, fühlte sich Gustav im Café Schwarzenberg nicht mehr wirklich zuhause. Leberzirrhose und nicht einmal fünfzig Jahre auf dem Buckel – der Leopold war ein großer Trinker vor dem Herrn gewesen. Gustav hatte ihm beim Begräbnis am Zentralfriedhof die letzte Ehre erwiesen, obwohl er sonst Friedhöfe eher mied.

Der frühere Oberkellner hatte ihn niemals mit irgendwelchen Fragen belästigt, ihm jedes Mal unaufgefordert eine Melange, ein Glas Wasser und ein Briochekipferl gebracht. Und, wenn es seiner Meinung nach nötig gewesen war, einen kleinen Cognac. Der Neue hingegen – Gustav konnte sich seinen Namen nicht merken –, scharwenzelte andauernd um ihn herum, störte ihn mit seinem unsinnigen Gequatsche übers Wetter und stellte ihm neugierige Fragen, wenn er einen lästigen Brief zerknüllte oder im Aschenbecher verbrannte.

Die Fragerei hatte Gustav ihm bereits abgewöhnt.

Als ihm der aufdringliche Kellner an diesem Vormittag die Melange und das Kipferl servierte, beugte er sich über ihn und zischte ihm ins Ohr: „Der feine Herr an der Theke wartet schon seit einer halben Stunde auf Sie. Und mit dem ist nicht gut Kirschen essen, das sag ich Ihnen."

„Was erlaubt Er sich? Verschwinde Er sofort!"

Nicht nur, dass ihm bei dem grässlichen Mundgeruch des Burschen fast übel geworden wäre, er ärgerte sich auch maßlos über die völlig unangebrachte Vertraulichkeit dieses primitiven Subjekts.

Es kam noch schlimmer.

Herr von Dalheim trat an seinen Tisch, verbeugte sich knapp und nahm unaufgefordert ihm gegenüber auf einem gepolsterten Stuhl Platz.

„Wir sind uns noch nicht vorgestellt worden, aber ich nehme an, Sie wissen, wer ich bin", begann Dalheim. „Zumindest weiß ich, wer Sie sind, ein privater Schnüffler, der für Geld anderen Leuten nachspioniert, nicht wahr? Angeblich haben Sie sich auf heikle und intime Nachforschungen spezialisiert. Ich will nicht lange um den heißen Brei herumreden, ich möchte, dass Sie meine Gemahlin beschatten, und zwar rund um die Uhr. Falls Sie das nicht ohnehin bereits machen."

Gustav drehte sich der Magen um. Flucht war sein erster Gedanke. In seiner Verzweiflung rief er nach Fritz – plötzlich war ihm der Name des neuen Kellners eingefallen – und bestellte zwei doppelte Cognacs.

„Lassen Sie uns das wie Gentlemen klären", sagte er zu seinem aufgebrachten Gegenüber.

Herr von Dalheims feistes Gesicht lief rot an.

Gustav befürchtete, der übergewichtige ältere Mann würde jeden Moment einen Herzinfarkt bekommen.

Karl von Dalheim war Anfang fünfzig und nicht wirklich dick, sondern wohlgerundet. Verglichen mit dem schlanken, fast dünnen und um einen Kopf größeren Gustav, sah er jedoch aus wie ein Fass. Dalheim schlug mit seiner Faust auf das Marmortischchen und schrie so laut, dass man ihn im ganzen Lokal hören konnte: „Ha, das habe ich mir gedacht, dass Ihnen dieser Auftrag nicht genehm sein wird. Aber so ohne weiteres kommen Sie mir nicht davon, Sie ... Sie ... Weiberheld!"

„Schweigen Sie", sagte Gustav mit gesenkter Stimme. „Behalten Sie die Contenance, wenn ich bitten darf. Oder wollen Sie um jeden Preis einen Skandal provozieren?"

Der stadtbekannte Architekt Josef Hoffmann, der an seinem Stammtisch rechts neben dem Eingang saß, erhob sich, traf Anstalten, Gustav, mit dem er flüchtig bekannt war, beizustehen.

Wutentbrannt machte sich Karl von Dalheim aus dem Staub. Einige Herren, die den heftigen Wortwechsel ebenfalls mitbekommen hatten, warfen Gustav amüsierte Blicke zu.

Hier kann ich nicht länger arbeiten, dachte er. Die kleine Szene war ihm überaus peinlich. Er beschloss, demnächst sein Büro tatsächlich ins Café Sperl zu verlegen.

Fritz brachte ihm zwei Cognacs. „Ich nehme an, Euer Gnaden haben jetzt alle beide nötig."

„Noch so eine Unverschämtheit, und ich sorge dafür, dass man dich feuert", schnauzte Gustav ihn an.

Der Kellner verzog sich, so rasch er konnte.

Der Cognac im Schwarzenberg war ausgezeichnet. Gustav beruhigte sich, steckte sich ein Zigarillo an, erledigte den Rest seiner Post und ließ seine Blicke hinüber in den Damensalon schweifen.

Der Extraraum des Cafés wirkte luftiger durch die hell gefliesten Wände und die zarten, weiß lackierten Tischchen und Stühle. Die Damen schienen von dem unangenehmen Zwischenfall nebenan nichts mitbekommen zu haben oder sie waren zu wohlerzogen, um ihn anzustarren. Mittlerweile waren in diesem Kaffeehaus auch Frauen willkommen, allerdings nur in dem kleinen Salon.

Die entzückende junge Dame, die dem Attentat beim Michaelertor knapp entronnen war, saß an einem Tisch beim Fenster. Das Fräulein kam ihm noch viel hübscher vor als bei ihrem ersten Zusammentreffen. Sie sah aus wie ein Engel. Hellblonde Löckchen umschmeichelten ihre rosigen Wangen, und ihre bernsteinfarbenen Augen erinnerten ihn an die Augen eines scheuen Rehs.

Als sich auf ihrem verführerischen Schmollmund ein liebliches Lächeln zeigte, war Gustav schlicht und einfach verzaubert. Er stand auf und ging zu ihr.

Die ganz in Weiß gekleidete junge Frau war in Begleitung einer älteren, schwarz gekleideten Dame, die ihn mit mürrischem Gesichtsausdruck musterte, als er sich verbeugte. Der Engel sagte mit tiefer, erotischer Stimme, die so gar nicht zu seinem unschuldigen Äußeren passte: „Ach, da ist ja mein Retter."

Er küsste der jungen Frau die Hand und wartete darauf, dass sie ihn ihrer Begleiterin vorstellte.

„Das ist der nette Herr, der mir bei diesem grauenvollen Unglück Beistand geleistet hat. Ich habe dir von ihm erzählt, Carmen. Leider erinnere mich nicht mehr an Ihren Namen ..."

„Gustav von Karoly, gnädiges Fräulein."

„Emma von Zoloto", nannte sie ihm auch noch mal ihren. „Und das ist meine Gesellschafterin Carmen Vargas. Sie ist Spanierin, spricht aber Deutsch."

Er wollte der spanischen Dame ebenfalls die Hand küssen. Sie nickte ihm zu, reichte ihm jedoch nicht ihre mit hauchzarter schwarzer Spitze bedeckte Hand.

Die junge Frau sprach reines Hochdeutsch. Offensichtlich stammte sie aus dem deutschen Reich.

„Sind Sie auf Besuch in Wien?" Gustav sah sich schon den Fremdenführer spielen.

„So könnte man sagen. Was für eine wunderschöne Stadt. Wir sind begeistert, nicht wahr, Carmen?"

„Abgesehen davon, dass du fast bei einem Bombenattentat ums Leben gekommen wärst", sagte die Spanierin trocken.

Sie sprach hervorragend Deutsch. Ihr Akzent war jedoch nicht zu überhören. Dann sagte sie leise ein paar Worte auf Russisch.

Gustav, der jahrelang an der russischen Grenze gedient hatte, verstand ein bisschen Russisch. Er bildete sich ein, dass die Spanierin eine abfällige Bemerkung über ihn gemacht, ihn als Lackaffen bezeichnet hätte. Emma von Zoloto schien seine Verwunderung nicht entgangen zu sein.

„Wir haben lange Zeit in St. Petersburg gelebt. Mein Vater war Russe“, klärte sie ihn auf.

Da ihn Emma von Zoloto nicht aufforderte, auf dem freien Biedermeierstühlchen an ihrem Tisch Platz zu nehmen, wechselte er ein paar höfliche Worte mit ihr im Stehen.

„Ich würde Sie gerne wiedersehen, um mich davon zu überzeugen, dass Sie diesen Schock tatsächlich heil überstanden haben.“ Was Gescheiteres war ihm auf die Schnelle nicht eingefallen.

Sie schenkte ihm ein betörendes Lächeln.

Bevor sie antworten konnte, beteuerte ihre Begleiterin rasch: „Wir gehen fast nie aus.“

Emma von Zoloto schwächte die schroffen Worte ihrer Gesellschaftsdame ab, indem sie ihm verriet, dass sie gegenüber im Hotel Imperial abgestiegen waren.

Gustav spürte, dass seine Anwesenheit von der Spanierin nicht erwünscht war. Mit einer eleganten Verbeugung verabschiedete er sich schließlich und verließ das Café.

Ein eisiger Wind fegte über den Ring. Es hatte zu regnen begonnen. Gustavs Regenschirm bot dem stürmischen Wetter kaum Gegenwehr. Fluchend klappte er ihn zusammen und eilte schnellen Schrittes hinüber zum Hotel Imperial, vor dem einige Fiaker auf Kundschaft warteten.

Kaum hatte er in einer Kutsche Platz genommen, sah er, dass auch Emma von Zoloto und ihre Begleiterin das Café Schwarzenberg verließen. Anscheinend wollten sie nicht in ihr Hotel, sondern kämpften sich mit ihren Schirmen über den fast menschenleeren Ringstraßencorso Richtung Hofoper.

Er überlegte, ob er ihnen einen Platz in seinem Wagen anbieten sollte, ließ es aber bleiben, er wollte nicht aufdringlich erscheinen. Jedoch fragte er sich, wieso zwei so feine Damen bei diesem Sauwetter zu Fuß unterwegs waren.

6. Konspiratives Treffen im Café Imperial

An den nächsten beiden Tagen begegnete Gustav der attraktiven Emma von Zoloto noch zweimal. Von wegen sie geht nie aus, dachte er. Entweder ist sie äußerst geschickt und entkommt öfter dem alten Drachen, oder ihre Begleiterin hatte aus irgendeinem Grund verhindern wollen, dass sich ihr Schützling mit ihm traf.

Leider hatte er nie Gelegenheit, die junge Dame erneut anzusprechen, denn sie befand sich jedes Mal in Gesellschaft eines großen, mageren, dünnlippigen Mannes mit wachen, durchdringenden Augen. Womöglich war dieser sehr streng aussehende Herr ihr Gemahl? Ein eifersüchtiger Ehemann reichte ihm fürs Erste.

Emma von Zoloto hatte bei ihren Begegnungen immer Handschuhe angehabt. Er wusste also nicht, ob sie einen Ehering trug oder nicht. Dennoch schlug er – in freudiger Erwartung, diese hübsche junge Frau dort wiederzusehen – das Café Imperial vor, als Rudi und Major Serényi ihn eines Nachmittags zu einem Treffen einluden. Da er beinahe Augenzeuge des Attentats gewesen war oder zumindest als einer der Ersten am Tatort, wollte der Oberkommissär, dass er dem ungarischen Kollegen schilderte, was er beobachtet hatte.

Mittlerweile hatte sich die Staatspolizei in die Untersuchungen der Sicherheits- und gerichtspolizeilichen Abteilung eingeschaltet, sozusagen das Kommando übernommen. Da Rudi auch die administrative Abteilung im Nacken saß, war er sehr gereizt.

„Das heißt, jetzt mischen alle drei Sektionen bei diesem Fall mit. Das kann nur im Chaos enden, oder?“, zeigte Gustav Verständnis.

„Seither geht jedenfalls gar nichts mehr weiter“, beklagte sich sein Freund. „Sie streiten andauernd um Zuständigkeiten und Rangordnung. Die Täter sind längst über alle Berge.“

Istvan von Serényi nickte zustimmend.

„Der Fall hat höchste Priorität, was bedeutet, dass vom Innenminister abwärts jeder alles besser weiß und über alle unsere Nachforschungen schriftliche Protokolle verlangt. Wir kommen mit dem entsetzlichen Schreibkram kaum mehr nach.“

„Meine Vorgesetzten erwarten ebenfalls tagtäglich seitenlange Berichte von mir. Dabei habe ich ihnen nichts zu berichten. Wir tappen völlig im Dunkeln, sagt man so auf Deutsch?“

Gustav konnte sich lebhaft vorstellen, dass die berüchtigte Bürokratie der k. u. k. Doppelmonarchie diese beiden engagierten Polizeibeamten fast in den Wahnsinn trieb. „Gibt es wenigstens irgendwelche Verdächtigen?“, fragte er.

„Ha! Ja, irgendwelche – du sagst es!“, empörte sich Rudi lautstark. „Sie haben ein paar Obdachlose aus der Gosse verhaftet. Wie sollen diese armen Teufel gewusst haben, um welche Uhrzeit der Wiener Polizeidirektor und seine Gäste die Hofburg verlassen werden, und wie sind sie zu den Granaten gekommen?"

„Der Mörder Ihrer Majestät Kaiserin Elisabeth war auch ein armer Teufel", wagte Gustav einzuwerfen.

Mit dieser unnötigen Bemerkung zog er sich den Zorn seines Freundes zu. „Bist du noch zu retten, Gustl? Fängst du jetzt auch an, die Ärmsten der Armen in unserem ach so herrlichen Kaiserreich zu verdächtigen? Für so deppert hätte ich dich nicht gehalten!"

„Schrei nicht so!" Gustav hatte bemerkt, dass einige der Herren an den Nebentischen sich bei den lautstark geäußerten Worten des Oberkommissärs zu ihnen umgedreht hatten.

„Na, wenn's wahr ist!" Rudi rief nach dem Kellner, bestellte ein Bier.

Im Café Imperial trank man nachmittags kein Krügerl.

Gustav genierte sich ein bisschen für seinen Freund, hoffte, Rudi würde es nicht bemerken.

„Mein Kollege und ich sind davon überzeugt, dass es sich bei den Attentätern um Mitglieder einer internationalen Anarchistengruppe handelt", sagte der ungarische Polizeioffizier. „Wir gehen davon aus, dass es mindestens zwei Attentäter gewesen sind, da kurz hintereinander zwei Granaten auf die Karosse geworfen wurden. Ein Einzeltäter hätte das sicher nicht geschafft, ohne entdeckt zu werden. Es waren ja einige Leute vor den Toren der Hofburg unterwegs."

„Sie haben recht", sagte Gustav. „Der erste Attentäter stand wahrscheinlich weiter entfernt, hat die Kutsche mit seiner Bombe verfehlt und ist sofort abgehauen, während die Leute fassungslos auf die Explosion gestarrt haben. In diesem Moment hat ein anderer die zweite Dose mit dem Dynamit geworfen, und keiner hat es bemerkt, weil ja alle auf das Feuer und die krepierenden Rösser geachtet haben."

„Leider zählt Ihr Freund, dieser Fiaker, nach wie vor zu den Hauptverdächtigen. Er ist nicht auffindbar, obwohl die halbe Abteilung der Sicherheitswache und die Geheimpolizei nach ihm fahnden."

„Edi ist nicht mein Freund, er war mein Untermieter." Sogleich schämte sich Gustav für seine Worte. Denn Edi war ihm in den Monaten, als er bei ihnen gewohnt hatte, ans Herz gewachsen. Der leicht blasierte Unterton, als der adelige Ungar „Ihr Freund, dieser Fiaker" gesagt hatte, war zu viel für ihn gewesen und hatte ihn zu dieser Art von Rechtfertigung bewegt, was ihn maßlos ärgerte.

„Edi hatte nichts mit diesem Attentat zu tun. Für ihn lege ich meine Hand ins Feuer!", beeilte er sich die Sache klarzustellen.

„Rudi hat mir mitgeteilt, dass dieser Fiaker ein Anarchist ist."

„Bist du komplett verrückt geworden", zischte Gustav seinen besten Freund an. „Edi ist ein überzeugter Sozi und mag keine Polizei. Das macht ihn noch lange nicht zu einem Anarchisten."

In diesem Moment betrat Emma von Zoloto in Gesellschaft eines elegant gekleideten Herrn das Café Imperial. Es war derselbe Mann, in dessen Gesellschaft Gustav sie zuletzt gesehen hatte. Er würde sich diese Frau wohl aus dem Kopf schlagen müssen.

Sie lächelte Gustav freundlich an. Bevor er sie begrüßen konnte, verschwand sie mit ihrem Begleiter durch den Seiteneingang des Hotelcafés in Richtung Foyer.

„Wer war das?", fragte Rudi, dem der verträumte Gesichtsausdruck seines Freundes nicht entgangen war.

„Eine Bekannte. Ihr Name ist Emma von Zoloto. Habe ich dir nicht schon von ihr erzählt?“

„Nein, hast du nicht!“

„Sie war eines der Opfer dieses Attentats. Die junge Dame ist zufällig über den Michaelerplatz spaziert, als die erste Granate explodierte. Ein Pferdekopf landete in ihrem Schoß und sie ist in Ohnmacht gefallen. Tja, und ich bin ihr eben zu Hilfe gekommen ...“

„... und hast dich auf den ersten Blick in sie verliebt.“

„Verliebt würde ich nicht sagen. Sie rührt mich irgendwie an.“

„Pardon, ich dachte, Sie sind mit Fräulein Palme verlobt?“, fragte Istvan von Serényi.

Gustav zuckte zusammen. Er hatte keine Lust, mit dem Major über seine komplizierte Beziehung zu Dorothea zu sprechen.

„Wolltest du heute nicht ins Casino, Istvan?“

Gustav war Rudi dankbar für seine Intervention.

„Oh ja, ich möchte mein Glück versuchen.“ Der Major wirkte recht vergnügt, trotz der sich dahinschleppenden Ermittlungen, was die Ermordung seines obersten Chefs betraf. Als sie aufbrachen, raunte er Gustav zu, dass ihm der Budapester Polizeipräsident nicht sehr freundlich gesinnt gewesen sei. „Seine Gattin mag mich umso lieber.“ Er zwinkerte verschwörerisch.

Gustavs Laune besserte sich augenblicklich. Er malte sich aus, wie der fesche Major bald die lustige Witwe trösten würde. Und seine Befürchtungen, dass Dorothea dem Charme des flotten Ungarns erliegen könnte, verflüchtigten sich. Dorothea hatte mit Frauenhelden absolut nichts am Hut. Allerdings würde er dafür sorgen müssen, dass sie von Istvans lockerem Lebenswandel erfuhr.

7. Der Spieler

Gustav zögerte, das Casino zu betreten. Er hatte seiner Tante versprochen, nie mehr zu spielen, nachdem er einen Großteil seines Erbes auf Spieltischen gelassen hatte. Und er pflegte seine Versprechen meistens zu halten.

Schließlich kam er doch mit, mimte aber den Zuseher. Obwohl es ihn in den Fingern juckte.

Istvan von Serényi war das Glück anfangs hold. Er gewann eine beeindruckende Summe am Roulettetisch. Daraufhin lud er seine Freunde auf eine Flasche Champagner ein und riskierte dann seinen Gewinn beim Black Jack.

Rudi spielte nur zum Spaß. Nachdem er dreißig Kronen bei diesem Idiotenspiel gewonnen hatte, hörte er auf und sah seinem Kollegen zu, der sich nun auf der Straße der Verlierer befand. „Mach Schluss, Istvan! Lass uns lieber noch in eine Singspielhalle oder in ein Varieté gehen", versuchte er den passionierten Spieler davon abzuhalten, alles wieder zu verlieren.

„Wie gewonnen, so zerronnen." Der Major war nicht mehr ganz nüchtern und hasardierte weiter.

„Komm jetzt! Die Wienerinnen sind berühmt für ihre Schönheit." Der Oberkommissär packte seinen Kollegen am Arm.

„Ich li...liebe die schönen Wienerinnen", lallte Istvan und erhob sich endlich vom Spieltisch.

„Glück im Spiel, Pech in der Liebe", konnte sich Gustav den blöden Spruch nicht verkneifen.

Plötzlich spürte er eine Hand an seinem Ellbogen. Der Griff war fest genug, um als Herausforderung zu gelten. Blitzschnell drehte er sich um.

Hinter ihm stand Karl von Dalheim und blickte ihn hasserfüllt an.

„Immer flotte Sprüche drauf, der große Schürzenjäger", sagte der illuminierte Ehemann seiner Geliebten.

„Hände weg! Sie sind ja total betrunken", fauchte Gustav, als ihn der Mann nicht losließ.

„Und Sie sind ein Drückeberger, Herr Oberleutnant." Herr von Dalheim lachte höhnisch.

Gustav von Karoly war keineswegs arrogant, wollte sich aber mit diesem schwerreichen Kaufmann auf nichts einlassen. Ein Nobilitierter gehörte der *Zweiten Gesellschaft* an. Das kleine *von* hatte er wegen seiner Verdienste als Wirtschaftstreibender verliehen bekommen. Herr von Dalheim besaß Kaufhäuser in Wien und in Budapest und war bekannt dafür, dass er seine Angestellten schamlos ausbeutete. Ein unsympathischer geldgieriger Mann, der seine junge Frau sehr kurzhielt. Gesellschaftliche Kontakte zwischen altem Adel und den Nobilitierten waren nur im Bereich der Wohltätigkeit und beim Heer üblich. Also sah sich Gustav nicht gezwungen, auf Dalheims Beleidigung mit einer Forderung zu reagieren, obwohl ihm dieses Scharmützel vor seinen Freunden und den anderen Gästen im Casino verdammt unangenehm war. Doch seit seinem letzten Duell hatte er sich fest vorgenommen, sich nicht mehr zu schlagen. Sich mit Dalheim zu duellieren, würde außerdem fast einem Mord gleichkommen. Er war überzeugt, dass der alte Knabe weder mit einem Degen noch mit einer Pistole umgehen konnte. Auch wenn er den Mann nicht ausstehen konnte, wollte er ihn nicht töten oder schwer verletzen.

Er stand auf, schüttelte Dalheims Hand ab und begab sich gemächlichen Schrittes Richtung Ausgang. Rudi und Istvan folgten ihm.

„Verfluchter Bastard, was bildest du dir ein", schrie Karl von Dalheim ihm nach.

Gustav musste sich schwer zusammenreißen, um Ruhe zu bewahren. Sein Freund jedoch machte kehrt und versetzte dem dicklichen Kaufmann einen Faustschlag in die Magengrube.

Karl von Dalheim hielt sich stöhnend die Hände vor den Bauch.

Istvan schlug Rudi auf die Schulter: „Gut gemacht, Herr Oberkommissär!“ Gustav bestrafte er mit einem abfälligen Blick.

„Danke, aber das war völlig unnötig“, sagte Gustav zu Rudi, als sie das Casino verließen. „Eine Krämerseele, wie mein Herr Papa sagen würde, kann mich nicht beleidigen.“

„Wie Eure Erlaucht meinen“, spottete Rudi und schlug vor, ins Tanzlokal Thumser nach Neulerchenfeld hinauszufahren. „Istvan sollte die Vorstadt kennenlernen. Außerdem vergisst du diesen ärgerlichen Zwischenfall am schnellsten bei einem Glaserl Wein und einem Walzer mit irgendeinem feschen Mädl.“

„Sicher nicht!“

In den Tanzlokalen der Vorstadt fühlte sich Gustav deplatziert. Ein paar Mal war er mit seinem Freund in so einer stinkenden Räucherhöhle gewesen. Er gehörte nicht dorthin. Ebenso wenig wie Istvan. Der würde Augen machen. Vielleicht würde er aber in seinem schwer illuminierten Zustand nicht mehr viel mitbekommen.

Der Ring war wegen eines Unfalls gesperrt. Ihr Kutscher musste einen Umweg über den 4. Bezirk machen. Auf der langen Fahrt klärten Gustav und Rudi den Major über Wien und seine Vorstädte auf.

„Wien ist im Grunde eine drei-, nein sogar eine viergeteilte Stadt“, sagte Gustav. „In der Innenstadt leben der Adel und das Großbürgertum, in den durch den Ring abgetrennten inneren Vorstädten, in der Josefstadt oder hier auf der Wieden, wohnen die Beamten und Kleinbürger und draußen über dem Gürtel, in den äußeren Vorstädten, die Proletarier. Die Ärmsten hausen an der Peripherie dieser Außenbezirke in slumartigen Auffangquartieren."

„Vergiss nicht die Villen- und Cottageviertel im 13., 18. und 19. Bezirk, Herr Graf", spöttelte Rudi.

„Da wohnen einige wenige schwerreiche Leute und Angehörige des Hochadels."

„Sind wir schon in der Vorstadt? Hier sieht es gar nicht so übel aus. Ein bisschen finster, aber die Häuser wirken recht ordentlich", unterbrach ihn Istvan.

„Wir sind noch auf der Wieden. Hier gibt es ganz anständige Wohnungen. Aber ich krieg immer einen Gachen, wenn ich so ein behübschtes Haus in den Außenbezirken sehe. Die Bauherren versuchen die Palais der Innenstadt zu kopieren, denn in Wien zählt nur der äußere Schein", schimpfte Rudi.

„Die Fassaden vieler Zinshäuser da draußen erinnern tatsächlich an die Pracht der Ringstraßenarchitektur. Im Inneren schaut es ganz anders aus. Winzige Räume, keine ordentlichen Sanitäranlagen. Nichts als billige Effekthascherei. Rudi hat vollkommen recht, der äußere Schein ist wichtig. Das furchtbare Elend, das sich hinter diesen Kopien der Gründerzeithäuser abspielt, interessiert keinen", sagte Gustav. „Die Mieten sind zudem exorbitant hoch, es wird wahrer Zinswucher betrieben."

„Ja, es gibt viel zu wenige Wohnungen für all die Zuwanderer aus den Kronländern, die man dringend für die Arbeit in den Fabriken braucht. Deshalb verlangen die Hausbesitzer für die elendsten Unterkünfte in Kellern und Dachböden pro Quadratmeter höhere

Mieten als in den prächtigen Ringstraßengebäuden", bekräftigte Rudi die Worte seines Freundes.

„Die Gier ist eben ein Hund!", murmelte Gustav.

„Bis zu zwanzig Menschen leben mit und übereinander auf Zimmer, Küche. Wasser und Klo teilt man sich auf dem Gang mit zwei anderen Hausparteien. Dazu kommen unzählige Bettgeher. Wenn die ständigen Mieter arbeiten gehen, überlassen sie ihre Betten noch ärmeren, die in der Nacht arbeiten oder gar keine Arbeit haben und ihre letzten Heller für ein paar Stunden in einem warmen Bett ausgeben. Und in diesen winzigen Einraumwohnungen wird auch gekocht und gewaschen und im Winter meistens nicht gelüftet, um Heizmaterial zu sparen. Der Gestank in solchen Quartieren ist unerträglich, selbst für mich, obwohl ich ja einiges gewöhnt bin."

„Bei uns in Budapest schaut es nicht viel anders aus ...", mischte sich Istvan, der lange geduldig zugehört hatte, ein.

Rudi ließ ihn nicht ausreden. „So schlimm wie bei uns ist es sicher nicht. Die Wiener Bevölkerung hat sich in den letzten dreißig Jahren verdoppelt. Aus allen Regionen der Monarchie strömt die verarmte Landbevölkerung in die Reichshauptstadt, vor allem aus Südböhmen und Südmähren. Die Vorstädte gehen über. Auf den niedrigen, verrußten Gängen und in den von Ratten verseuchten Kellern spielen rachitische Kinder, falls sie nicht zu kaputt von der anstrengenden Arbeit sind. Kinderarbeit wird natürlich kaum entlohnt. Die Kleinen müssen aber mithelfen, damit ihre Mütter halbwegs was verdienen. Die Arbeit im Blumen- und Schneidereigewerbe ist miserabel bezahlt. Aber sie haben wenigstens Arbeit. Noch ärger sind die Arbeitslosen dran. Viele verkriechen sich in den Obdachlosenquartieren, draußen am Wienerberg oder am Laaerberg in den Ringöfen, wo sie in den kalten Nächten ein warmes kostenloses Nachtquartier finden. Und doch sind sie besser dran als all die hungernden und frierenden Menschen, die in den Kloaken nächtigen oder unter den Brücken oder in den Praterauen."

Gustav hatte genug von den Greuelgeschichten. Auch Istvan wirkte etwas ermüdet.

Doch Rudi war in seinem Element, fuhr in leidenschaftlichem Ton fort: „Die reichen Bürger und der Adel fürchten sich davor, einen Fuß in die Vorstädte zu setzen."

„In den billigen Tschocherln, zum Beispiel in Neulerchenfeld, wurde schon so manch feiner Herr mit seiner Mamsell gesichtet", wiedersprach Gustav.

„Tja, in der Vorstadt huren die noblen Herren halt gerne herum", sagte Rudi. „Wien ist wirklich eine gespaltene Stadt. Die Trennlinie zwischen dem Zentrum und der Peripherie ist der Gürtel. Er ist ein Schutzboulevard nach dem Vorbild des Boulevard Haussmann, der in Paris als Aufmarschgebiet für das Militär errichtet wurde, falls es zu Aufständen und Unruhen in den Pariser Vorstädten kommen sollte. Auch in Wien sollen durch den Gürtel die wohlhabenden Bürger in den Innenbezirken vor dem *Abschaum* auf der anderen Seite geschützt werden. In der Vorstadt treiben tatsächlich Gauner, Strizzis und Pülcher ihr Unwesen. Aber, wie gesagt, wen wundert es?"

„Bravo, Herr Oberkommissär! Lass solche Worte bloß nicht deine Vorgesetzten hören", beendete Gustav das unerfreuliche Thema. Mittlerweile waren sie bei den k. k. Hofstallungen angelangt.

Istvan schien ebenfalls keine große Lust mehr auf Vorstadtwirtshäuser zu haben. Rudi schlug daher vor, auf ein Glaserl in eine Schenke am Spittelberg zu gehen.

Er ist und bleibt unverbesserlich, dachte Gustav und ließ seinen Freund mit Istvan alleine weiterziehen. Nach den ordinären Bierhäuslmenschern am Spittelberg stand ihm nicht der Sinn.

8. Weiberwirtschaft im Hause Karoly

Als Gustav gegen halb elf Uhr abends heimkam, saßen Dorothea und seine Tante in der Wohnküche und lasen die Abendblätter. Hinter dem schweren grünen Vorhang hörte er Josefa mit dem Geschirr hantieren.

Dorothea legte ihre Zeitung weg, als er sich zu ihnen gesellte.

„Was ist los, Gustav?“, fragte sie. „Du siehst grauenhaft aus. Hast du zu viel getrunken?“

„Nein, aber danke für das Kompliment! Ich hatte einen höchst unerfreulichen Zusammenstoß mit Herrn von Dalheim ...“

„Wo warst du?“, fragte Vera, ohne von ihrer Zeitung aufzublicken.

„Im Casino mit Rudi und Istvan von Serényi. Keine Angst, ich habe nicht gespielt, nur zugesehen. Istvan ist ein richtiger Hasardeur“, beeilte er sich zu sagen, als ihn die beiden Frauen erschrocken ansahen. „Und dann ist aus heiterem Himmel der Dalheim aufgetaucht und hat mir eine Szene gemacht. Der Kerl ist vollkommen irrsinnig. Stellt euch vor, ich hätte seine Herausforderung angenommen! Ich wäre mir wie ein Mörder vorgekommen.“

Vera zuckte zusammen. Dorothea verzog angewidert ihr hübsches Gesicht.

Josefa kam hinter dem Vorhang hervor. „Um Himmels willen, was hast du getan, Gustl?“, fuhr sie ihn an.

„Nichts, nichts habe ich getan, ich habe seine Herausforderung ignoriert, mich von ihm beleidigen lassen und fluchtartig das Casino verlassen. Ein sehr ehrenvolles Benehmen, oder meine Damen?

„Bravo!", lobte ihn seine Tante. „Du musst diese Affäre sofort beenden", fügte sie leise hinzu.

„Das finde ich auch", sagte Dorothea. „Aber ich bin stolz auf dich, Gustl, du hast richtig gehandelt, als du seine Forderung nicht angenommen hast!"

„Bist ein braver Bub", gab auch Josefa ihren Senf dazu.

Mein Gott, ich halte diese Weiberwirtschaft keine Sekunde länger aus, dachte Gustav und wünschte, er hätte sich doch Rudi und Istvan angeschlossen.

„Die beiden wollten noch in die Vorstadt ..."

Dorothea ließ ihn nicht ausreden. „Apropos Vorstadt. Darüber habe ich gerade in der Neuen Freien Presse einen fürchterlichen Artikel gelesen. Die Journalisten dieser Zeitung werden immer reaktionärer. Sie pathologisieren die Bezirke außerhalb des Gürtels regelrecht, stellen sie als einen Ort der Krankheit, der Prostitution, der Verbrechen und Rebellion dar. Einer dieser Schreiberlinge bezeichnete sie sogar als ein Geschwür, das die ganze Stadt bedroht."

„Und durch diese Vorurteile werden Antisemitismus und antislawische Tendenzen sowie Ängste vor Fremden im Allgemeinen geschürt", sagte Vera. „Genug diskutiert. Gustav, du solltest etwas essen. Du wirst immer dünner. Man kann sich nicht allein von Kaffee und Zigarillos ernähren."

Als ihm Josefa daraufhin seinen geliebten Kaiserschmarrn mit Zwetschkenröster machte, Vera ihm einen Cognac einschenkte und Dorothea ihm aufmerksam zuhörte, als er ihr von den komplizierten Ermittlungen, was den Terroranschlag betraf, berichtete, war er wieder versöhnt mit seinen drei Frauen.

Nachdem sich Vera und Josefa zurückgezogen hatten, diskutierten Dorothea und Gustav weiter über das Attentat und die verdächtigen Anarchisten. Im Gegensatz zu ihm, hatte Dorothea sich mit den theoretischen Schriften von Kropotkin und Bakunin beschäftigt. Sie erklärte ihm, worum es den Anarchisten eigentlich ging. Er hörte ihr nicht sehr aufmerksam zu, liebte es jedoch, ihrer Stimme zu lauschen.

„Das Wort Anarchismus kommt aus dem Griechischen und bedeutet ‚Herrschaftslosigkeit'. Es ist eine Philosophie, die die Herrschaft von Menschen über Menschen und jede Art von Hierarchie als Form der Unterdrückung von Freiheit ablehnt. Die Anarchisten kämpfen um die Abschaffung der Lohnarbeit und für die Enteignung der Kapitalisten. Sie treten für Freiheit, Selbstbestimmung, Gleichberechtigung und Selbstverwirklichung der Menschen und für eine kollektive Selbstverwaltung ein. Für sie sind alle Menschen gleich, Frauen, Männer und Kinder."

„Im Grunde geht es denen also um die individuelle Freiheit und um soziale Verantwortung für die Gemeinschaft", sagte Gustav. „Das eine fordern auch die Liberalen, das andere die Sozialisten." Für diesen Einwurf wurde er mit einem wohlwollenden Lächeln seiner Angebeteten belohnt.

„Anarchisten lehnen aber den Staat grundsätzlich ab, besonders die Monarchie und die Diktatur, und sie bekämpfen Militarismus und Klerikalismus. In Deutschland sind sie überaus aktiv. Nach dem Ende der repressiven Sozialistengesetze 1890 ist dort die anarchistische Bewegung enorm angewachsen. Viele Schriftsteller, Bildende Künstler und Philosophen haben sich ihr angeschlossen. In den letzten Jahren hat sich eine noch radikalere Theorie in Russland entwickelt, basierend vor allem auf den Ideen von Michail Bakunin. ‚Die Lust der Zerstörung ist gleichzeitig eine schaffende Lust', behauptete er zum Beispiel. Davon hast du schon mal was gehört, oder?"

„Selbstverständlich", log Gustav. Verzaubert von ihrem begeisterten Gesichtsausdruck, ihren leicht geröteten Wangen und ihren funkelnden, im schwachen Licht der Kerzen fast violett schimmernden Augen, malte er sich aus, wie er sie in die Arme nehmen und in sein Bett tragen würde.

„Bei Rosa hat übrigens gestern eine Hausdurchsuchung stattgefunden. Sie ist von Beamten der Staatspolizei einvernommen worden", riss Dorothea ihn aus seiner Verzückung. „Vera hat bereits alle Schriftstücke, vor allem die unveröffentlichten, in denen von Widerstand oder Kampf die Rede ist, mit Hilfe von Josefa in den Keller gebracht. Als ob sie da unten nicht herumschnüffeln würden, wenn es bei uns zu einer Hausdurchsuchung kommen sollte. Du musst ihr das klarmachen, auf mich hat sie nicht gehört."

„Auf mich wird sie erst recht nicht hören. Glaubst du im Ernst, dass die Geheimen auch Vera belästigen werden? Ich kann mir das nicht vorstellen. Rudi wird das zu verhindern wissen."

„Wenn es in seiner Macht steht, sicherlich. Aber ich befürchte, dein Freund hat nicht mehr viel zu sagen. Am liebsten würde ich die drei Kartons, in denen sich die Kampfschriften befinden, ins Institut bringen und in meinem Büro verstecken. Beziehungsweise bräuchte ich sie nicht zu verstecken, ich könnte diese Schriftstücke einfach in meinen Schrank legen. Auf die Idee, dass sich in der Gerichtsmedizin radikale frauenrechtlerische Artikel befinden, kommt garantiert keiner von diesen Schlaumeiern."

„Du bist und bleibst genial! Am besten, wir schaffen das Zeug gleich jetzt in die Sensengasse. Hast du einen Schlüssel für das Gebäude?"

„Selbstverständlich. Aber der Nachtwächter bereitet mir ein bisschen Sorgen. Für den sollten wir uns eine glaubwürdige Geschichte einfallen lassen, wenn wir ihn um Mitternacht aufwecken."

„Eine Flasche Schnaps?"

Dorothea klopfte ihm lachend auf die Finger. „Du bist unmöglich, Gustl, doch das ist gar keine so schlechte Idee. Wir werden sagen, dass sich in den Kartons wichtige Bücher befinden. Warum wir diese allerdings um Mitternacht anschleppen, werde ich ihm nicht erklären können. Vielleicht sollten wir die Sachen doch lieber tagsüber hinbringen?"

„Das geht nicht. Zu viele Augen. Irgendjemand würde Fragen stellen. Nein, das erledigen wir gleich. Wenn der Kerl wirklich säuft, ist er um diese Zeit nicht mehr ansprechbar. Und, wie gesagt, zur Not erledigen wir ihn mit einer Flasche Wacholder. Habe vor kurzem eine zweite Flasche wegen Josefas Zahnschmerzen besorgt. Die ist unangerührt."

„Eigentlich hätten wir Vera wecken und fragen sollen, ob es ihr recht ist, wenn wir ihre Schriften in mein Institut bringen", sagte Dorothea, als sie bereits in einer Droschke saßen.

„Natürlich wird ihr das recht sein. Sie wird uns dankbar sein. Unser Keller ist wirklich kein ideales Versteck. Selbst wenn die Geheimen dort nicht nachsehen würden, ihre Artikel würden in Kürze von Ratten und Mäusen verspeist oder von der Feuchtigkeit ruiniert werden."

9. Eine Nacht in der Gerichtsmedizin

Das Institut für Gerichtliche Medizin in Wien, eines der ältesten Gerichtsmedizinischen Institute der Welt, war in einem Gebäude in der Sensengasse untergebracht. Mit den schweren Schachteln eilten sie zum Eingangstor. Ein kalter Wind pfiff durch die finstere menschenleere Gasse im 9. Bezirk.

„Unsere Arbeitsräume sind im ersten Stock des Südflügels", flüsterte Dorothea, als sie das Haustor aufsperrte. „Ich werde lieber kein Licht anmachen, sonst wecken wir den Nachtportier. Normalerweise hat er einen festen Schlaf."

„Wo darf ich diese kostbaren Sachen hinstellen?", stöhnte Gustav, der ihr die dritte Schachtel abgenommen hatte, als sie das Eingangstor aufgesperrt hatte. Er war fast am Zusammenbrechen. Papier hat ganz schön viel Gewicht, dachte er.

„Lass sie hier neben der Tür. Wir bringen sie später hinauf in mein Büro. Zuerst möchte ich dir meinen Arbeitsplatz zeigen. Findest du dich im Dunkeln zurecht?"

„Die im Dunkeln sieht man nicht", sagte er vergnügt. Prompt stolperte er über eine Unebenheit im Steinboden, konnte sich gerade noch an Dorotheas Schulter festhalten. „Wäre schade drum gewesen." Er deutete auf die Schnapsflasche in seiner Manteltasche.

„Gib mir lieber deine Hand."

„Reich mir die Hand, mein Leben", trällerte Gustav.

„Sei nicht so albern."

Er griff nach ihrer Hand, folgte ihr den finsteren Gang entlang hinüber in den neuen Anbau, in dem sich der Sektionsraum befand. Dorothea sperrte auf und machte Licht an.

„Oh, là là, es werde Licht“, blödelte er weiter.

„Das Lachen wird dir gleich vergehen.“

Es verging ihm tatsächlich, als er den weiß verfliesten Sektionsraum betrat. Chemischer Gestank stieg ihm in die Nase. Die metallenen Flächen strahlten kalt und unheimlich im gleißenden Licht. Am meisten bedrückte ihn die Totenstille.

Dorothea zeigte ihm die Geräte, die sie bei Autopsien benützte, und hielt ihm einen kleinen Vortrag.

Gustav besaß eine lebhafte Phantasie. Während sie ihm in nüchternem Ton ihre Arbeit beschrieb, stellte er sich vor, dass sein eigener Körper auf einem der blitzblank geputzten Tische unter der grellen elektrischen Lampe lag: Er war nackt. An seinem großen rechten Zeh hing ein Zettel, auf dem sein Name stand. Seine schlaffe Haut war von einem bläulichen Schimmer überzogen. Selbst sein Gesicht hatte sich blau verfärbt. War Blau die Farbe des Todes? Seine Augen starrten dumpf an die Decke, sein Mund war leicht geöffnet, die Mundwinkel hingen schlaff herab. Wie aus weiter Ferne vernahm er Dorotheas Stimme.

„Bei einer Sektion ist es üblich, den Brustkorb auf beiden Seiten des Brustbeins aufzuschneiden, damit man ihn zurückklappen und auf die darunterliegenden Organe zugreifen kann. Dafür nimmt man einen Knochenschneider.“ Sie griff nach einem gefährlich aussehenden Gerät.

„So genau will ich es gar nicht wissen“, beteuerte er.

Plötzlich konnte er sein Inneres sehen, das stille Herz, die angeschwollene Leber, die verschrumpelten

Nieren und andere innere Organe, die er nicht eindeutig identifizieren konnte.

„Bei der Untersuchung unbekannter Toter verwenden wir auch moderne Methoden der Agnoszierung, wie die Feststellung des Zahnstatus zum Beispiel. Soll ich dir das anhand der Leiche, die drüben im Kühlfach liegt, mal vorführen?“

Ihm wurde schwindlig. Er hielt sich an einem der Seziertische fest.

„Fall mir bloß nicht in Ohnmacht. Mir reichen all die großspurigen Herren Medizinstudenten, die bei den Obduktionen reihenweise umkippen. Ich habe für diese Burschen extra ein Fläschchen Riechsalz besorgt, obwohl ich selbst noch nie eines benötigt habe.“

„Mir ist nur ein bisschen übel. Wahrscheinlich habe ich etwas Falsches gegessen“, stammelte Gustav, der keinesfalls als Weichei dastehen wollte.

„Ruh dich aus, ich verstaue inzwischen Veras Artikel.“

Wo sollte er sich hier ausruhen? Auf der steinernen Bank neben dem Schrank mit all den chemischen Mitteln? Allein der klinische Geruch nach Antiseptikum löste bei ihm heftiges Herzklopfen aus.

Auf einmal bildete er sich ein, das kreischende Geräusch einer Bügelsäge zu hören, gefolgt von einem monotonen Tappen. „Da ist jemand nebenan!“

„Da ist niemand. Nebenan befinden sich der Hörsaal für die Vorlesungen und das Laboratorium.“

„Sei still! Hörst du es nicht?“ Er vernahm selbst keinen Ton mehr, außer seinem lauten Atem. Hatten ihm seine Ohren einen Streich gespielt?

Doch auf einmal war das leise monotone Geräusch wieder hörbar.

„Das sind Schritte. Mach das Licht aus! Ich werde nachsehen.“

„Ach komm, Gustl, bleib hier, du verirrst dich da draußen. Wahrscheinlich ist es der Nachtwächter, der seinen Rundgang macht. Und für den haben wir ja vorgesorgt." Sie deutete auf die Ausbeulung in seiner Manteltasche.

„Pst! Hier ist es wieder. Hörst du es? Tapp, tapp, tapp ..."

„Das ist der Wasserhahn, der tropft und endlich repariert gehört."

Dorotheas perlendes Lachen, das er an sich liebte, ärgerte ihn ein bisschen.

„Hier, wasch dir die Hände damit", forderte sie ihn auf und reichte ihm eine Chlorkalklösung. „Hygiene wird bei uns großgeschrieben. Die meisten Epidemien werden durch die verheerenden hygienischen Verhältnisse in unserer Stadt ausgelöst."

Gustav wusch sich die Hände mehrmals, hatte er doch panische Angst vor ansteckenden Krankheiten.

„Es reicht, Gustl! Komm jetzt."

Rasch brachten sie die drei Schachteln hinauf in Dorotheas Büro, verstauten Veras Schriften hinter und zwischen Büchern und Aktenordnern in einem verschließbaren Schrank.

Als sie nach zwei Uhr morgens das Eingangstor des Instituts zusperrten, war weit und breit kein Fiaker zu sehen. Auch der Nachtwächter hatte sich weder hören noch sehen lassen. Die Flasche Wacholder nahmen sie ungeöffnet wieder mit.

Sie spazierten Richtung Ring. Dorothea hing schwer an seinem Arm, schien im Gehen eingeschlafen zu sein. Bei der Universität fanden sie endlich eine Droschke.

Dorothea fielen, kaum hatte sie sich reingesetzt und in eine warme Decke eingewickelt, die Augen zu. Gustav war enttäuscht. Nach dem kleinen Abenteuer fühlte er sich wieder putzmunter, hätte gerne ein wenig mit ihr gescherzt oder gar ein paar Zärtlichkeiten ausgetauscht.

Er stupste sie an, weckte sie und sagte völlig unvermittelt, dass sich Rudi und Istvan wohl jetzt in einem Bordell vergnügen würden. Sogleich kam er sich wie ein Verräter vor – was er ja auch war.

Dorothea sah ihn völlig verdutzt an und zuckte mit den Achseln: „Schämst du dich nicht, Gustl? Freunde anschwärzen – so was ist doch unter deiner Würde, hätte ich zumindest gedacht." Daraufhin schloss sie wieder die Augen.

Schweigend verbrachten sie den Rest der Fahrt. Zuhause schlichen sie in ihre Zimmer.

Bis zum Morgengrauen wälzte Gustav sich schlaflos im Bett, ärgerte sich über sich selbst und über Dorothea, die ihm seine Schwächen, wie so oft, schonungslos bewusst gemacht hatte. Erst nachdem er sich ein paar Schluckerln von dem Wacholder genehmigt hatte, fiel er in Morpheus' Arme.

Dorothea ließ ihn nicht einmal im Schlaf in Frieden. Mit der Bügelsäge in der Rechten und dem Knochenschneider in der Linken näherte sie sich seinem Bett, beugte sich über ihn und schnipselte an seinem besten Stück herum.

10. Überfall bei der Albertina

Dichter Novembernebel hing über der Reichshaupt- und Residenzstadt. Man sah keine zehn Meter weit. Gustav hatte mit seinem Vater im Café Central eine Partie Schach gespielt und verloren. Sie spielten einmal im Monat gegeneinander. Seine Siege konnte Gustav an den Fingern einer Hand abzählen.

Nicht gerade bester Laune schlenderte er am frühen Abend die Herrengasse entlang zum Palais Erzherzog Albert, in der die fantastische grafische Sammlung der Habsburger untergebracht war.

Als er beim Kaisergarten ankam, begann es zu nieseln. Die Feuchtigkeit kroch unter seinen Anzug aus englischem Tweed. Trotz des edlen Stoffes fror er entsetzlich. Er sehnte sich nach dem Wintermantel seines Großvaters, den er seit vielen Jahren in den kalten Monaten trug. Da es tagsüber sonnig gewesen war, hatte er auf den Mantel verzichtet.

Der angeblich prachtvolle Garten des Kaisers war der Öffentlichkeit nicht zugänglich, sonst hätte er eine Abkürzung nehmen können. Fluchend tastete er sich an der hohen Umzäunung vorbei. Inzwischen war es dunkel geworden. In der schmalen Goethegasse standen kaum Gaslaternen.

Plötzlich spürte er einen spitzen Gegenstand in seinem Rücken. Er hatte so sehr darauf geachtet, in der Finsternis nicht zu stolpern, dass er nicht bemerkt hatte, wie sich jemand von hinten an ihn herangeschlichen hatte. Ohne lang zu überlegen, machte Gustav einen großen Schritt nach vorne, wirbelte herum, holte mit seiner gefährlichen Linken aus und schlug zu, ohne genau zu sehen, wohin.

Sekunden später wurde ihm klar, dass er sich verletzt hatte. Offensichtlich hatte seine Faust den Angreifer außer Gefecht gesetzt, aber er selbst hatte einen Schnitt auf seinem Handrücken abbekommen. Tapfer biss er die Zähne zusammen, entwand dem Mann das Messer und warf es über den hohen Zaun.

Dann packte er den Kerl am Kragen seiner Jacke, zerrte ihn ein paar Meter weiter unter das spärliche

Licht einer Gaslaterne. Er wunderte sich selbst, dass er so gut in Form war, hatte er das Boxtraining in letzter Zeit doch meistens geschwänzt.

Gustav war sich ziemlich sicher, dass es sich um einen gewöhnlichen Dieb handelte, der es auf seine Brieftasche abgesehen hatte. Obwohl er selbst nicht zu den Wohlhabenden gehörte, legte er Wert auf elegante Kleidung und mochte daher so manchem Räuber als ein sich lohnendes Opfer erscheinen. Deshalb tat er dem Mann auch nicht weh, hielt ihn nur mit seiner Rechten fest und stellte ihn zur Rede.

„Ich wollt Euer Gnaden nix tun, ich schwör's! Bitte lassen S' mich gehen." Der Ganove zappelte unter Gustavs festem Griff mit den Beinen wie ein kleines Kind.

Die Stimme kam Gustav bekannt vor. Er packte den Mann am Kinn, hielt sein Gesicht unter die Laterne. „Friiitz ...!"

Der Kellner vom Café Schwarzenberg zitterte am ganzen Körper.

„Was willst du von mir? Geld?"

„Nein ..."

„Was sonst?"

„Ist doch nix passiert."

„Du hast mich mit einem Messer bedroht. Und das nennst du nix passiert?

„Ich wollt Ihnen nur Angst machen."

„Das kapier ich nicht. Rede endlich, sonst übergebe ich dich einem Wachmann. Da vorne am Ring patrouilliert sicher einer herum."

„Keine Polizei, ich bitt Sie, Eure Erlaucht."

„Wenn du mir nicht sofort sagst, warum du mich überfallen hast, bring ich dich stante pede aufs nächste Revier." Gustav verlieh seinen Worten Nachdruck, indem er Fritz noch fester am Kragen packte und ihn hinter sich herzog.

„Nein, bitte nicht ... Ich gestehe alles. Der Herr von Dalheim hat mir einen Zehner gegeben und weitere neunzig Kronen versprochen, wenn ich Ihnen Angst einjag. Sie sollen seine Frau ... verzeihen S', Euer Gnaden ... in Frieden lassen, sie nicht mehr belästigen, ja, das hat er gesagt."

„Hundert Kronen? Mehr ist mein Leben nicht wert?"

„Ich hätt Euer Gnaden nicht umbringen sollen, sondern ..."

„Schweig gefälligst! Wenn du deinem Auftraggeber nicht sagst, dass du mir verraten hast, dass er dich auf mich gehetzt hat, lass ich dich laufen. Kassier deinen Hunderter und sag ihm, dass ich dir entwischt bin, du mich aber verletzt hast."

„Das mach ich, Euer Gnaden, versprochen, hoch und heilig!"

Gustav wollte nach wie vor keinesfalls von Karl von Dalheim Satisfaktion verlangen und auch keine Polizei einschalten. Es blieb ihm also nichts anderes übrig, als auf das Schweigen des hinterfotzigen Kellners zu vertrauen. Andererseits war der Fritzl bestimmt geldgierig und wollte sich die hundert Kronen nicht entgehen lassen. Er wird also machen, was ich ihm vorgeschlagen habe, hoffte er und ließ diesen Idioten gehen.

Auf der belebten Ringstraße angekommen, versuchte er sich zu entspannen, doch sein Herz raste und seine Hand tat höllisch weh. Ein saurer Geschmack blieb in seinem Mund haften, als er das letzte Stück seines Heimwegs zurücklegte.

Dorothea war nicht zuhause. Vera kam aus ihren Gemächern, als sie hörte, wie er im Vorzimmer die Schränke aufriss, um nach Verbandszeug zu suchen. Da die Schnittwunde auf seiner linken Hand nicht zu übersehen war, sagte er, dass ein Straßenräuber versucht hatte, ihn zu überfallen.

Vera verband die Wunde und setzte dann Wasser am Herd auf. „Kamillentee ist entzündungshemmend, behauptet zumindest Josefa."

Josefa schien ihren Namen gehört zu haben. Mit einem wattierten hellblauen Morgenrock bekleidet, kam sie aus ihrer Kammer geschlurft. Wegen ihrer unerträglichen Zahnschmerzen hatte sie sich schon früh hingelegt. „Was macht ihr beiden da?", fragte sie.

„Es ist nichts", beteuerte Gustav, als er ihren erschrockenen Blick bemerkte.

„Was ist mit deiner Hand passiert? Sind das Blutflecken auf deinem Hemd?"

„Ein kleiner Kratzer. Bitte leg dich wieder hin."

Erst als Vera beteuerte, dass nichts Schlimmes passiert sei, er sich nur leicht verletzt hätte, zog sich Josefa wieder in ihr Kabinett zurück.

„Was hast du mit dem Kerl gemacht? Hast du ihn zusammengeschlagen?", fragte Vera, als sie mit Gustav in ihr Zimmer ging. Sie setzten sich an das runde Marmortischchen, das Gustav ihr von seinem letzten Honorar gekauft hatte. Angeblich hatte es der bekannte Architekt Otto Wagner entworfen. Jedenfalls hatte er einen sündhaft teuren Preis dafür gezahlt.

„Ich habe ihn laufen lassen. Dieser Strizzi arbeitet seit kurzem im Café Schwarzenberg als Kellner."

„Und der wollte dein Geld? Der muss doch wissen, dass du nie viel bei dir hast. Lässt du nicht oft im Schwarzenberg anschreiben?"

Vera konnte man einfach nichts vormachen. Zögernd rückte er mit der Sprache heraus, erzählte seiner

Tante, die ja von seinem Verhältnis mit Ada von Dalheim wusste, dass Adas Gatte den Kellner beauftragt hatte, ihm Angst einzujagen.

„Ah, daher weht der Wind“, sagte sie.

Als er brav seinen Kamillentee trank, fragte sie ihn, wieso er ausgerechnet Ada als seine Geliebte auserwählt habe. Er zuckte mit den Achseln.

„Sie rührt dich an, ich weiß. Sie ist ja wirklich ein entzückendes junges Weib. Leider ist sie nach ihrem Vater geraten. Ritter von Schönfeld war ein Idiot, vollkommen degeneriert. Landadel, Inzucht ... Lieselotte hat ihn nur wegen seines Vermögens geheiratet. Sie hatte damals die Wahl, entweder Gouvernante für verwöhnte Bälger einer reichen Familie zu werden oder eben diesen degenerierten Ritter zu heiraten. Kein Wunder, dass sie sich für Letzteres entschied. Lieselotte wurde sehr spät Mutter. Obwohl sie sich bemüht hat, ihrer einzigen Tochter die beste Erziehung angedeihen zu lassen, hat sie einsehen müssen, dass die beste Erziehung nichts nützt, wenn das Kind nicht besonders aufnahmefähig ist. Ada ist eine Liebe und Nette, aber eben naiv und leicht verführbar. Du bringst sie in große Schwierigkeiten. Ihr Mann ist brutal und genauso ein Trottel wie ihr Vater. Deshalb hat Ada ihn ja auch, gegen den Willen ihrer Mutter, damals geheiratet. Sie hat einen saftigen Vaterkomplex, würde Dr. Sigmund Freud sagen.“

Gewöhnt an die Offenheit seiner Tante, war Gustav dennoch überrascht über ihre direkten Worte.

„Hast du es denn wirklich nötig, so eine hilfsbedürftige Frau zu verführen? Ich bin enttäuscht von dir, dachte, deine Mutter und ich hätten dich besser erzogen. Traust du dich nicht an starke emanzipierte Frauen heran? Schäm dich, Gustav!“

Er schämte sich tatsächlich. Unter diesem Aspekt hatte er die Wahl seiner bisherigen Geliebten nie betrachtet. Vera hatte recht, er hatte sich nur auf ein Verhältnis mit der unglücklichen Ada eingelassen, weil ihn Dorothea nicht erhörte. Er hatte schlicht und einfach seine angeknackste Männlichkeit aufpäppeln wollen.

„Ich werde das klären." Mit gesenktem Haupt verließ er nach Veras Strafpredigt ihr Zimmer.

11. Ende einer Liaison

Am nächsten Morgen schickte Gustav einen Boten mit einem Briefchen zu Ada von Dalheim. Er hatte die üblichen Liebes- und Sehnsuchtsbeteuerungen unterlassen, sie einfach um ein Gespräch gebeten.

Die Antwort traf gegen Mittag ein. Ada schlug vor, sich am späten Nachmittag in der momentan leerstehenden Wohnung ihrer Mutter im 1. Bezirk zu treffen. Lieselotte von Schönfeld befand sich nach einem Herzinfarkt und einem längeren Spitalsaufenthalt im Allgemeinen Krankenhaus auf Kur im idyllischen südsteirischen Bad Gleichenberg.

Er begab sich zu Fuß in die Spiegelgasse beim Graben. Auf dem Weg dorthin erinnerte er sich an seine erste Begegnung mit Ada. Sie hatten sich, kurz vor dem Herzinfarkt ihrer Mutter, bei einer Sitzung des Österreichischen Frauenvereins in der Wohnung der Karolys kennengelernt. Ada hatte damals ihre Mutter zu dieser Versammlung begleitet, aber nicht lange an der Sitzung teilgenommen, sondern ihm bald auf der Terrasse bei einer Tasse Kaffee Gesellschaft geleistet. Unter Josefas gestrengen Blicken wohlgemerkt.

Gustavs Mutter war mit der lebenslustigen und intelligenten Lieselotte von Schönfeld eng befreundet gewesen. Vera hatte diese Freundschaft nach Giselles Tod weitergepflegt, obwohl der Altersunterschied zwischen ihnen beträchtlich war.

Zu ihrem kurz darauf folgenden achtundsechzigsten Geburtstag lud Lieselotte von Schönfeld, die eine begnadete Mathematikerin war, Vera von Karoly und auch ihren charmanten Neffen ein. Gustav nahm die Einladung hocherfreut an, hoffte er doch, Ada bei dieser Geburtstagsfeier wiederzusehen.

Adas Ehemann konnte wegen wichtiger geschäftlicher Angelegenheiten in Budapest nicht an der Feier teilnehmen. Und so kam es, wie es kommen musste. Gustav ließ sich von Adas lieblichem Wesen, ihrer außergewöhnlichen Schönheit und von ihrem sanften Temperament bezaubern.

Als ihre Frau Mama am Tag nach dem Fest ins Allgemeine Wiener Krankenhaus eingeliefert wurde, schrieb er der jungen Frau ein paar mitfühlende Zeilen und bot ihr seinen Beistand ein.

Er musste nicht lange auf eine Antwort warten.

Bei einem Spaziergang im Stadtpark weinte sie sich bei ihm aus, beklagte sich über die Kälte und Brutalität ihres Ehemannes und vertraute ihm ihre Lebensgeschichte an.

Es dauerte keine zwei Wochen, bis er an einem regnerischen Herbsttag das voluminöse viktorianische Bett der im Krankenhaus weilenden Lieselotte von Schönfeld mit Ada teilte. Im Ehebett von Adas Eltern fühlte er sich jedoch unwohl und gehemmt, weshalb er fortan meistens auf dem Diwan mit Ada schlief oder sie manchmal auf dem Esszimmertisch oder sogar auf dem Perserteppich im Wohnzimmer nahm.

Lieselottes viel älterer, wohlhabender Mann hatte ihr genügend Geld und Güter am Land hinterlassen, sodass sie und ihre Tochter nach seinem Tod ein unbeschwertes Leben führen konnten. In ihrer Jugend war Lieselotte an Mathematik und Naturwissenschaften interessiert gewesen, war sogar nach England gereist, um bei dem berühmten Professor Augustus Da Morgan Privatunterricht zu nehmen. Damals hatte sie die hochbegabte, leider schwer kranke Tochter von Lord Byron kennengelernt. Ada Lovelace, oder genauer gesagt Augusta Ada Byron King, Countess of Lovelace, war eine geniale britische Mathematikerin, die für eine nie fertiggestellte mechanische Rechenmaschine *Analytical Engine* als Erste ein komplettes Programm entwickelt hatte. Obwohl sich Lord Byron angeblich nie um seine einzige legitime Tochter gekümmert hatte, verehrte Lieselotte von Schönfeld ihn und seine Tochter ihr Leben lang. Deshalb hatte sie auch ihr Kind nach Ada Lovelace benannt.

Die großräumige Wohnung am Graben, Eingang Spiegelgasse, war eine einzige Kultstätte für den berühmten englischen Dichter der Romantik und seine Tochter. Überall hingen Gemälde und Fotos von den beiden. Alle Zimmer waren in High Victorian Stil, der an das französische Rokoko erinnerte, eingerichtet.

Gustav waren solche Möbel aus dem Jahr, das er an der London School of Economics verbracht hatte, vertraut. Kunsthandwerklich erstklassig verarbeitetes Holz, aber kein übertriebener Zierrat wie im Französischen Rokoko.

Leider hatte Ada von Dalheim mit der Frau, der sie ihren Namen verdankte, nichts gemeinsam. Es mangelte ihr an Kreativität und erst recht an Genialität. Allerdings war sie gesundheitlich viel robuster als Ada

Lovelace. Nach ein paar leidenschaftlichen Zusammenkünften hatte Gustav sich mit seiner neuen Geliebten zu langweilen begonnen.

An diesem späten Nachmittag, als sich die Sonne bereits hinter den hohen Häusern am Graben verabschiedet hatte, empfing ihn Ada leicht bekleidet an der Tür. Mit ihrer halbentblößten Brust erinnerte sie ihn an eine Amazone.

Fast wäre er beim Anblick ihrer Brüste und ihrer langen schlanken Beine, die durch das hauchzarte Negligee nur halbbedeckt waren, wieder schwach geworden.

Er erwiderte ihren Kuss, löste sich jedoch bald aus ihrer Umarmung, schob sie ein Stück von sich weg.

Sie nahm seine Hände, zog ihn hinter sich her in den Salon, steuerte auf die Couch zu, auf der sie so viele Stunden voller Zärtlichkeit miteinander verbracht hatten.

„Ich muss mit dir reden, Ada." Er bemühte sich um einen strengen Ton, obwohl seine Stimme leicht zitterte. „Lies zuerst bitte dieses Gedicht." Umständlich zog er mit seiner verbundenen Hand ein Kärtchen aus seiner Jackentasche.

Als Abschiedsgeschenk hatte er ihr ein Gedicht von Lord Byron mitgebracht, es eigenhändig abgeschrieben und die Karte mit Ornamenten verziert. Leider hatte er keine Begabung für Poesie, er war aber kein schlechter Zeichner.

„Später, mein Liebster", seufzte Ada, die seiner Verletzung keinerlei Beachtung schenkte.

Sie hatte sich bereits auf der Couch niedergelassen, streckte ihre nackten, schlanken, weißen Arme nach ihm aus.

Sanft wehrte er sie ab.

„Sei's auf immer, lebe wohl", zitierte er den Beginn des berühmten Abschiedsgedichtes.

Sie schien nicht sogleich zu verstehen, was er ihr damit sagen wollte. Erst nachdem er fortfuhr, das Gedicht zu rezitieren, begann sie zu begreifen.

„Nein!“ Sie brach in heftiges Schluchzen aus.

Ihre Tränen hätten ihn beinahe umgestimmt. Doch sein Leben war ihm zu teuer, um es weiterhin wegen einer Affäre zu riskieren.

Ausschlaggebend für seinen Entschluss, diese Liaison zu beenden, waren nicht nur Veras harte Worte und Adas mangelnde intellektuelle Fähigkeiten gewesen, sondern auch die unangenehmen Zwischenfälle mit Herrn von Dalheim im Café Schwarzenberg und im Casino und vor allem der Überfall beim Kaisergarten.

Selbst als Ada ihn anflehte, sie wenigstens ein letztes Mal zu lieben, blieb er standhaft. Er wusste, ein weiteres Zusammensein mit ihr würde nichts an seinem Entschluss ändern, aber die Trennung noch schwieriger für sie machen.

Als er Ada weinend zurückließ, kam er sich nicht gerade sehr heldenhaft vor. Mit gesenktem Haupt schlich er aus dem Haus, genehmigte sich in einer zwielichtigen Bar in der Dorotheergasse einen doppelten Cognac und nahm sich vor, in Zukunft seine Finger von verheirateten Frauen zu lassen.

12. Bankraub in der Herrengasse

Edi Doubek war nach wie vor spurlos verschwunden. Gustav hätte gerne mit ihm über seine Beobachtungen geredet. Er war bei dem Attentat unterm Michaelertor Augenzeuge gewesen. Vielleicht hatte er irgendetwas mitbekommen, das auf die Täter schließen ließ?

Gustav befragte sowohl Edis Fiakerkollegen vor den k. k. Hofstallungen als auch die Stallburschen. Keiner schien über den momentanen Aufenthaltsort des böhmischen Kutschers Bescheid zu wissen. Er glaubte ihnen. Sie wussten, dass er Edi wohlgesinnt war, und hätten ihm sicher verraten, wo Edi sich verborgen hielt.

Als er die Stallungen verließ, begegnete ihm ein alter Stallknecht, den er seit seiner Kindheit kannte.

„Grüß Gott, Euer Gnaden, was verschafft uns die seltene Ehre?", fragte ihn der weißhaarige Mann mit der dicken, schwer geröteten Schnapsnase. „Das letzte Mal haben S' an der Hand Ihres Großvaters die Ställe aufgesucht."

„Na, nun übertreibst du aber gewaltig." Gustav klopfte dem Alten leutselig auf die Schulter. „Ich bin auf der Suche nach Edi Doubek." Er kannte den Mann tatsächlich seit mindestens dreißig Jahren, war als Kind bei ihm zum ersten Mal auf einem Pferd gesessen.

„Die da oben glauben, dass er den Budapester Polizeipräsidenten umgebracht hat. Ein Fiaker bringt aber niemanden um. Diese Burschen müssen Charakterstärke, beste Pferdekenntnisse und gute Umgangsformen haben, sonst werden sie gar nicht zugelassen, dass sollten Euer Gnaden eigentlich wissen."

„Ja, das weiß ich, und ich verdächtige den Edi nicht. Ich muss nur dringend mit ihm reden. Er war ein wichtiger Zeuge bei dem Attentat. Hast du eine Ahnung, wo er untergeschlüpft sein könnte?"

Der Alte ging auf seine Frage wieder nicht ein. „Sie haben auch Vorteile in ihrem Beruf. Zum Beispiel müssen sie keinen Wehrdienst leisten und können nach ihrem Tod die Kutsche ihren Witwen vererben ..."

„Das wusste ich nicht", unterbrach Gustav ihn.

„Sonst haben sie es nicht gerade leicht. Wenn ein Fiaker einen Fahrgast nicht annimmt, wird er bestraft, und Rauchen ist während der Fahrt strengstens verboten." Er zündete sich eine Zigarette an. „Wenn sie mal einem Fahrgast zu viel abknöpfen, kriegen sie einen Tag Gefängnis aufgebrummt. Und wenn sie zu schnell fahren, darf sie jeder Polizist verprügeln."

„Im Ernst?"

„Tja, da staunen S', gell?"

„Ah, deshalb verlangen sie Schmerzensgeld", scherzte Gustav. „Fiakerfahren ist in den letzten Jahren ziemlich teuer geworden. Für eine kurze Fahrt bezahlt man so viel, wie ein Arbeiter als doppelten Stundenlohn kriegt."

„Na und? Das ist doch fast nix. Ohne Trinkgelder könnten sie ihre Kinder nicht durchfüttern. Wissen Euer Gnaden, woher der Ausdruck Trinkgeld kommt?"

„Kutscher werden durstig, vor allem auf längeren Fahrten. Anstatt sie auf ein Getränk einzuladen, gibt man ihnen eben ein Trinkgeld."

Ein Lächeln erschien auf dem von Wind und Sonne gegerbten Gesicht des alten Mannes. „Aber Euer Gnaden wissen sicher nicht, woher das Wort Schmiergeld stammt?"

Gustav machte die seltsame Unterhaltung mittlerweile Spaß. Er ließ den Stallknecht weiterreden.

„Die Wagenräder brauchen eine regelmäßige Schmierung, deshalb dürfen sie Schmiergeld einheben. Das ist völlig legal!"

„Wo hält sich der Edi versteckt?", kam Gustav zu seinem ursprünglichen Anliegen zurück. „Ich will ihm helfen, glaub mir. Edi war monatelang mein Untermieter. Wir haben uns prächtig miteinander verstanden."

Der Alte sah ihn lange an, bevor er antwortete. „Wenn ich wüsst, wo der Bursche steckt, würd ich es

Euer Gnaden verraten, weil Sie der Enkel von unserem Stallübergeher sind. Der Edi hat keinem gesagt, wo er hin ist. Vielleicht ist er in seine Heimat? Zurück an die Moldau? Er hat mir mal erzählt, dass sein Vater ein Moldaufischer war. Edi hat auch gerne gefischt, statt an der Moldau halt an der Donau."

Als sich Gustav von dem Stallknecht verabschiedete und den riesengroßen Hof in den k. k. Hofstallungen überquerte, kam ihm ein Zeitungsverkäufer entgegen.

„Banküberfall in Wien!", schrie der Bub aufgeregt.

Gustav kaufte ihm mehrere Abendzeitungen ab.

„Brutaler Bankraub in der Wiener Innenstadt!", „Bombe traf Bankhaus Schlömer. Ein Toter, viele Verletzte", „Bankräuber haben ein Vermögen erbeutet", lauteten die Schlagzeilen.

Alle Blätter berichteten auf den ersten Seiten über einen Banküberfall in der Herrengasse, gegenüber vom Café Central. Gustav und seine Tante lasen einander die diversen Artikel vor, so wie sie es immer machten.

Vera äußerte als Erste den Verdacht, dass der Überfall mit dem Attentat beim Michaelertor in Zusammenhang stehen könnte. „Auch Anarchisten brauchen Geld. Dynamit ist bestimmt nicht billig. Außerdem müssen sie ja von irgendwas leben. Wenn sie international unterwegs sind, fallen hohe Reisekosten an ..."

„Du glaubst wirklich, Anarchisten kaufen sich Fahrkarten?", scherzte Gustav, wurde aber gleich wieder ernst. „Würde das nicht bedeuten, dass sie weitere Terroranschläge in Wien geplant haben?"

Sie stellten beide Vermutungen an, wann und wo die Dynamitarden wieder zuschlagen würden. Vertieft in ihr Gespräch überhörten sie das Klopfen an ihrer Wohnungstür.

13. Ungeladene Gäste

„Jessasmarandjosef“, hörten Gustav und Vera ihre alte Haushälterin schreien.

Dann vernahmen sie die schrille Stimme von Marie Luise von Batheny: „Wir müssen dringend Gustav sprechen! Lass uns bitte eintreten.“

Gustav sprang auf, eilte ins Vorzimmer. Josefa stand nach wie vor wie ein Zerberus vor der Tür, versperrte Marie Luise und Graf Batheny den Weg.

„Herzlich willkommen, was verschafft uns die Ehre?“ Gustav schob sein ehemaliges Kindermädchen beiseite und bat seinen Vater und seine Halbschwester herein. „Gehen wir in mein Zimmer, sonst bekommt Josefa noch einen Schlaganfall“, fügte er hinzu, als er in das hochrote Gesicht der alten Frau blickte.

Gustavs Zimmer war, im Gegensatz zu Veras Gemächern, immer tadellos aufgeräumt. Ordnungsliebe zählte nicht zu den Stärken seiner Tante. Sie schaffte es innerhalb von Minuten, Josefas Bemühungen, ihre Gemächer präsentabel zu halten, zunichte zu machen.

Vera von Karoly gesellte sich zu ihnen, küsste Marie Luise auf die Wange. Dem Grafen schaute sie weder in die Augen noch reichte sie ihm ihre Hand.

„Verzeihen Sie bitte, gnädige Frau, diese Visite inappropriée ist mir außerordentlich unangenehm. Aber meine Tochter hat darauf bestanden, dass wir heute noch mit Gustav über den Banküberfall, bei dem ich Zeuge war, reden müssten“, sagte Graf Batheny.

Vera nahm seine Entschuldigung schweigend zur Kenntnis.

Gustav wusste, dass sie seinem Vater bis heute Schuld an der tödlichen Krankheit seiner Mutter gab. Allerdings wusste er seit kurzem auch, dass der Graf ursprünglich in seine Tante verliebt gewesen war und erst, nachdem sie ihn abgewiesen hatte, auf Giselles Verführungsversuche eingegangen war.

„Setzen wir uns an den runden Tisch", schlug Gustav vor. „Bitte bring uns Kaffee, Josefa. Oder möchtet ihr lieber ein Gläschen Cognac?" Er zwinkerte seinem Vater zu.

„Kaffee wäre formidable", sagte Marie Luise überschwänglich. Auch ihr schien die angespannte Stimmung unangenehm zu sein.

Als Josefa den Kaffee brachte, knallte sie die Tasse für den Grafen so schwungvoll vor ihn hin, dass der Kaffee überschwappte. Graf Batheny, der ihre geliebte Giselle unglücklich gemacht hatte, war eine Persona non grata für die Alte. Zu seiner Tochter war sie eine Spur freundlicher. Marie Luise verhielt sich immer sehr leutselig Josefa gegenüber, bestach sie oft mit kleinen Geschenken.

Der Graf ignorierte das Fußbad auf seiner Untertasse, rührte den Kaffee nicht an, sondern berichtete sogleich von dem Raubüberfall auf das Bankhaus Schlömer in der Herrengasse.

„Ich saß im Café Central an meinem Stammtisch beim Fenster, habe den Überfall aus nächster Nähe, sozusagen beinahe hautnah, miterlebt ..."

„Josefa, bring Seiner Erlaucht sofort eine saubere Tasse", unterbrach Vera ihn.

„Nicht nötig, ist nicht so schlimm", beteuerte der Graf und nahm demonstrativ einen Schluck von seinem Kaffee. „Oh, ist der heiß!"

„Haben Sie sich die Zunge verbrannt?", fragte Vera lächelnd.

Graf Bathenys Versuche, ihnen die beiden Männer, die kurz vor Kassenschluss in die Kredit-Bank gestürmt waren, zu beschreiben, misslangen ihm gründlich. Denn kaum hatte er begonnen, unterbrach ihn seine Tochter: „Du hast dich bekleckert, Papa. Die braunen Flecken auf deinem Hemd sehen ekelig aus."

Gustav musste sich das Lachen verkneifen.

„Tut mir leid, ich fürchte, ich muss Sie bitten, Ihr Badezimmer benützen zu dürfen, gnädige Frau", sagte Alexander von Batheny zu Vera von Karoly.

„Wir haben kein Badezimmer, Eure Erlaucht. Sie müssen mit der Bassena vorliebnehmen." Veras Tonfall konnte man nur als sarkastisch bezeichnen.

Gustav erbarmte sich seines Vaters.

Diese Weiber sind wirklich das Letzte, dachte er, als er seinen Herrn Papa hinaus auf den Gang begleitete.

„Ich könnte diese Kerle nicht identifizieren. Es ist alles so schnell gegangen", sagte der Graf, als ihm Gustav dabei behilflich war, die Kaffeeflecken von seinem Hemd mit kaltem Wasser zu entfernen. „Ihre Gesichter waren kaum zu sehen, sie hatten ihre Hüte tief ins Gesicht gezogen und die Krägen ihrer Jacken aufgestellt. Der Eine hat einen Revolver in der Hand gehabt, sein Kumpan eine Art Dose, die Bombe, nehme ich an. Der dritte Mann hat vor dem Eingang Wache geschoben ..."

„Halt still, Papa. Gleich haben wir dieses kleine Malheur beseitigt."

Als sie zu den Damen zurückgekehrt waren, fuhr der Graf fort: „Die Bankräuber waren auf jeden Fall drahtige junge Burschen, sie bewegten sich recht flink. Plötzlich habe ich ein durchdringendes, lautstarkes Getöse vernommen. Der Rauch ist bis auf die Herrengasse hinausgedrungen. Verzweifelte Hilfeschreie, Schüsse, und kurz danach sind die Burschen Richtung Albertina davongelaufen. Der dritte Mann hatte sich bereits aus dem Staub gemacht. Mittlerweile waren einige Gäste vom Central auf die Straße geeilt. Ich bin ihnen nicht nach. Mit meinem kaputten Knie hätte ich diese Verbrecher sowieso nicht verfolgen können ..."

„Seit wann haben Sie Knieprobleme, Eure Erlaucht?", unterbrach Vera ihn.

„Seit einem Jahr. Deshalb gehe ich ja am Stock." Der Graf zwinkerte ihr belustigt zu.

„Das tut mir leid." Ihre Anteilnahme klang eher ironisch.

„Könnten Sie sich bitte endlich abgewöhnen, mich Eure Erlaucht zu nennen, Frau von Karoly?", bat sie der Graf, nicht minder ironisch.

„Wie möchten Sie denn von mir genannt werden?"

„Alexander?"

„Das werde ich wohl nie über meine Lippen bringen."

Gustav wunderte sich über das kindische Benehmen seiner sonst so vernünftigen und klugen Tante.

Marie Luise trat ihn unter dem Tisch und verzog belustigt das Gesicht. „Alte Liebe rostet nicht", flüsterte sie ihm ins Ohr.

Widerwillig musste auch Gustav grinsen.

„Was gibt es da zu lachen? Worüber tuschelt ihr beide?", fragte Vera.

„Nichts, nichts", beteuerte Marie Luise. „Ich habe Gustav gerade gebeten, uns nach Budapest zu begleiten."

„Wie bitte?", fragte Gustav verblüfft.

„Angesichts des Attentats und des Banküberfalls in Wien, hat Papa vorgeschlagen, dass wir alle in ein Bad nach Budapest fahren sollten. Man kann sich in unserer Stadt nicht mehr sicher fühlen."

Diese gemeinsame Reise war garantiert Marie Luises Idee. Seine Halbschwester war mindestens ebenso reiselustig wie Ihre verstorbene Majestät Kaiserin Elisabeth. Allein mit ihrem Vater zu verreisen, findet sie bestimmt langweilig oder nicht comme il faut, dachte Gustav.

Vera erklärte dem Grafen und seiner Tochter lang und breit, warum sie keinesfalls mitfahren könne.

Auch Gustav lehnte die Einladung ab. „Ich kann jetzt unmöglich weg. Rudi bedarf meiner Hilfe bei der Aufklärung des Terroranschlags." Und dann ritt ihn der Teufel: „Du solltest jedoch unbedingt mitfahren, Vera, bevor dich die Geheimpolizei verhaftet. Du könntest ja in Budapest weiter an deinen Artikeln arbeiten und sie per Post nach Wien schicken."

„Sehr witzig! Die Zensur würde nur schwarze Balken überlassen. Außerdem, soll ich die Flucht ergreifen, weil ich bespitzelt werde? Wofür hältst du mich, Gustav?", fuhr seine Tante ihn an. „Feigheit zählte nie zu meinen Eigenschaften. Mir ist es völlig egal, ob die Geheimen meine Artikel horten oder mich verfolgen, wenn ich zu den Treffen des Frauenvereins gehe. Ich verlasse die Stadt sicher nicht deswegen. Wir Frauen tun nichts Unrechtes, wir sprengen keine Kutschen in die Luft, töten keine harmlosen Bankangestellten, wir kämpfen um das Wahlrecht und den Zugang zu allen Studienfächern an den Universitäten ..."

„Wir müssen mit weiteren Anschlägen in Wien rechnen, gnädige Frau. Die Dynamitarden haben heute ein Vermögen erbeutet. Der Terror wird also in nächster Zukunft weitergehen, denn nun haben diese Leute genügend Geld. Ich denke, es wäre wirklich das Beste, wir würden die Stadt für einige Zeit verlassen."

„Sie haben anscheinend kein Vertrauen in unsere Polizeiorgane, Graf Batheny", unterbrach Vera ihn.

„Habe ich tatsächlich nicht. Sie erwähnten gerade, dass auch Sie beobachtet werden. Diese dumpfen

Beamtenschädel verdächtigen ständig die falschen Leute, kritisch denkende Menschen eben. Wir müssen verhindern, dass Sie oder Ihre Freundinnen vom Österreichischen Frauenverein Vernehmungen durch unsere unfähigen Polizeibeamten über sich ergehen lassen müssen."

„Das ist bereits geschehen. Bei einer meiner Freundinnen gab es eine Hausdurchsuchung. Sie wurde vier Stunden lang von der Polizei einvernommen."

„Wen haben diese Idioten belästigt?", fragte Marie Luise.

„Rosa."

„Das darf wohl nicht wahr sein! Wie geht es ihr?"

„Sie haben nichts Verdächtiges bei ihr gefunden. Natürlich hat sie ihnen Paroli geboten. Zum Glück haben sie nicht mich aufs Korn genommen, denn ich bin mir nicht sicher, ob ich eine Hausdurchsuchung ebenso heil überstanden hätte wie sie. Dank Gustav und Dorothea hätten sie aber auch bei mir nichts gefunden." Sie lächelte ihren Neffen an.

Also hatte Dorothea ihr gestanden, dass sie die Kartons mit dem brisanten Material weggebracht hatten. Gustav war erleichtert, dass Dorothea seiner Tante Bescheid gegeben hatte, denn er hätte sich das nicht getraut. „Vera hat unlängst mit Josefas Hilfe alle ihre bisher unveröffentlichten radikalen Artikel und Notizen in den feuchten Keller geschleppt. Dort wären sie bald verrottet, denn unser Keller ist feucht und voller Ungeziefer", begann er.

„Ich werde mich sofort darum kümmern", wurde er von seinem Vater unterbrochen. „Lassen Sie Josefa Ihre Schriften wieder aus dem Keller holen, gnädige Frau. Sie haben nichts zu befürchten, das garantiere ich Ihnen!"

Das haben Dorothea und ich längst erledigt, wollte Gustav sagen, hielt aber lieber den Mund. Je weniger Leute von dem Versteck wussten, desto sicherer waren Veras kritische und womöglich sogar monarchiefeindliche Ergüsse im Institut für Gerichtsmedizin aufgehoben.

„Genau deswegen müssen Sie mit uns nach Budapest kommen, gnädige Frau. Wir werden so lange in der ungarischen Hauptstadt bleiben, bis diese Anschläge aufgeklärt sind. Falls unsere Polizei dazu imstande sein sollte, was ich langsam bezweifle", bedrängte der Graf sie weiter.

„Unser Freund, Polizei-Oberkommissär Rudi Kasper, ist keineswegs unfähig", unterbrach Vera ihn erneut.

„Er hat nichts zu reden. Die Entscheidungen werden auf höherer Ebene getroffen."

Gustav, der sich über Veras lobende Worte für Rudi freute, musste seinem Vater recht geben: „Das stimmt leider. Der Polizeipräsident legt ihm und dem ungarischen Major Serényi andauernd Steine in den Weg. Sie kommen nicht weiter, weil sie ständig irgendwelche Order von oben bekommen."

„Gut, dass du mir das sagst, Gustl. Ich bin mit der Frau des Polizeidirektors befreundet. Soll ich demnächst mal ein ernstes Wort mit ihr reden?", fragte Marie Luise.

„Nein, bitte nicht", stöhnte Gustav.

„Diese Attentate sind kein Thema für Damenkränzchen", bemerkte der Graf.

Ärgeres hätte er in Anwesenheit von Vera von Karoly nicht sagen können.

„Wir törichten, kleinen Frauen sollten uns besser nicht in hochbrisante politische Angelegenheiten einmischen, liebe Marie Luise. Das wollte Ihr Vater uns gerade klarmachen. Halten Sie also brav den Mund!"

„Sie sind eine so mutige Frau, ich bewundere Sie!“ Marie Luise strahlte sie an.

„Diese Bewunderung teile ich.“ Graf Batheny sah Vera tief in die Augen.

Gustav war diese merkwürdige Diskussion nicht mehr geheuer. Ging es um Politik oder um Persönliches?

Eine Woche später reisten der Graf und seine Tochter nach Budapest.

In Wien hatte sich die Angst vor Attentaten verschlimmert. Die Stadt befand sich in einer Art Ausnahmezustand. Man konnte fast keinen Schritt mehr außer Haus machen, ohne von Polizeibeamten kontrolliert zu werden.

14. Konzert im Wiener Musikverein

Vierzehn Tage nachdem Gustav sein Techtelmechtel mit Ada von Dalheim beendet hatte, traf er seine ehemalige Geliebte im Wiener Musikverein wieder.

Im goldenen Saal wurde Tschaikowskis 1. Klavierkonzert op. 23 in b-Moll aufgeführt. Der Interpret war kein geringerer als der junge russische Pianist und Komponist Sergei Rachmaninow, der, wie jedermann wusste, ein großer Verehrer Tschaikowskis war.

Gustav hatte Dorothea und seine Tante zu diesem Konzert eingeladen. Vera hatte aber am Vortag wegen einer wichtigen Krisensitzung des Österreichischen Frauenvereins abgesagt. Dorothea schlug vor, Istvan von Serényi mitzunehmen, damit der Major in der Reichshaupt- und Residenzstadt einmal etwas Erfreulicheres als Attentate und Banküberfälle erleben würde. Gustav war nichts anderes übriggeblieben, als

Istvan zu fragen, ob er mitkommen möchte. Dieser hatte sofort Ja gesagt.

Istvan von Serényi war nicht der einzige Polizeibeamte bei dem Konzert. Im großen Saal des Musikvereins wimmelte es nur so von Uniformierten. Das große Polizeiaufgebot sollte wohl das Publikum beruhigen, denn in Wien herrschte nach wie vor Terrorhysterie.

Als sich Gustav über die Brüstung des Balkons beugte, entdeckte er direkt unter sich Emma von Zoloto im Parterre. Neben ihr saß der ältere Herr, in dessen Gesellschaft er sie schon mehrmals gesehen hatte. Da sich Dorothea seiner Meinung nach zu sehr um den ungarischen Polizeibeamten bemühte, ließ er seine Blicke öfter ins Parterre schweifen.

Der erste, majestätisch klingende Satz von Tschaikowskis 1. Klavierkonzert dauerte ziemlich lange. Gustav saß die ganze Zeit vornübergebeugt da und beobachtete Emma von Zoloto, die sich in ihrem strahlend weißen Kleid deutlich von den meist dunkel gekleideten Konzertbesuchern abhob. Sie schien ihrem Begleiter nicht besonders zugetan zu sein, schenkte ihm keinerlei Beachtung, war offensichtlich ebenso fasziniert vom Spiel Sergei Rachmaninows wie Dorothea, die zwischen Gustav und Istvan saß und ebenfalls nur Augen für den Mann am Klavier hatte.

Nicht enden wollender Applaus des Publikums ertönte nach dem dritten und letzten sehr aufwühlenden Satz. In der Pause begaben sich Gustav und seine Gäste hinaus auf den Gang.

Gustav ließ Dorothea und Istvan unter dem Vorwand eines dringenden Bedürfnisses allein, als er Emma von Zoloto am Ende des Gangs sah. Schnellen Schrittes ging er auf sie zu. Sie entwischte ihm jedoch. Stattdessen lief er fast Ada von Dalheim in die Arme.

Sie war in Begleitung seines früheren Kameraden Freiherr Wilhelm von Landau. Mittlerweile war er Oberstabsarzt erster Klasse, wie Gustav den drei goldenen Sternen auf seiner Uniform entnahm. Gustav hatte mit dem um einige Jahre älteren Arzt unzählige Abende in öden Cafés in Galizien am Spieltisch verbracht. Sie hatten sich wilde Würfelschlachten geliefert und so manch spannende Billardpartie gegeneinander ausgefochten. Dennoch war er mit dem Militärarzt nie warm geworden. Von Landau war ein brutaler Hund, ein richtiger Metzger. Man munkelte, dass er so manchen Kameraden nach einer Amputation oder anderen Operation vor Schmerzen hatte brüllen lassen, um das kostbare Morphium für einen eventuellen Krieg aufzusparen.

Gustav wunderte sich, warum sich Ada auf eine Affäre mit ihm eingelassen hatte. Hatte sie tatsächlich einen Hang zu harten Kerlen? Auch ihr Ehemann war ein Schläger, der nicht davor zurückschreckte, seine Frau zu verprügeln. Gustav wiederum stand nichts ferner als Brutalität.

Er begrüßte sie und den Oberstabsarzt sehr höflich, küsste seiner früheren Geliebten die Hand und klopfte seinem ehemaligen Kameraden freundschaftlich auf die Schulter. Freiherr von Landau schien seine freundliche Begrüßung nicht zu goutieren, erwiderte seinen Gruß mit einer knappen Verbeugung, bevor er sich mit Ada am Arm entfernte.

Gustav erinnerte sich daran, dass der Arzt ihn letztens im Café Sperl beinahe geschnitten hatte. Damals hatte er gedacht, der Freiherr hätte ihm seinen Abschied aus der Armee übel genommen, nun wurde ihm klar, dass dieser Mann zum Zeitpunkt ihres ersten Zusammentreffens bereits in Ada verliebt gewesen war und ihn als Rivalen betrachtet hatte.

Er ließ die beiden ziehen. Irgendwie fühlte er sich sogar erleichtert. Der Oberstabsarzt war ein Mann, der wusste, was er wollte. Vielleicht wird er Ada glücklich machen, dachte er, als er in seine Loge zurückkehrte.

Istvan und Dorothea unterhielten sich so angeregt miteinander, dass sie seine Rückkehr kaum zu bemerken schienen. Was für ein gelungener Abend, dachte Gustav, lehnte sich in seinen Sessel zurück und beschloss, den zweiten Teil des Konzertes zu genießen. Der junge Pianist war wirklich hervorragend.

Nach der Pause spielte Sergei Rachmaninow eine Eigenkomposition: seine cis-Moll-Prélude op. 3 Nr. 2 aus den Morceaux de fantaisie. Angesichts der Virtuosität des Russen vergaß Gustav tatsächlich auf Ada, Emma, ja sogar auf Dorothea, und gab sich völlig der Musik hin. Als jedoch der zweite Teil mit zwei wuchtigen Akkorden in fortissimo endete, spürte er Dorotheas Hand auf seiner. Er streichelte sie und hielt ihre Hand bis zum Ende des dritten Teils fest.

Einige Buhrufe erklangen von den Stehplätzen, auf denen sich die Armeeangehörigen tummelten, die solche Konzerte nur mit ihrer Gesellschaft beehrten, um in der Pause vermögenden Töchtern aus Höheren Kreisen den Hof zu machen. Doch das Gros des an sich musikalischen Wiener Konzertpublikums applaudierte frenetisch. Auch Dorothea wollte gar nicht mehr aufhören zu klatschen. Gustav taten bereits die Hände weh. Istvan von Serényis Beifall fiel weniger euphorisch aus.

Sergei Rachmaninow gab im Grunde keine Zugabe, wiederholte die drei wuchtigen Oktaven in fortissimo vom Beginn des Stückes und kehrte dann der Bühne endgültig den Rücken zu.

„Rachmaninow ist der größte Pianist unserer Zeit!“ Dorotheas Augen glänzten. „Wahrscheinlich auch der beste Komponist. Ich bin dir so ungemein dankbar für diesen Abend, lieber Gustav."

„Vergessen Sie bei all Ihrer Begeisterung für Rachmaninow nicht auf Pjotr Iljitsch Tschaikowski", sagte Istvan. „Seine Kompositionen sind wesentlich ausgereifter ..."

„Ich liebe die Musik von Tschaikowski, aber Rachmaninow scheint mir noch eine Spur radikaler zu sein. Diese wuchtigen Glockenschläge, einfach fantastisch", unterbrach Dorothea ihn.

Beflissen stimmte Gustav ihren begeisterten Worten zu.

Als sie den Musikverein verließen, hängte sie sich bei ihm ein. Mit einem Mal war er nicht mehr eifersüchtig auf den feschen Ungarn, der Dorotheas Musikgeschmack nicht unbedingt zu teilen schien.

Gustav lud Dorothea und Istvan auf ein Gläschen Wein ins Café Imperial ein. Nicht ohne Hintergedanken. Er hoffte Emma von Zoloto dort anzutreffen und Dorothea ein bisschen eifersüchtig machen zu können.

Und wer saß am Fenster? Emma und der hoch gewachsene, dünne, ältere Herr, mit dem sie im Konzert gewesen war. Gustav steuerte mit Dorothea und Istvan einen Tisch in ihrer Nähe an, ließ seine Freunde Platz nehmen und entschuldigte sich: „Ich möchte nur kurz jemanden begrüßen."

Galant verbeugte er sich vor Emma: „Guten Abend, gnädige Frau. Ich hoffe, das Konzert hat Ihnen gefallen."

Emma von Zoloto blieb nichts anderes übrig, als Gustav und ihren Begleiter einander vorzustellen: „Herr Neumann – Gustav von Karoly."

Der ältere Mann erhob sich, streckte Gustav seine auffallend zarte Hand hin, die so gar nicht zu seiner

Körpergröße und seinen langen Gliedmaßen passte. Gustav registrierte, dass dieser Mann ein Stück größer war als er selbst – er musste über einen Meter neunzig sein.

Höchst verwundert nahm er den sehr speziellen Handschlag des Herrn zur Kenntnis. Emmas Begleiter war also ein Freimaurer. Gustav hatte sich nicht als Mitglied dieser Bruderschaft zu erkennen gegeben.

Der stechende Blick, mit dem ihn der große Mann nach der Begrüßung musterte, gefiel ihm gar nicht. Offensichtlich war er aber nicht ihr Gatte. Vielleicht war er ihr Liebhaber?

Ehe er weiter über ihre Beziehung rätseln konnte, sagte Herr Neumann: „Emma hat mir schon von Ihnen erzählt, Herr von Karoly. Ich bin Ihnen sehr dankbar, dass Sie meinem armen Mädchen bei dem schändlichen Attentat beigestanden sind." Er sprach Hochdeutsch.

„Es war mir eine Ehre!"

Gustav kannte sich nun erst recht nicht aus. War Neumann womöglich Emmas Vater? Dem Alter nach könnte es sich ausgehen, dachte er. Aber war ihr Vater nicht Russe, und warum hieß sie Zoloto? War sie mit einem Zoloto verheiratet und inzwischen getrennt?

Zu viele offene Fragen. Er zog sich wieder an seinen Tisch zurück. Emma und ihr Begleiter verabschiedeten sich von Gustav und seinen Gästen mit einem freundlichen Kopfnicken.

„Wer war das?", fragte Istvan.

„Eine flüchtige Bekannte", sagte Gustav.

„Flüchtig?", fragte Dorothea mit hochgezogenen Brauen.

„Im wahrsten Sinne des Wortes. Sie war eines der Opfer des Terroranschlages beim Michaelertor. Das Fräulein stand unter Schock. Edi hat sie in seinen Fiaker gebracht. Ich habe ihnen diese Geschichte, letztens als wir im Casino waren, erzählt, Istvan.“

„Pardon, ich erinnere mich nicht mehr an alles, was wir an diesem feuchtfröhlichen Abend besprochen haben.“

„Als die Polizei den Fiaker Edi festnehmen wollte, lief sie weg. Wahrscheinlich hat sie es mit der Angst zu tun bekommen. Kein Wunder, oder? Da spaziert so eine junge Dame über den Michaelerplatz und wird Zeugin eines brutalen Attentats. Ihr weißes Kleid war völlig mit Blut beschmiert, der Kopf eines Pferdes war auf ihrem Schoß gelandet ...“

„Die Arme“, sagte Dorothea schmunzelnd.

„Wie grau...grauenhaft“, stammelte Istvan. „Trotzdem sollten wir sie verhören, denken Sie nicht auch?“

15. Ein unerwarteter Todesfall

„Karl von Dalheim ist tot“, sagte Dorothea, als sie ein paar Tage nach dem gemeinsamen Konzertbesuch spät abends von der Arbeit nach Hause kam.

„Wie bitte?“ Gustav und seine Tante tauschten entsetzte Blicke aus.

„Er starb an einem plötzlichen Herztod. Herzlähmung, genauer gesagt.“

„Er war gar nicht so alt – etwa in meinem Alter, oder?“, warf Vera ein.

„Ich habe ihn obduziert und eine Überdosis Digitalis in seinem Blut gefunden.“

„Er litt unter Herzschwäche und nahm Medikamente“, sagte Gustav.

„Tja, er muss eine sehr große Menge von diesem Medikament zu sich genommen haben.“

„Vielleicht hat er aus Angst vor einem Herzanfall zu viel geschluckt?“, spöttelte Vera. „Egal, ihr Lieben, ich lasse euch jetzt allein. Ich muss einen Artikel fertigschreiben.“

Dorothea sah Gustav nach Veras Rückzug lange forschend an.

„Was ist? Hast du mir noch etwas zu sagen?“, fragte er gereizt, als das Schweigen unangenehm zu werden drohte.

„Ich werde es dabei belassen. Aber halte mich nicht für blöd. Ich bilde mir ein zu wissen, was passiert ist. Ada von Dalheim ist eine schwache, nicht besonders intelligente Frau. Er war ein gemeines Schwein, soviel ich gehört habe. Scheidung kommt in solchen Kreisen nicht in Frage. Sie hat keinen anderen Ausweg gesehen ...“

„Dorothea, ich bitte dich!“, fuhr Gustav sie an, obwohl er nach ihren Worten ebenfalls Ada mit ihrem neuen Galan in Verdacht hatte, ihrem verhassten Ehemann eine Überdosis von dem Extrakt des Roten Fingerhuts verpasst zu haben.

„Die Überdosis werde ich in meinem Bericht erwähnen müssen.“

„Die Polizei wird wohl nicht allzu viel Notiz von seinem Tod nehmen. Sie sind zu sehr mit dem Attentat in der Hofburg beschäftigt.“

„Da wäre ich mir an deiner Stelle nicht so sicher. Der Dalheim war eine stadtbekannte Persönlichkeit. Bestimmt hatte er viele Freunde ...“

„Vor allem Feinde“, unterbrach Gustav sie.

Ihm war nicht leid um diesen schwerreichen Kaufmann. Ada war von ihrem Gatten öfters geschlagen und sogar mehrmals mit Gewalt zum Beischlaf gezwungen worden. Er beschloss, Dorothea nichts davon zu erzählen. Es wäre ein zu eindeutiges Motiv.

„Lassen wir Ada in Frieden. Ich wünsche ihr, dass sie einen liebevollen Mann findet, denn allein wird sie niemals zurechtkommen.“ Bei diesen Worten schaute er Dorothea unsicher an.

„Vielleicht solltest du das lieber deinem Freund Rudi sagen. Er hat mir heute, als ich gerade den Dalheim aufgeschnitten habe, einen Besuch abgestattet. Man hat ihn auf diesen Todesfall angesetzt. Fremdverschulden scheint nicht ausgeschlossen.“

Vor Schreck rutschte Gustav das Weinglas aus der Hand. Auf dem blütenweißen Tischtuch seiner Großmama breitete sich in Windeseile ein roter Fleck aus.

„Verdammte Sch...“, fluchte er.

„Sieht aus wie das Blut auf meinem Seziertisch. Streu Salz drauf, das soll helfen.“

Während er den gesamten Inhalt des Salzfasses auf dem Tischtuch verteilte, sagte sie: „Ich verstehe, warum du so nervös bist. Denn wie es momentan aussieht, werden du und Ada die Hauptverdächtigen sein.“

„Ich habe diese Liaison vor zwei Wochen beendet. Mein ehemaliger Kamerad, Oberstabsarzt von Landau, trifft sich jetzt mit ihr.“

„Hoffentlich leidest du nicht allzu sehr darunter, dass du sie verloren hast.“

„Es gab andere Verluste im letzten Jahr, mit denen ich schwerer fertig werde.“ Gustav sah ihr traurig in die Augen.

„Unsinn“, erwiderte Dorothea ungewöhnlich barsch. „An deiner Stelle würde ich trotzdem alles daransetzen, den Tod von Karl von Dalheim aufzuklären. – Ich muss ins Bett, es war ein langer Tag. Schlaf gut, mein Lieber!“

Er trank den letzten Rest Rotwein, der in der Flasche verblieben war, in einem Zug aus. Dann zog auch er sich zurück.

Die Luft in seinem Zimmer war stickig. Er rümpfte die Nase, bildete sich ein, dass es nach Rauch roch. Schon seit längerem hatte er den Verdacht, dass sein Kachelofen undicht war. Womöglich trat auch gefährliches Kohlenmonoxid aus und er hatte deswegen in letzter Zeit so häufig Kopfschmerzen? Es musste dringend ein Hafner her. Leider fehlte es ihm an der nötigen Marie, um so eine Reparatur zu bezahlen.

Bevor er zu Bett ging, riss er das Fenster auf und genehmigte sich ein Zigarillo, rauchte beim offenen Fenster hinaus.

Der Mond stand über der Baustelle der Neuen Burg. Er war fast voll und tauchte das Denkmal Ihrer Majestät Kaiserin Maria Theresia zwischen den beiden wuchtigen Museen in ein milchiges, weißblaues Licht.

Kalte Luft strömte in seine Lungen. Er atmete schwer. Sogleich musste er wieder an den toten Dalheim denken. Prompt begann sein Herz zu rasen.

Er geriet in Panik, überlegte, Dorothea zu wecken. Schließlich war sie Ärztin, auch wenn sie ihre medizinischen Künste momentan an Toten erprobte. Doch sie brauchte ihren Schlaf. Außerdem befürchtete er, sie würde seine Herzprobleme nicht ernstnehmen. Sie nahm ihn und seine Probleme ja nie ernst. Nicht einmal, als er sich mit ihr verloben wollte, hatte sie ihn ernstgenommen. Eher würde er im Zimmer neben ihr sterben, als sich einen ihrer Vorträge über Hypochondrie anzuhören. Sein Herz würde einfach aufhören, wild herumzuhüpfen. Und sie würde nichts davon mitbekommen, obwohl sie nur eine dünne Wand voneinander trennte.

Gustav verschob sein Bett, stellte es an die eingezogene Zwischenwand, sodass sie nun quasi nebeneinander lagen. Als er sich wieder hinlegte, beruhigte sich sein Herz langsam. Wahrscheinlich lag es allein an der Vorstellung, knapp neben Dorothea zu liegen.

Plötzlich fuchtelte jemand mit einem Messer vor seinem Gesicht herum.

Er griff danach, war zu langsam. Die Klinge glitt ihm durch die Hand, schlitzte seine Handfläche auf. Er schrie vor Schmerz. Die Spitze des Messers traf sein Auge. Er spürte das warme Blut auf seinen Wangen.

Wild um sich schlagend öffnete er den Mund, um erneut loszuschreien. Sein Schrei verkam zu einem herzzerreißenden Röcheln. Keuchend richtete er sich im Bett auf, warf die Tuchent zurück und betrachtete seine Hände. Er konnte nichts sehen.

Verzweifelt tastete er nach der kleinen Petroleumlampe auf seinem Nachtkästchen, machte sie an.

Sein Sehvermögen war intakt. Die Schnittwunde auf seinem linken Handrücken war schon fast verheilt, und seine Handflächen waren unversehrt.

16. Wiedersehen im Hotel Sacher

Josefa erschrak, als sie Gustav am späten Vormittag weckte. Sie legte ihre Hand auf seine Stirn.

„Fieber hast du zum Glück keines, aber du siehst elendiglich aus. Ich mache dir einen Tee."

„Ich will keinen Tee", rief Gustav ihr nach. „Ich brauche Kaffee, eine ganze Kanne voll. Um eins treffe ich mich mit meinem Vater und mit Marie Luise."

Er warf einen Blick in den ovalen Spiegel mit dem vergoldeten Rahmen, der über seinem Bett hing. Sein Gesicht war von einer Farblosigkeit, die nicht allein mit der furchtbaren Nacht zusammenhing. Er fühlte sich hundeelend, hatte einen schweren Kopf, obwohl er gestern nicht zu viel getrunken hatte. Die Hälfte des Rotweins war ja auf der weißen Tischdecke gelandet.

Stöhnend stand er auf. Er wollte seinen Vater und seine Schwester nicht versetzen. Graf Batheny und dessen Tochter waren verfrüht aus Ungarn zurückgekehrt. Da das Széchényi-Bad im Budapester Stadtwäldchen zurzeit umgebaut wurde, hatten sie sich nur eine Woche in der ungarischen Hauptstadt aufgehalten. Gustav war mit den beiden zum Lunch im Restaurant des Hotel Sacher verabredet.

Nach drei Tassen starken Kaffees nahm er ein Bad in der gusseisernen Wanne in seinem Ankleideraum. Fluchend tastete er nach der Seife, die ihm aus der Hand gerutscht war. Die Wanne war viel zu klein für ihn. Er steckte darin wie ein auf den Rücken gefallener Maikäfer. Seine Knie ragten weit über den Rand der Wanne hinaus und seine Arme hatten sowieso keinen Platz mehr im Wasser. Es musste endlich eine größere Wanne her.

Nach dem heißen Bad war ihm schwindlig. Sein Kreislauf spielte verrückt. Er legte sich noch ein Viertelstündchen aufs Bett.

„Du kannst jetzt nicht dahin gehen, du musst denen absagen“, ermahnte ihn Josefa, die alle fünf Minuten besorgt nach ihm sah.

„Papperlapapp! Es geht mir schon viel besser, ich habe nur mehr leichte Kopfschmerzen. Bring mir lieber ein frisches Hemd und den neuen Anzug.“

Widerwillig brachte Josefa ihm das Gewünschte, konnte es sich aber nicht verkneifen, ihn, nachdem er sich angezogen hatte, kritisch zu mustern.

„In dem schwarzen Anzug siehst du aus wie der Leibhaftige“, sagte sie.

Gustav hatte sich einen Fiaker geleistet. Trotzdem verspätete er sich um zwanzig Minuten.

Anna Sacher stand mit einer Zigarre im Mund und den Sacher-Bullys an ihrer Seite am Tisch des Grafen und plauderte angeregt mit Marie Luise, als Gustav das Restaurant betrat. Er wusste, dass sein Vater die resolute Frau, die Hotel und Restaurant nach dem Tod ihres Mannes als sogenannten Witwenbetrieb weiterführte, sehr schätzte. Vor allem aber liebte er Hunde. Vielleicht schenkte er deshalb seine Aufmerksamkeit mehr den Bullys als ihrem Frauchen?

Gustav, der sich allzu gut an seine letzte peinliche Begegnung mit Frau Sacher erinnerte, begrüßte sie kurz, nahm Platz, entschuldigte sich bei seinem Vater und Marie Luise für seine Verspätung und schwieg dann beharrlich. Zum Glück schien keiner seine Verlegenheit zu bemerken. Seine Halbschwester redete wie ein Wasserfall, schwärmte Frau Sacher von Budapest vor, erging sich in Attributen wie formidable, extraordinaire, exceptionnel ... Graf Batheny spielte mit den Bullys.

Als Gustav vor einiger Zeit im Hotel Sacher die berühmte Haustorte kaufen wollte, hatte er zu wenig Geld dabeigehabt. Frau Sacher hatte ihm den Rest der Summe großzügig erlassen. Obwohl er versprochen hatte, das Geld am nächsten Tag vorbeizubringen, hatte er, wegen der folgenden dramatischen Ereignisse im Wiener Stephansdom, völlig darauf vergessen.

Kaum war die Hotelbesitzerin mit ihren zwei Französischen Bulldoggen weitergezogen, begann Marie Luise ihrem Bruder von einem fantastischen ungarischen Musiker namens Béla Bartók zu erzählen: „Er ist noch Student. Ein höchstbegabter! Wir hatten rein zufällig die Gelegenheit, ihn im Kursalon zu hören. Bartók spielte das erste Violinkonzert von Mendelssohn Bartholdy. Superb! Der junge, zarte und leider kränklich wirkende Mann scheint eine außergewöhnliche musikalische Begabung zu besitzen, findest du nicht auch, Papa?"

„Jaja", beteuerte der Graf. „Angeblich verfügt er über das absolute Gehör."

„Er komponiert auch selbst. Als Zugabe spielte er ein eigenes kurzes Klavierstück. Einfach grandios!"

Graf Batheny und Gustav sahen sich wissend lächelnd an. Marie Luise besaß ein Faible für junge Künstler. Sowohl ihr Vater als auch ihr Bruder waren mittlerweile an ihre harmlosen Schwärmereien gewöhnt.

Sie registrierte das einvernehmliche Lächeln der beiden, wechselte rasch das Thema, beschrieb ihrem Bruder die Thermalbäder auf der Margareteninsel, betonte, dass sie mehrmals schwimmen gegangen war. Schwimmen zählte, seit ihrem gemeinsamen Aufenthalt in Abbazia letzten Frühsommer, zu ihren Lieblingssportarten.

Die Vorspeise wurde serviert. Ein Tafelspitzsülzchen mit Erdäpfelsalat. Es schien sogar Marie Luise zu schmecken, denn während sie aßen, hielt sie den Mund. Die Frittatensuppe rührte sie hingegen kaum an. Vom gekochten Schulterscherzl mit Semmelkren kostete sie wieder ein paar kleine Bissen. Den Erdäpfelschmarrn und die Dillsauce ließ sie stehen.

Gustavs Halbschwester war einst die jüngste Hofdame Ihrer Majestät Kaiserin Elisabeth gewesen. Da sie fast gleich groß wie die Kaiserin war, gipfelte ihr Ehrgeiz darin, auch das gleiche Gewicht wie Ihre Majestät auf die Waage zu bringen. Hungerkuren und merkwürdige Diäten wechselten einander seit Jahren ab. Marie Luise war schlank, aber grobknochig wie ihre Mutter. Deshalb würde sie nie dünn aussehen, egal, wie wenig sie aß. Vera von Karoly hatte die Bemühungen der Comtesse von Batheny einmal als Schlankheitswahn bezeichnet. Doch sie hatte leicht reden, sie konnte essen, so viel sie wollte, nahm auch jetzt im Alter kaum zu, war immer noch rank und schlank.

Graf Batheny entschuldigte sich bei seinen Kindern, während der Kellner abservierte, und begab sich in den Rauchsalon. Nach dem üppigen Mahl benötigte er dringend eine Zigarre. Gustav wäre ihm am liebsten gefolgt, doch er konnte seine Schwester nicht allein am Tisch sitzen lassen.

Kaum war ihr Vater in den hinteren Räumen verschwunden, kam Marie Luise wieder auf Abbazia zu sprechen. Sie plante, demnächst in diesen feudalen k. u. k. Kurort zu reisen: „Stell dir vor, Gustav, ich habe Post von Jakob Doma bekommen. Du erinnerst dich bestimmt an ihn. Er ist damals unter Verdacht gestanden, die aufsehenerregenden Morde in der Wiener Hofoper begangen zu haben. Jakob hat mich zu einem Liederabend im Hotel Stephanie in Abbazia eingeladen. Warum begleitest du mich nicht wieder? Wir hatten doch damals viel Spaß miteinander. Erinnere dich an meine ersten Schwimmversuche. Habe ich mich nicht angestellt wie eine lahme Ente?“

„Nein, im Gegenteil, du hast es schnell gelernt. Ich war total überrascht. Du bist wirklich eine sportliche Frau!“

Ihm wurde leicht schummrig, als sie von Jakob Doma und seiner göttlichen Stimme zu schwärmen begann. Er hatte gehofft, seine Schwester hätte mit diesem jungen kroatischen Opernsänger, den sie einst protegiert hatte, längst keinen Kontakt mehr.

Während sie weiter in romantischen Erinnerungen an Jakob und ihre gemeinsame Zeit in Abbazia schwelgte, kam er ins Grübeln. Marie Luises Reiselust war mehr als auffällig. Sie hielt es kaum länger als einen Monat zuhause aus. Angetrieben von einer tiefen inneren Unruhe hetzte sie von einem Ort zum anderen. Ihre Versuche, der Tristesse und Monotonie ihres Alltags in Wien zu entkommen, schienen bisher nicht von Erfolg gekrönt zu sein. Entweder holte sie der Alltag überall ein, oder es ging ihr gar nicht darum, neue Orte kennenzulernen, denn alle Orte sind im Grunde gleich oder zumindest ähnlich, dachte Gustav. Vielleicht ging es ihr um das Reisen an sich, um die ständige Bewegung, die permanente örtliche Veränderung? Auf Reisen veränderte man sich selbst, erweiterte man seinen Horizont, erlebte Abenteuer und fühlte sich weniger einsam, selbst wenn man allein unterwegs war. Das Fremde, Neue, Unbekannte ließ einen die Eintönigkeit und Öde zuhause zumindest für kurze Zeit vergessen. Als unverheiratete, in die Jahre gekommene Tochter eines Grafen hatte sie in der Kaiserstadt nicht allzu viele Möglichkeiten, sich zu unterhalten. Ihre fast täglichen Besuche der Hofoper und des Hofburgtheaters oder des Musikvereins sowie die zahlreichen Einladungen zu Soirees und Kammermusikabenden befriedigten keineswegs die Wissbegier und Lebenslust dieser intelligenten Frau. Sie langweilte sich in Wien zu Tode, hatte sie ihm vor kurzem gestanden.

Marie Luise war durchaus attraktiv. Die Ähnlichkeit zwischen den Halbgeschwistern war frappierend. Sie hatte große dunkle Augen wie er, die gleichen hohen Backenknochen, dichten dunklen Brauen und die gleiche schlanke, lange Nase. In Gustavs Fall unterstrichen die letzteren Merkmale seine Männlichkeit. Auch die Comtesse von Batheny wirkte dadurch nicht sehr feminin.

Er wünschte ihr, sie könnte einer erfüllenden Arbeit nachgehen, so wie Dorothea. Als Angehöriger des Adels war ihr jede intellektuell anspruchsvolle Beschäftigung verwehrt. Die unzähligen karitativen Tätigkeiten, die einer Dame ihres Standes angemessen waren, stellten sie auf Dauer nicht zufrieden. Kürzlich hatte sie Vera gegenüber den Wunsch geäußert, dem Österreichischen Frauenverein beitreten zu dürfen. Überrascht und hocherfreut hatte seine Tante ihr versprochen, bei der nächsten Vereinssitzung ihre Aufnahme vorzuschlagen. Graf Batheny würde über die Mitgliedschaft seiner Tochter in diesem Verein jedoch ebenso wenig begeistert sein, wie seine Jüngste demnächst in Gesellschaft eines Mannes zu wissen, der zwar ein hervorragender Tenor war, zurzeit aber das einfache Leben eines Fischers an der kroatischen Küste im Golf von Fiume führte.

Gustav wollte seine über alle Maßen aktive Schwester zurzeit lieber aus dem Weg haben. Ihre Absicht, sich in seine Fälle einzumischen, bereitete ihm beträchtliches Unbehagen. Daher bestärkte er sie in ihrem Entschluss, an die Österreichische Riviera zu reisen.

„Ach komm doch mit, Gustav! Im Herbst soll es in Abbazia noch wunderbar warm sein. Du könntest wieder in der entzückenden Villa Neptun direkt am Meer absteigen. Dieses Mal würde ich dir dort Gesellschaft leisten. Du würdest den grässlichen Terroranschlag und die degoutante Dalheim-Affäre rasch vergessen und dich endlich ein bisschen erholen können. Du siehst richtig krank aus."

Obwohl dieser Vorschlag mehr als reizvoll in seinen Ohren klang, konnte und wollte er momentan nicht weg aus Wien. Der Fall Dalheim, der unaufgeklärte Terroranschlag und vor allem die faszinierende

Emma von Zoloto hielten ihn in der Reichshaupt- und Residenzstadt fest.

„Überlege es dir bitte noch einmal, Bruderherz."

Er bedachte seine Schwester mit einem warnenden Blick, denn der Graf kehrte gerade an ihren Tisch zurück. Den Namen Jakob Doma durfte man in seiner Gegenwart nicht mehr erwähnen. Sicher hat sie ihm die Einladung des jungen Tenors verschwiegen, dachte Gustav.

„Möchtet ihr eine Sachertorte mit Schlag als Dessert oder lieber Palatschinken mit Eis?", fragte Graf Batheny.

Marie Luise verweigerte einen Nachtisch. Gustav wollte nur Kaffee.

Der Graf liebte Süßigkeiten. Nach der Verdauungszigarre gelüstete es ihn nach einer Sachertorte mit Schlag.

„Grandios! Ihr versäumt das Beste, meine Lieben", seufzte er nach dem ersten Bissen. Dann erkundigte er sich nach dem Stand der Ermittlungen, was das Attentat und den Bankraub in der Herrengasse betraf.

Leider konnte Gustav seinem Vater nichts Neues berichten. Bisher waren alle Nachforschungen im Sand verlaufen: „Bestimmt hat jemand von ganz oben der Polizei und vor allem der Presse Stillschweigen über diese Fälle auferlegt. Meine Tante beklagt sich allerdings darüber, dass die Bespitzelung ärger wird. Es kam zu weiteren Hausdurchsuchungen bei Mitgliedern des Österreichischen Frauenvereins."

Graf Batheny nahm das nicht auf die leichte Schulter. „Wurde deine Tante persönlich belästigt?", fragte er aufgebracht.

„Bis jetzt noch nicht. Sie rechnet aber jederzeit damit."

Das schöne Gesicht des Grafen war vor Zorn rot angelaufen. Er schnappte nach Luft, bevor er sich weiter über die Dummheit und Unverschämtheit der kaiserlichen Beamten echauffierte.

In solchen Momenten fühlte sich Gustav seinem Vater sehr nahe. In politischen Angelegenheiten war von jeher Verlass auf ihn gewesen. Er hatte die besten Beziehungen zum Innenminister und wurde bei Hofe überaus geschätzt. Seine Majestät Kaiser Franz Joseph hatte ihm einst sogar, allerdings auf Anraten seiner Gattin, Ihrer Majestät Kaiserin Elisabeth, den Posten als Außenminister angeboten. Graf Batheny hatte abgelehnt. Seine Sympathien galten dem Land seiner Vorfahren, den Ungarn. Er hätte sich zu sehr verbiegen müssen, um Kaiser Franz Josephs Interessen gegenüber den Ungarn durchzusetzen.

Papa hat zumindest in politischen Fragen immer Rückgrat besessen, dachte Gustav. Wäre er doch bloß auch in seinem Privatleben so standhaft gewesen, dann wäre mir die illegitime Herkunft erspart geblieben.

Der Gedanke an seine viel zu früh verstorbene Mutter trübte Gustavs Laune. Auf einmal bekam er wieder Kopfschmerzen.

Das familiäre Mittagessen im Hotel Sacher nahm ein abruptes Ende.

17. Hilfe bei den Nachforschungen

Am nächsten Tag war Gustav nachmittags mit seinem Vater im Café Central verabredet. Der Graf hatte den Innenminister gleich nach ihrem Treffen im Hotel Sacher um eine Audienz ersucht und wollte seinem Sohn von diesem Gespräch berichten.

Schon allein, dass der Minister seinen Vater heute früh empfangen hatte, war für Gustav ein positives Zeichen. Als der Graf betonte, der Minister hätte ihm sein Wort gegeben, dass Vera von Karoly von der Geheimpolizei Seiner Majestät nicht belästigt werden würde, wäre Gustav seinem Herrn Papa am liebsten um den Hals gefallen. Doch solche Gesten der Zuneigung waren weder bei den Karolys noch bei den Bathenys üblich.

„Der Generalstabschef erstattet übrigens Seiner Majestät Kaiser Franz Joseph einmal in der Woche Bericht. Und in seinem nächsten Bericht wird der Österreichische Frauenverein als relativ unverdächtig eingestuft werden. Mehr konnte ich leider nicht erreichen. Ich wollte, dass er mir die Sicherheit aller Damen garantierte. Darauf ist er nicht eingestiegen. Seine Exzellenz scheint der festen Überzeugung zu sein, dass sich in diesem Verein doch einige gefährliche, radikale Frauen tummeln“, sagte Graf Batheny.

„Völlig absurd! Die einzig halbwegs Radikalen sind Vera und Rosa. Alle anderen sind biedere, großbürgerliche Damen, die halt ein bisschen mehr im Hirn haben als die meisten anderen Industriellengattinnen oder Baronessen.“

Der Graf klopfte seinem Sohn lachend auf die Schulter: „Wenn deine Tante dich hören könnte ... Gnade dir Gott!“

„Vera darf nie erfahren, dass du wegen ihr beim Innenminister interveniert hast. Das würde sie uns beiden nicht verzeihen.“

„Hältst du mich für senil, mein Sohn? Das ist mir völlig klar. Pass lieber auf, dass du dich nicht verplapperst.“

Themenwechsel war angesagt. Gustav fragte seinen Vater, ob er ein russisches Adelsgeschlecht namens

Zoloto kennen würde. Graf Batheny kannte den Gothaischen Hofkalender natürlich nicht auswendig. Er dachte kurz nach, musste aber passen.

„Warum? Hast du jemanden dieses Namens kennengelernt?“ Er musterte seinen Sohn mit einem belustigten Blick.

„Ja, eine sehr geheimnisvolle Frau. Eigentlich ist sie eine Deutsche. Sie erwähnte aber russische Vorfahren.“

„Der Name Zoloto sagt mir überhaupt nichts, was aber nichts zu bedeuten hat. Die russischen Zaren ernennen jeden Krämer zum Baron, falls er sich bereit erklärt, eine entsprechend hohe Summe für den Titel zu bezahlen. Ich werde zuhause im Gotha nachsehen.“

„Aber vielleicht kennst du zufällig einen deutschen Freimaurerbruder namens Neumann. Er hat sich mir mit seinem Handschlag zu erkennen gegeben und scheint eine Art Beschützer dieser jungen Dame zu sein.“

„Neumann? Ja, dieser Name ist mir vertraut. Allerdings ist das ein üblicher deutscher Nachname. Welcher Loge gehört er an?“

„Keine Ahnung. Er ist um die fünfzig, auffällig groß, größer als wir beide, extrem dünn, und er spricht wie ein Preuße.“

„Ich werde mich umhören.“

Als sich Gustav anschließend mit seinem Freund im Café Schwarzenberg traf, teilte ihm der Polizei-Oberkommissär die letzten Neuigkeiten bezüglich des Attentats mit. Die Dynamitarden galten nach wie vor als die Hauptverdächtigen. Es gab jedoch keine Spur von ihnen. Edi war auch in Rudis Augen unschuldig.

Der lästige Kellner, der Gustav überfallen hatte, war nirgends zu sehen. Entweder hatte man ihm gekündigt oder er hatte selbst das Weite gesucht. Sie wurden von Herrn Leopolds Nachfolger, dem neuen Oberkellner Max, höchstpersönlich bedient.

Rudi hatte inzwischen in Erfahrung gebracht, dass Emma von Zoloto die Tochter eines russischen Barons und bankrott gegangenen Bankiers war: „Sie scheint jedoch keinen besonderen Wert auf ihre vornehme Herkunft zu legen. Ich habe sie zwei Stunden lang verhört, aber nichts Essentielles aus ihr rausgekriegt. Mit dem Anschlag hatte sie nichts zu tun."

„Sicher nicht. Wie kommst du überhaupt auf diese absurde Idee? Ich habe gerade mit meinem Vater gesprochen. Er kennt die Familie nicht, was allerdings nichts zu bedeuten hat. Papa hält russische Barone prinzipiell für einfache Krämerseelen. Normalerweise sind das irgendwelche Bankiers oder Kaufleute, die sich den Titel gekauft haben, meint er."

„Emma von Zoloto hat behauptet, dass ihre Mutter eine deutsche Schauspielerin gewesen sei. Ihr Vater hatte sich angeblich während eines Kuraufenthalts in Wiesbaden unsterblich in sie verliebt. Die Ehe hielt nicht lange. Ihre Eltern haben sich getrennt, als sie klein war. Sie ist bei ihrer exzentrischen Mutter in Frankfurt aufgewachsen", sagte Rudi.

Ihre Herkunft ist also meiner sehr ähnlich, dachte Gustav. In diesem Moment sah er Emma in Begleitung ihrer Gesellschafterin Carmen Vargas am Fenster vorbeispazieren. Die beiden Damen schlenderten gemächlich Richtung Stadtpark.

Er sprang auf, wollte hinausstürzen. Rudi hielt ihn zurück.

„Beherrsche dich bitte, mein Freund! Wer weiß, ob ihr deine Gesellschaft genehm wäre. Ich habe übrigens auch einen anderen Fall am Hals. Du hast bestimmt schon gehört, dass der Dalheim gestorben ist? Deine liebe Dorothea hat ihn obduziert. Sie hat angedeutet, dass er höchstwahrscheinlich mit Digitalis vergiftet worden ist."

„Sie hat mir noch am selben Abend Bescheid gesagt. Vera meinte, dass er aus Angst vor einem Herzinfarkt zu viele Medikamente geschluckt haben könnte."

Gustav hatte absichtlich seine Tante mit ins Spiel gebracht, wusste er doch, dass Rudi sie sehr bewunderte.

„Die Meinung deiner Tante schätze ich normalerweise sehr. Sie ist eine außerordentlich kluge Frau, aber vermutlich will sie dich in diesem Fall nur beschützen. Denn dir ist hoffentlich klar, dass du zu den Verdächtigen gehörst."

„Bist du komplett verrückt geworden? Ich habe das Verhältnis mit Ada vor Wochen beendet und sie seither nicht mehr gesehen. Nein, stimmt nicht, im Musikverein habe ich sie letztens getroffen, am Arm von Oberstabsarzt Freiherr von Landau. Er scheint ihr neuer Liebhaber zu sein."

„Na, dann ist der Fall ja geklärt. Der Herr Doktor hat dem Choleriker eine Überdosis Digitalis verpasst, um an sein holdes Eheweib und an seine beiden Kaufhäuser zu kommen."

„Zynismus passt nicht zu dir ..."

„Wenn weder du noch er den Dalheim ins Jenseits geschickt haben, bleibt nur mehr deine Ada als mögliche Täterin übrig."

„Du glaubst im Ernst, die kennt sich mit Digitalis aus?"

„Um jemandem eine Überdosis zu verabreichen, bedarf es keiner besonderen medizinischen Kenntnisse."

„Da hast du auch wieder recht, trotzdem ..."

„Ada von Dalheim hatte angeblich einen Nervenzusammenbruch, als sie bei ihrer Heimkehr ihren

Gatten tot in seinem Sessel liegen sah. Ihr Dienstmädchen hat sie ohnmächtig zu Füßen des Toten vorgefunden. Die hübsche Kleine war recht gefasst, ihre Schilderung klang durchaus glaubwürdig. Ich habe mit beiden gesprochen. Ada scheint nach wie vor ein einziges Nervenbündel zu sein. Ich habe kaum ein vernünftiges Wort aus ihr rausgekriegt. Sie hat andauernd geheult, war richtig hysterisch. Wenn du mich fragst, hat sie sich äußerst verdächtig benommen."

„Hör auf, du bist schlichtweg unsensibel. Diese Frau hatte gerade ihren Mann verloren ..."

„Der angeblich ein brutaler Hund war."

„Trotzdem muss das ein entsetzlicher Schock für sie gewesen sein."

„Ich hab dich nur warnen wollen. Wenn es zu einem Mordprozess kommen sollte, wirst du zumindest als Zeuge aussagen müssen."

Gustav wurde aschfahl im Gesicht: „Da...das meinst du nicht im Ernst. Meine Kar...Karriere als Privatdetektiv wäre ruiniert. Ich kann es mir nicht leisten, als Mordverdächtiger vor Gericht zu stehen."

„Nicht als Mordverdächtiger, als Zeuge, habe ich gesagt."

„Das ist für die Presseleute ein und dasselbe. Falls sie herauskriegen, dass ich ihr Liebhaber war, werden sie mich in Stücke reißen."

„Dramatisierst du jetzt nicht etwas?"

„Du musst das um jeden Preis verhindern! Das bist du unserer Freundschaft schuldig!"

„Sag mal, spinnst du? Ich habe womöglich ein Gewaltverbrechen aufzuklären, und wenn deine Aussage vor Gericht dazu beitragen kann, dann wirst du eben vorgeladen werden."

„Du kannst mich mal! Du bist mein Freund gewesen!“ Gustav sprang auf, warf einige Münzen auf das silberne Tablett und ließ den verdutzten Rudi allein im Café Schwarzenberg sitzen.

18. Gustav und die Frauen

Als er über den Ring zu Fuß nach Hause ging, kam heftiger Wind auf. Der Himmel über Wien war fast schwarz. Die Regenwolken hatten sich zu einer anthrazitfarbenen Wand vereint. Plötzlich entlud sich diese Wolkenbank. Gustav zog seinen Hut tiefer ins Gesicht und begann zu rennen, so schnell er konnte.

Vor der gigantischen Baustelle bei der Neuen Burg stand mutterseelenallein und völlig durchnässt eine Frau, die nach einem Fiaker Ausschau zu halten schien. Er eilte zu ihr, wollte ihr seine Hilfe anbieten. Als er näherkam, sah er, dass es sich bei der Frau, die unter einem hohen Baugerüst Schutz gesucht hatte, um Emma von Zoloto handelte.

Sie reagierte eher abweisend auf sein Angebot, ihr einen Fiaker zu besorgen. „Es wird schon einer stehenbleiben“, murmelte sie verdrießt. „Zum Glück habe ich Carmen mit unseren Einkäufen, rechtzeitig bevor der Sturm losging, heimgeschickt.“

Er diskutierte nicht lange mit ihr, packte ihren Arm und sagte: „Kommen Sie mit mir.“

Sie hielt mit ihm Schritt, als er fast laufend den Maria-Theresien-Platz zwischen den imposanten Museen durchquerte. Was für eine sportliche junge Dame, dachte er bewundernd. Er hatte ihr seinen Mantel über Kopf und Schultern gelegt und wurde nun selbst nass bis auf die Haut.

Josefa begrüßte Gustav und seine Begleiterin kopfschüttelnd, stellte aber keine überflüssigen Fragen, sondern bereitete für das zitternde Fräulein ein Bad im Ankleidezimmer seiner Tante vor.

Vera von Karoly kam aus ihrem Zimmer. Gustav stellte ihr Emma von Zoloto vor.

Seine Tante arbeitete gerade an einem Beitrag über höhere Mädchenbildung für die nächste Ausgabe des Wiener Frauenblattes und war nicht gerade begeistert über diesen unerwarteten Gast.

Während sich Gustav umzog, Emma ein Bad nahm und danach in Veras Bademantel schlüpfte, hatte Josefa Tee aufgesetzt. Gustav fragte sich, ob Emma ihre Unterwäsche anbehalten hatte oder ob sie unter dem flauschigen Mantel splitternackt war.

Als sie später am Küchentisch saßen und Tee tranken, beschrieb er seiner Tante, wie er diese junge Dame kennengelernt hatte. Emma unterbrach ihn bald und schilderte ihre abenteuerliche erste Begegnung selbst.

Josefa zog sich, nachdem sie eine zweite Kanne Tee aufgegossen hatte, in ihr Kabinett zurück. Vera blieb bei Gustav und seinem Gast sitzen. Die lebhafte junge Frau schien sie zu amüsieren.

Als Dorothea heimkam, schlug die heitere Stimmung um. Sie musterte Emma von Zoloto, die in dem rosafarbenen Bademantel allerliebst aussah, mit hochgezogenen Brauen und erkundigte sich, nachdem Gustav die beiden jungen Frauen einander vorgestellt hatte, aus welcher deutschen Stadt sie komme.

Emma behauptete, aus Hamburg zu stammen. Hatte Rudi nicht gesagt, sie käme aus Wiesbaden beziehungsweise aus Frankfurt, fragte sich Gustav verwundert.

Dorothea verwickelte Emma sogleich in ein Gespräch über die Hansestadt, in der sie selbst aufgewachsen war. Ihre Fragen klangen eher nach einem Verhör als nach einer lockeren Plauderei.

Gustav bemerkte, dass sich sein Gast unwohl fühlte. Er bat Dorothea, die Arme nicht mit Fragen zu löchern.

Emma dankte ihm mit einem bezaubernden Lächeln.

Dorothea warf ihm einen verärgerten Blick zu.

Ausnahmsweise ließ er sich nicht von ihr einschüchtern. Er bat Emma, mehr von Frankfurt zu erzählen, wo sie die letzten Jahre ihres Lebens verbracht hatte.

Das Gespräch verlief weiterhin stockend. Keine der Damen schien besonders interessiert an der hessischen Stadt Frankfurt zu sein.

Josefa, die Emmas Kleid über dem Holzofen in der Küche aufgehängt hatte, kam wieder aus ihrem Kabinett. „Ihr Kleid ist fast trocken, gnädiges Fräulein", sagte sie.

„Danke!" Emma sprang auf, schnappte sich das weiße Kleid und zog sich in Veras Boudoir an.

Gustavs Angebot, sie nach Hause zu bringen, lehnte sie energisch ab. Sie ließ sich von ihm nur zum Fiakerstandplatz vor dem Eingangstor begleiten.

Der heftige Regen war mittlerweile in Nieseln übergegangen. Die Lacken im Hof waren tief und kaum zu umgehen. Ohne sie zu fragen, ob es ihr recht war, hob Gustav sie hoch und trug sie zum Haupttor.

Sie protestierte lachend.

Beim Haupttor setzte er sie in einen Fiaker, zog seinen Mantel aus und legte ihn ihr über die Beine. „So habe ich wenigstens eine Chance, Sie demnächst wiederzusehen", scherzte er.

„Also bis bald, schöner Mann", sagte sie und warf ihm seinen Mantel zu, bevor sie die Wagentür schloss.

Geschickt fing er ihn auf. Wie bedauerlich, dass sie das gute Stück verschmäht hatte. Doch hatte er richtig gehört? Hatte sie ihn tatsächlich „schöner Mann" genannt? Entzückt winkte er der Kutsche nach.

Als er heimkehrte, saßen Dorothea und seine Tante nach wie vor am Esstisch und unterhielten sich über Emma.

„Sie kennt sich in Hamburg nicht aus, spricht auch anders als die Leute aus Norddeutschland", sagte Dorothea.

„Kein Wunder, sie stammt ja auch aus Frankfurt, also aus Hessen", wandte Gustav ein.

„Ah, deshalb besitzt sie so viel Humor. Die Hessen sind gesellige Leute, nicht wahr?" Vera lächelte ihren Neffen zuckersüß an.

„Warum hat sie dann gesagt, sie komme aus Hamburg?"

„Vielleicht ist sie dort geboren? Mein Gott, ist das denn so wichtig?"

Dorotheas Wangen röteten sich. „Gustav fällt auf jedes Puppengesicht rein, das in Not gerät", sagte sie zu Vera.

„Das stimmt, er ist und bleibt eben ein Romantiker."

„Ein weißer Ritter", kicherte Dorothea, die nicht mehr ganz nüchtern war. Die Weinflasche war halbleer.

„Eher ein schwarzer Ritter. War Ivanhoe nicht schwarz gekleidet, so wie unser Gustav heute?", scherzte Vera.

„Ich freue mich, dass ihr so vergnügt seid, angesichts all dieser unaufgeklärten Verbrechen. Vielleicht könntet ihr wenigstens meine Anwesenheit zur Kenntnis nehmen. Ihr redet über mich, als wäre ich nicht da."

„Oh, pardon!" Dorothea konnte sich das Lachen kaum verkneifen.

„Sei nicht immer so schnell beleidigt, Gustav." Auch Vera hatte alle Mühe, ernst zu bleiben.

„Magst ein Betthupferl, Gustl? Eine heiße Schokolade?", mischte sich Josefa ein.

Gustav hatte diese Weiberwirtschaft wieder einmal gründlich satt. Wortlos zog er sich, ohne heiße Schokolade, in sein Zimmer zurück, legte sich auf sein Bett und dachte an die süße Emma, malte sich aus, wie er seine Lippen auf ihren entzückenden Schmollmund pressen, seine Hände ihre großen Brüste streicheln würden ...

19. Männerabend mit weiblicher Begleitung

Am nächsten Abend tauchte Rudi unangemeldet bei den Karolys auf. Vera, die von dem Zerwürfnis der Freunde nichts wusste, lud den Polizei-Oberkommissär zu einem Kaffee ein. Nach dem Kaffee ließ sie die beiden allein.

Rudi benahm sich Gustav gegenüber so, als ob nichts gewesen wäre, berichtete sogleich von den jüngsten Entwicklungen im Fall Dalheim: „Es könnte auch Selbstmord gewesen sein. Der Dalheim dürfte in letzter Zeit massive finanzielle Probleme gehabt haben. Seine Geschäfte gingen schlecht, das Kaufhaus in Budapest steht angeblich knapp vor der Schließung. Istvan hat mich heute extra aus Budapest im Büro angerufen, um mir das mitzuteilen. Er scheint dich sehr zu schätzen, sonst hätte er sich nicht die Mühe gemacht ..."

„Wieso ist Istvan in Budapest?", fragte Gustav gereizt. Er war nicht nachtragend, doch seine letzte Auseinandersetzung mit Rudi lag ihm schwer im Magen.

„Ach, das kannst du ja nicht wissen! Er ist zum Rapport über die neuesten Fahndungsergebnisse zurückbeordert worden. Seine Vorgesetzten wurden ungeduldig. Ihnen gehen die Ermittlungen in Wien viel zu langsam voran. Ich muss ihnen leider recht geben."

„Man könnte fast den Eindruck gewinnen, als würden sowohl unser Innenminister als auch der Wiener Polizeidirektor kein besonderes Interesse daran haben, die Täter ausfindig zu machen", sagte Gustav.

Rudi nickte zustimmend. „Und was den Tod vom Dalheim betrifft, brauchst du dir keine allzu großen Sorgen zu machen. Ich kann zwar nichts versprechen, aber wie es zurzeit aussieht, werden wir nicht mehr lange weiter ermitteln."

„Ich danke dir und bin dir was schuldig."

„Diese Schuld kannst du sofort begleichen. Wir könnten heute in eine Singspielhalle gehen. Mir ist nach Musik und weiblicher Gesellschaft zumute."

Nicht schon wieder, hätte Gustav am liebsten gesagt, hielt aber den Mund, da er sich seinem Freund verpflichtet fühlte.

Rudi schlug einige Tanzlokale vor.

Gustav schüttelte jedes Mal den Kopf.

„Und wie wäre es mit dem Tabarin im St. Annahof?"

„Dafür müsste ich mich extra umziehen ..."

„Tu dir was an!"

Die berühmten Theaterarchitekten Fellner und Helmer hatten vor einigen Jahren den St. Annahof neu erbaut. Darin war das Etablissement Tabarin nach dem Vorbild exklusiver Revuen in Paris errichtet worden. In dem unterirdisch gelegenen zweistöckigen Ballsaal ging es vornehm zu.

„Wir könnten auch raus in die Vorstadt fahren. Dort haben die Singspiel- und Liederhallen die halbe Nacht lang offen. Momentan ist das Ottakringer Orpheum sehr beliebt, oder wir gehen in die Thalia-Säle in der Grundsteingasse."

„Das ist mir zu weit draußen."

Als Rudi schließlich das Budapester Orpheum im Hotel Stephanie in der Taborstraße erwähnte, sagte Gustav: „Dort war ich noch nie."

„Dann wird's Zeit. Diese jüdelnden Komiker sind echt witzig."

Dorothea hatte vor kurzem mit Dr. Abendroth und seiner Gattin diese Jargonbühne besucht. Sie war von dem kabarettartigen Einakter, der in jiddisch gefärbtem Wienerisch vorgetragen wurde, nicht begeistert gewesen, hatte nur die Hälfte verstanden. Trotzdem war Gustav neugierig auf dieses Etablissement. „Hoffentlich hängen dort nicht lauter Antisemiten herum", zierte er sich trotzdem.

„Die Budapester sind doch selber Juden. Keiner kann besser jüdische Witze erzählen als ein Jude."

Gustav war nach wie vor nicht überzeugt davon, dass ihm das Programm im Orpheum gefallen würde, gab aber nach.

Der Polizei-Oberkommissär schien im Orpheum bekannt zu sein. Der Oberkellner ließ sofort einen Tisch direkt vor der Bühne räumen, setzte die protestierenden jungen Männer und ihre Begleiterinnen weiter nach hinten.

Gustav empfand das Aufsehen, das diese Umsiedelung erregte, als unangenehm und folgte Rudi, ohne nach links oder rechts zu schauen, an den Tisch. Plötzlich bildete er sich ein, dass ihn jemand anstarrte. Er sah sich kurz um.

In einer der Logen saßen Emma von Zoloto und Carmen Vargas mit zwei Männern, die zwar ihrer Kleidung nach der besseren Gesellschaft angehörten, aber auf Gustav einen ungehobelten Eindruck machten. Sie waren etwa in seinem Alter und sahen aus wie Zwillinge oder zumindest wie Brüder. Beide waren dunkelhaarig, mittelgroß, kräftig gebaut und hatten derbe, sonnenverbrannte Gesichter. Was hatten solche gewöhnlichen Kerle in Emmas Gesellschaft verloren? Beherzt ging er zu ihrer Loge und begrüßte sie und Carmen Vargas.

Die Spanierin wirkte noch verhärmter als sonst. Sie nickte Gustav zu, während sie sich weiter leise mit einem der Männer unterhielt.

Emma traf keine Anstalten, ihm ihre Begleiter vorzustellen, lächelte ihn jedoch verführerisch an. „Wenn Sie länger bleiben, werde ich nachher zu Ihnen kommen. Ich muss nur vorher kurz etwas mit Carmens Bekannten besprechen", sagte sie.

Keiner der vier schien den beiden Komikern auf der Bühne zuzuhören. Wahrscheinlich verstanden die Damen ohnehin kein Wort.

Rudi hingegen amüsierte sich prächtig. „Anscheinend gefallen dir die Budapester doch, oder wieso grinst du wie ein Hutschpferd?", fragte er, als Gustav zurückkehrte.

„Emma von Zoloto wird gleich zu uns rüberkommen."

„Oh, là, là, da bin ich ja mal gespannt."

Als sich Emma tatsächlich nach dem Ende des Programms zu ihnen gesellte, benahm sich Rudi ihr gegenüber wie ein Kavalier, küsste ihr die Hand und rückte ihr sogar den Stuhl zurecht, da Gustav kurz unaufmerksam war. Er hatte aus den Augenwinkeln beobachtet, wie Carmen Vargas gemeinsam mit den beiden grobschlächtigen Männern wegging. Er wunderte sich ein bisschen, dass diese gestrenge Dame Emma mit ihm und Rudi alleinließ. Wahrscheinlich wusste sie über Rudis Profession Bescheid und wähnte ihren Schützling in der Gesellschaft eines Polizei-Oberkommissärs sicher aufgehoben.

Anfangs tauschten sie artig Höflichkeiten aus. Emma betonte, dass sie die Komiker fabelhaft gefunden hätte. Gustav pflichtete ihr bei, obwohl er keinen einzigen Witz mitbekommen hatte. Seine Gedanken hatten bei ihr geweilt.

Als sich Emma über die älteren dickbäuchigen Gäste in dem Varieté zu mokieren begann, pflichtete Rudi ihr bei: „Außer uns scheinen hier wirklich nur lauter Wamperte zu verkehren."

„In Berlin nennt man so ein Prachtstück Mollenfriedhof", kicherte Emma und deutete auf einen älteren Herrn mit einem immensen Bierbauch, der sich durch die eng gestellten Tischreihen zwängte.

Emma und Rudi kamen bestens miteinander aus, was Gustav leicht missfiel. Um die ausgelassene Stimmung zu trüben, brachte er die Sprache auf das Attentat, das Emma mit viel Glück überlebt hatte. Wie er vorausgesehen hatte, stieg sein Freund liebend gerne auf dieses Thema ein.

Emma schilderte ihnen erneut höchst dramatisch, wie sie das Sprengstoffattentat erlebt hatte.

Gustav bewunderte ihre Fabulierkunst. Er hatte diese Geschichte nun schon mehrmals aus ihrem Munde vernommen. Von Mal zu Mal klang sie aufregender und spannender.

„Und wenn mir Ihr Freund nicht zu Hilfe geeilt wäre, hätten mich Ihre Wachtmeister wahrscheinlich verhaftet", sagte sie in theatralischem Ton.

Gustav strahlte sie an, kam er sich doch vor wie ein Held.

„Wieso verhaftet?", fragte Rudi.

„Na, weil Ihre Leute alle verhaften wollten, die sich zu diesem Zeitpunkt am Michaelerplatz aufgehalten haben."

Rudi blickte verlegen zu Boden.

Den Rest des Abends verbrachten sie mit erfreulicheren Themen. Emma schwärmte von ihren Reisen nach Italien und England. Gustav berichtete von seinem Jahr an der London School of Economics. Rudi schwieg. Er war bisher nie aus Wien rausgekommen.

Als sie kurz vor der Sperrstunde das Orpheum verließen, winkte der Polizei-Oberkommissär sogleich einen Fiaker heran. Gustav hörte, wie er dem Kutscher die Adresse einer zwielichtigen Weinschenke am Lerchenfelder Gürtel nannte.

„Könntest du uns ein Stück mitnehmen?", fragte Gustav, der knapp bei Kasse war. Die Preise im Orpheum hatten seine Geldbörse schwer strapaziert. Obwohl Rudi zahlen wollte, hatte er, um Emma zu imponieren, darauf bestanden, die Rechnung zu begleichen.

„Wir steigen dann hinterm Rathaus aus."

Der Polizei-Oberkommissär wirkte nicht begeistert, es blieb ihm aber nichts anderes übrig, als Gustav und Emmas Gesellschaft noch eine Weile zu ertragen.

Emma nahm Rudi gegenüber Platz. Die ganze Fahrt über plauderte sie nur mit ihm.

Gustav schrieb ihr Verhalten ihrem wundervollen Einfühlungsvermögen zu. Auch sie dürfte bemerkt haben, dass sich der Polizei-Oberkommissär im Orpheum zuletzt gelangweilt hatte. Er war indes froh, heute nicht mehr mit seinem Freund in eines der schmuddeligen Vorstadtwirtshäuser gehen zu müssen.

Nachdem sie ausgestiegen waren, fragte er Emma, wohin er sie bringen dürfe.

„Das wissen Sie doch, ich wohne im Imperial. Gerne würde ich aber zu Fuß heimgehen.“

Von wegen verarmte Bankierstochter. Emma von Zoloto musste über jede Menge finanzielle Mittel verfügen, wenn sie sich so einen langen Aufenthalt im besten und teuersten Hotel der Stadt leisten konnte.

Arm in Arm schlenderten sie am imposanten Wiener Rathaus vorbei zum Ring. Gegenüber, beim Hofburgtheater, wollte sie kurz rasten.

„Ich würde gerne mal in Wien in ein Theater gehen. Was spielen sie denn hier gerade?“ Sie deutete auf die verschlossenen Tore der Burg.

„Die Räuber von Friedrich Schiller.“

„Oh, das Drama der beiden feindlichen Brüder. Das ist eines meiner Lieblingsstücke. Der Räuber ist der wahre Held! Glauben Sie, dafür gibt es noch Karten?“

„Ich kriege für alles Karten“, prahlte Gustav.

Emma hatte sich mittlerweile auf die oberste Stufe vor dem Theater gesetzt. Er zog seinen Mantel aus, bat sie, noch einmal aufzustehen, legte den warmen Mantel seines Großvaters auf die Stiege und nahm dann knapp neben ihr Platz.

Gustav schwieg, genoss es, die Nähe ihres Körpers zu spüren.

„Die Mitglieder des österreichischen Kaiserhauses sollen begeisterte Theatergeher sein.“ Emmas Worte klangen mehr nach einer Frage.

„Zumindest haben sie ein Herz für Schauspielerinnen.“

„Vor allem euer Kaiser, oder?“

Gustav zuckte mit den Achseln. Seit dem Tod Ihrer Majestät Kaiserin Elisabeth interessierte er sich nicht mehr für Klatsch und Tratsch bei Hofe.

Emma schien seine Schweigsamkeit nicht zu behagen. Sie ließ einige bewundernde Bemerkungen über die prunkvollen Ringstraßenpalais fallen. Auf einmal begann sie jedoch die Besitzer dieser Palais zu kritisieren: „All diese Pracht und Herrlichkeit haben sie auf Kosten der Arbeiterschaft errichten lassen."

Ihre Worte erinnerten ihn an ähnliche Aussagen seines Freundes Rudi. Er selbst war weniger kritisch. Dennoch stimmte er ihr zu, als sie sich weiter über die Ausbeutung der Arbeiter und die Dekadenz des Adels und der Großbürger ausließ. „Friede den Hütten – Krieg den Palästen", zitierte er in scherzhaftem Ton den Schlachtruf der französischen Revolutionsarmee.

„Das ist kein Scherz", wies sie ihn zurecht.

Anscheinend war sie eine überzeugte Sozialistin. Aber was hatten Sozialistinnen im Hotel Imperial verloren?

Schließlich brachte sie ihn nach Hause. Vor den k. k. Hofstallungen verabschiedete sie sich von ihm mit einem feurigen Kuss auf den Mund. Er spürte ihre Zähne noch auf seiner Unterlippe, als sie in einen Fiaker stieg.

An diesem Abend konnte er nicht einschlafen. Emmas Worte gingen ihm nicht aus dem Kopf. Auch ihr überraschender Abschiedskuss beschäftigte ihn die halbe Nacht lang. Hatte sie sich in ihn verliebt? Offensichtlich begehrte sie ihn, denn sonst hätte sie ihn nicht geküsst. Er fand es äußerst ungewöhnlich, dass eine Frau die Initiative ergriff. Aber Emma war eben anders als alle Frauen, die er bisher kennengelernt hatte.

Allein in seinem Bett liegend, malte er sich aus, wie sie sich über ihn beugte, ihre entblößten Brüste seine Wangen streiften. Plötzlich verwandelte sich ihr Puppengesicht in das sinnliche Antlitz der Marianne, der Nationalfigur der Französischen Republik, das er einst auf dem berühmten Gemälde *Die Freiheit führt das Volk* von Eugène Delacroix im Louvre bewundert hatte.

20. Alltag im Hause Karoly

Josefa hatte sich endlich die Überreste ihrer zwei verfaulten Backenzähne von Dorotheas Kollegen ziehen lassen. Seither war sie, trotz anhaltender Schmerzen, fast wieder die Alte. Vor allem kochte sie wieder anständig. Ihr Erdäpfelgulasch wurde sowohl von Vera als auch von Gustav gebührend gelobt.

Vera berichtete, dass Lieselotte von Schönfeld seit einigen Tagen zurück in Wien war und von ihrer Haushälterin Maria gepflegt wurde: „Ihren Kuraufenthalt in Bad Gleichenberg hat sie wegen ihres schlechten Gesundheitszustandes abbrechen müssen, hat mir Maria gleich an der Tür verraten."

„Du hast sie schon gesehen?"

„Ja, ich habe Lieselotte gestern besucht. Leider hat sie auf mich keinen guten Eindruck gemacht. Sie ist total abgemagert. Die Kur scheint nicht angeschlagen zu haben, obwohl sie das Gegenteil behauptet. Ich fürchte, die Ärzte haben sie längst aufgegeben. Wenn du sie noch einmal sehen möchtest, solltest du dich bald bei ihr melden … "

„Das tut mir leid. Ich verehre sie sehr. Sie ist eine der eindrucksvollsten Damen, die mir je begegnet sind, außer dir natürlich, liebe Tante."

„Du unverbesserlicher Charmeur!" Sie gab ihm einen Klaps auf die Wange.

Er hatte seine Worte ernst gemeint.

Erinnerungen an das Geburtstagsfest von Lieselotte von Schönfeld im Spätsommer tauchten auf. Es war ein wunderbarer Altweibersommertag gewesen. Alle Fenster in der Wohnung am Graben waren offen gestanden. Er hatte mit Adas Mutter angeregt geplaudert und zu den Klängen eines Strauss-Walzers, den Ada am Klavier so schlecht und recht interpretierte, mit ihr getanzt. Frau von Schönfeld war eine ungewöhnlich große Frau, fast so groß wie ihre Tochter. Sie war gewöhnt daran, das Zepter in der Hand zu halten. Gustav hatte alle Mühe gehabt, sie zu führen. Damals war er ziemlich verrückt nach Ada gewesen, dennoch hatte er sie an jenem Nachmittag kaum beachtet, sondern lange mit ihrer Mutter über London, Lord Byron und dessen hochbegabte Tochter Ada von Lovelace geplaudert.

Auf einmal platzte Dorothea, die während des Essens geschwiegen hatte, mit der Nachricht heraus, dass der Tod von Karl von Dalheim kein natürlicher war und kein Selbstmord, sondern Mord: „Ich warne dich, Gustav, du wirst demnächst wegen dieses Todesfalls einvernommen werden. Die Polizei weiß über dein Verhältnis mit Ada Bescheid."

„Weil du ihnen davon erzählt hast", fauchte er sie an.

„Habe ich nicht!"

„Wer soll es ihnen sonst verraten haben?"

„Dein Freund Rudi? Schließlich ist er Polizei-Oberkommissär."

„Rudi würde mich niemals ans Messer liefern."

„Es geht eben nichts über Männerfreundschaften", spottete Dorothea.

Seine Laune war am Tiefpunkt angelangt. „Und wem habe ich all die Scheiße zu verdanken", schrie er.

„Gustav, ich bitte dich! Reiß dich zusammen!" Veras Ton war messerscharf.

„Verzeihung", stammelte er.

„Warum hast du die Überdosis Digitalis in deinem Befund unbedingt erwähnen müssen?", wandte er sich wieder an Dorothea, die ihm mit hochrotem Kopf gegenübersaß.

„Wäre es dir lieber gewesen, ich hätte schlampig gearbeitet?", fragte sie in ebenso schneidendem Ton wie vorhin seine Tante.

„Nein ... natürlich nicht, aber ..."

„Aber?"

„Nichts." Er beherrschte sich, wollte nicht alles noch schlimmer machen.

„Du musst den Tod von Karl von Dalheim aufklären, Gustav! In deinem eigenen Interesse. Ich habe Angst um dich."

Zwar freute er sich über Dorotheas versöhnliche Worte, gleichzeitig lag ihm nichts ferner, als seine frühere Geliebte oder ihren neuen Liebhaber des Mordes an Karl von Dalheim zu überführen. Sein Hauptinteresse galt momentan der Aufklärung des Attentats. Nicht nur, weil er viel Ruhm und Ehre einheimsen würde, wenn es ihm gelang, diesen Fall zu lösen, sondern weil er den Fiaker Edi retten wollte.

Vera versuchte den Streit zu schlichten, wechselte das Thema und brachte die Rede auf Emma von Zoloto. Sie fragte Gustav, wie es möglich war, dass so eine junge Dame alleine quer durch Europa reiste.

„Und das fragst ausgerechnet du, die seit Jahrzehnten für gleiche Rechte von Frauen und Männern kämpft? Ist außerdem nicht auch Dorothea oftmals allein zwischen Hamburg, Zürich und Wien hin- und hergereist?", antwortete er gereizt mit einer Gegenfrage.

„Wegen ihrer Studien – das ist etwas anderes."

„Vielleicht betreibt Emma Zoloto ja auch irgendwelche Studien." Dorothea lächelte verschmitzt.

„Die studiert höchstens die Männer“, nuschelte Josefa.

Vera und Dorothea begannen lauthals zu lachen. Gustav bedachte sein ehemaliges Kindermädchen mit einem verärgerten Blick, musste aber widerwillig grinsen. Was war bloß in Josefa gefahren?

„Emma reist außerdem nicht allein, sie ist in Begleitung einer älteren, ständig schwarz gekleideten Dame, einer Witwe wahrscheinlich. Ihr Name ist Carmen Vargas. Leider wird diese Carmen ihrem Namen nicht gerecht“, fügte er hinzu.

Seit er die Oper *Carmen* von Georges Bizet in der Wiener Hofoper gesehen hatte, war der Name für ihn untrennbar mit einer rassigen, vollbusigen, rothaarigen Schönheit verbunden, die so gar nichts mit dieser hageren, grauhaarigen Gesellschafterin gemein hatte.

„Die Dame macht einen mürrischen Eindruck auf mich, sie spricht kaum, antwortet nur knapp, wenn sie gefragt wird. Zu Emma ist sie nicht besonders freundlich, obwohl sie andererseits einen Narren an ihr gefressen zu haben scheint.“

„Interessante Frau“, sagte Vera.

„Oder einfach eine unfreundliche, verhärmte Person? – Ich gehe zu Bett. Ihr könnt mich dann in aller Ruhe weiter ausrichten. Josefa, bring mir bitte ein bisschen warmes Wasser. Ich will wenigstens Katzenwäsche machen.“ Er begab sich in sein Zimmer.

„Diese Frau hat dich verhext“, sagte Josefa, als sie ihm einen Krug mit heißem Wasser in sein Ankleidezimmer brachte.

„Welche Frau?“, fragte er, obwohl er wusste, dass sie Emma meinte.

Sein früheres Kindermädchen sah ihn streng an. Er hielt ihrem Blick nicht lange stand.

„Ich brauche ein frisches Handtuch“, sagte er barsch.

„Hol es dir selber!“

Oh nein, selbst Josefa, die ihn abgöttisch liebte, war böse auf ihn.

21. Rendezvous im Burgtheater

Als am nächsten Tag weder der Polizei-Oberkommissär noch andere Polizeibeamte bei ihm aufkreuzten, dachte Gustav, diese leidige Dalheim-Affäre wäre bereits ausgestanden. Dorotheas gerichtsmedizinisches Gutachten hatte anscheinend nicht die befürchteten Auswirkungen gehabt.

Er hatte seinen Freund absichtlich nicht kontaktiert. „Man soll keine schlafenden Hunde wecken“, meinte er, als Vera ihn am späten Vormittag fragte, was denn, laut Rudi Kasper, im Fall Dalheim der letzte Stand wäre.

Kopfschüttelnd widmete sie sich wieder der Lektüre ihrer Zeitung.

Es war angenehm warm in der Wohnküche. Sonnenstrahlen drangen durch das hohe Fenster. Selbst die schäbige weiße Kredenz schien zu leuchten. Die fast fünf Meter hohen Räume in ihrer Wohnung über den Stallungen waren kaum heizbar. Zwar befand sich in jedem Zimmer ein großer Kachelofen, aber die Küche wurde normalerweise nur mit dem Holzofen, auf dem auch gekocht wurde, geheizt.

„Was für ein herrlicher Tag. Man sollte eigentlich spazieren gehen“, versuchte Vera erneut ein Gespräch in Gang zu bringen.

„Ausgezeichnete Idee! Nimm Josefa mit. Ein bisschen Sonne und frische Luft würden ihr nicht schaden. Sie sieht aschfahl aus.“

Vera hatte gehofft, ihr Neffe würde ihr seine Begleitung anbieten. „Josefa muss sich nach dem Martyrium mit ihren Zähnen schonen, aber vielleicht möchtest du deine Tante ausführen", versuchte sie es noch einmal.

„Tut mir leid. Keine Zeit. Ich muss weg!"

„Aber wir essen gleich zu Mittag", rief Vera ihm nach, als er die Wohnungstür hinter sich zuschlug.

Gustav verschwendete keine Gedanken mehr an Ada und ihren verstorbenen Mann. Er gestand sich ein, dass er mittlerweile verrückt nach Emma war. Es war keine Liebe, es war pures Verlangen, dessen war er sich bewusst. Seine Liebe gehörte nach wie vor Dorothea, doch da sie nichts von ihm wissen wollte, stürzte er sich eben in andere Liebeleien, um sie zu vergessen.

Bester Laune ging er zum nächsten Postamt und rief Emma von Zoloto im Hotel Imperial an, lud sie für denselben Abend zu einem Theaterbesuch in der Burg ein. Leichtsinnigerweise hatte er ja damit geprahlt, für jedes Stück Karten auftreiben zu können.

Es dauerte eine Weile, bis er sie am Apparat hatte. Ihre positive Antwort entschädigte ihn für das kostspielige Warten.

Er schwebte im siebten Himmel, eilte nach Hause und machte die arme Josefa vollkommen verrückt. Zuerst wollte er ein Bad nehmen. Als sie die Wanne mühselig bis zur Hälfte mit heißem Wasser gefüllt hatte, entschied er, später zu baden, wollte, dass sie ihm zuerst eine leicht verdauliche Speise zubereitete.

„Wir haben Reisfleisch gegessen, es ist noch was übrig."

„Von mir aus."

Als er in dem köstlichen aufgewärmten Reisfleisch herumstocherte, wurde es Josefa zu bunt: „Schmeckt es dir nicht?"

„Oh doch, aber ich habe keinen Appetit. Mach mir einen Kaffee, einen starken bitte."

Hatte er richtig gehört, hatte sie „verliebter Idiot" vor sich hingemurmelt?

Er fragte lieber nicht nach, trank den Kaffee in Windeseile. Dann wühlte er in seinem Schrank herum, riss mehrere gebügelte Hemden heraus, stopfte sie wieder zurück in die Regale und machte sich an der frischen Unterwäsche zu schaffen.

„Was suchst du?", fragte Josefa, die ihm nicht länger zuschauen konnte, wie er die vorbildliche Ordnung im Schrank durcheinanderbrachte.

„Ein sauberes Hemd."

„Alle deine Hemden sind sauber und gebügelt."

„Ich suche das weiße mit den Rüschen vorne."

„Darin siehst du aus wie ein Halbseidener. Dem deutschen Fräulein wird das sicher nicht gefallen." Natürlich ahnte Josefa, dass er sich mit Emma von Zoloto traf.

„Lass das meine Sorge sein. Wo hast du das Hemd versteckt?"

„Ich hab es nicht versteckt. Du hast keine Augen im Kopf, findest sowieso nie was."

Als sie ihm ein paar Sekunden später sein Rüschenhemd in die Hand drückte, faltete er es auseinander und beäugte es kritisch: „Du hast recht, es ist zu verspielt. Ich nehme ein anderes. Und bügle mir bitte den schwarzen Anzug auf.

Josefa verdrehte die Augen zur Decke, schnappte sich den Anzug und ging rasch, bevor er es sich wieder anders überlegte, in ihre Kammer, um zu bügeln.

Gustav hatte sich mit Emma am späten Nachmittag vor dem Hofburgtheater verabredet. Er wollte versuchen, an der Abendkassa Karten für *Die Räuber* zu bekommen. Die Vorstellung war ausverkauft. Kein Wunder, spielten doch zwei Wiener Publikumslieblinge die beiden feindlichen Brüder.

Emma reagierte weniger enttäuscht, als er befürchtet hatte.

„Schade, da kann man nichts machen. Vergessen wir *Die Räuber*. Lassen Sie uns spazieren gehen. Es wird ein milder Abend werden. Weit und breit sind keine Regenwolken in Sicht."

Jede andere Frau, sogar Dorothea, hätte ihm bestimmt Vorwürfe gemacht. Emma von Zoloto war wirklich eine erstaunliche und ungewöhnliche junge Frau.

22. Liebesgeflüster

Arm in Arm spazierte Gustav mit Emma durch den Volksgarten. Sie waren allein in dem herbstlichen Park unterwegs. Der Kies knirschte unter ihren Füßen. Die wenigen verbliebenen Blätter an den Bäumen leuchteten in der untergehenden Sonne in den prächtigsten Farben, von Grün über Gelb und Orange bis Tiefrot.

Emma benahm sich ungeziert, plauderte unentwegt. Er hörte ihr mit halbem Ohr zu, obwohl er beeindruckt von ihrem ungezwungenen Benehmen nach so kurzer Zeit ihrer Bekanntschaft war. Trotzdem musste er unwillkürlich an Dorothea denken und daran, dass er bei ihr nie wusste, woran er war.

Leise Wehmut, wie sonst nur am Ende des Sommers, erfasste ihn. Sein letzter Spaziergang im Volksgarten erschien vor seinem inneren Auge. Statt Emma war Dorothea an seiner Seite gewesen. Auch sie hatte sich bei ihm eingehängt. Erinnerungen wurden wach.

Am liebsten hätte er jenen frühen Abend vor fünf Monaten und drei Tagen, als ihm klar wurde, dass sie ihn nicht liebte, ausgelöscht. Doch die Träume verfolgten ihn monatelang fast jede Nacht. Seit kurzem waren sie von schrecklichen Albträumen abgelöst worden.

Es hatte leicht zu tröpfeln begonnen. Während er dem Gemurmel des feinen Nieselregens zuhörte, beweinte er in Gedanken die verlorenen Monate.

Am Ende des Weges schälte sich das Grillparzer-Denkmal aus der herabfallenden Dämmerung. Es sprach zu ihm von Leidenschaft, Liebe und Glückseligkeit und gleichzeitig von Enttäuschung, Wut und Trauer. Gustav stellte sich vor, nicht die feuchte Herbstluft, sondern den berauschenden Duft des Frühsommers einzuatmen. Die Vorstellung hielt nicht lange an. Nebelschwaden zogen vorüber, vermischten sich mit der spärlichen Parkbeleuchtung und tauchten das Denkmal des berühmten österreichischen Dichters in ein gespenstisches Licht. Ein kühler Wind wirbelte das Laub vor seinen Füßen auf und fegte den Staub über den Marmorboden.

Am Rasen hinter den kahlen hohen Fliederbüschen neben dem Denkmal hatte er Dorothea geküsst, wie er zuvor noch keine Frau geküsst hatte. Er erinnerte sich sogar an den weichen, warmen Geruch ihres Körpers. Sie hatte sehr jung ausgesehen. Ihre zarte, weiße Haut hatte wie kostbares, hauchdünnes Porzellan geschimmert. Ihr leicht dekolletiertes Kleid war am Busen mit feiner Spitze besetzt gewesen. Ihr Gesicht hatte nur aus Augen bestanden, aus wundervollen blauen Augen, in denen er ertrinken wollte. Ihr rotblondes, lockiges Haar hatte in weichen Wellen ihre Schultern umschmeichelt, und ihr fraulicher Körper hatte sich deutlich unter ihrem enganliegenden Kleid abgezeichnet. Einem Kleid von demselben Blau wie ihre Augen. Bis heute liebte er allein die Vorstellung, die er sich von diesem Blau machte ... die Nacht war blau, der Mond, die späte Stunde ...

„Ach Dorothea“, seufzte er.

Emma hatte seinen Seufzer nicht gehört. Sie war ein paar Schritte vorausgelaufen, bereits beim Dichter des Vormärz angelangt. Hier, unter dem Relief des Dramas *Der Traum ein Leben*, hatte Dorothea ihm damals eröffnet, dass sie rein freundschaftliche Gefühle für ihn hegen würde. Bis heute wollte er ihr das nicht glauben. Da sie seine Annäherungsversuche seither konsequent zurückgewiesen hatte, war er dennoch nahe daran, die Hoffnung, sie eines Tages die Seine nennen zu können, endgültig aufzugeben.

Er hatte versucht, sich mit Ada von Dalheim zu trösten. Ein vergeblicher Versuch. Erst seit er diese verführerische Deutsche kannte, dachte er seltener an Dorothea. Doch den Volksgarten hatte er bisher gemieden. Seine Hoffnung, die Erinnerung an jenen deprimierenden Sommerabend durch ein Liebesabenteuer mit Emma von Zoloto verdrängen zu können, war eine trügerische. Dieser Park erinnerte ihn nach wie vor an seine unerfüllten Sehnsüchte.

Emma schien zu bemerken, dass er in Gedanken woanders war. Sie hängte sich wieder bei ihm ein, drückte ihre Brust fest an seinen muskulösen Oberarm und bat ihn, mit ihr hinüber zum Parlamentsgebäude zu gehen.

„Möchten Sie einen bestimmten Abgeordneten abpassen? Ich fürchte, dort ist heute keiner mehr“, scherzte er.

„Sie machen Spaß. Ich habe mich tatsächlich schon einmal mit einem Abgeordneten angelegt. Vor vier, nein vor fünf Jahren habe ich in Frankfurt einem sozialdemokratischen Abgeordneten nach seiner Rede in einem Sachsenhauser Weinlokal Feigheit vorgeworfen und ihm mit einer Peitsche einen Schlag versetzt, weil er sich geweigert hatte, mit mir zu reden, geschweige denn meine Fragen zu beantworten. Ich habe ihm sein überhebliches Grinsen mit einem Schlag aus dem Gesicht gefetzt, die Peitsche danach übers Knie gebrochen und ihm nachgeworfen, als er fluchtartig die Weinschenke verließ."

„Schläge sind kein gutes Argument."

„Im Alter von zweiundzwanzig argumentiert man nicht, man handelt."

Sollte er ihr diese verrückte Geschichte glauben? Mittlerweile hatte er begriffen, dass Emma von Zoloto eine brillante Geschichtenerzählerin war, aber die Hälfte ihrer Geschichten frei erfunden war. Egal, ob erfunden oder nicht, sie hielt mit ihren radikalen Ansichten jedenfalls nicht hinterm Berg. Oder wollte sie sich nur interessant machen? Ihn provozieren, schockieren? Er wurde aus ihr einfach nicht schlau. Diese junge Frau war voller Widersprüche, einerseits scheu, zartfühlend und kindlich, andererseits vorwitzig, sogar richtig frech, temperamentvoll und ungeheuer sinnlich.

„Es wird bald ganz dunkel sein. Außerdem ist vor dem Reichsratsgebäude eine Baustelle. Der Pallas-Athene-Brunnen ist noch nicht fertig."

„Genau diesen Brunnen möchte ich sehen. Die Götzenstatue soll vier Meter hoch sein und mit dem Rücken zum Parlament stehen, was ich witzig finde, denn Athene gilt ja als Göttin der Weisheit. Die Weisheit ist also nicht im, sondern vorm Parlament anzutreffen ..."

Gustav lachte, wurde aber gleich wieder ernst: „Das Betreten von Baustellen ist strengstens verboten."

„Ich möchte nur ein bisschen näher ran."

Er tat ihr den Gefallen.

Momentan herrschte Stille vor dem Parlament. Die Maschinen ruhten. Die Arbeiter hatten bei Sonnenuntergang das Gelände verlassen.

Gustav war ein Bewunderer des dänischen Architekten Theophil Hansen, dem die Reichshaupt- und Residenzstadt, neben vielen anderen eindrucksvollen Bauten, auch den akustisch besten Konzertsaal der Welt, den Festsaal des Wiener Musikvereins, zu verdanken hatte. Für Gustav war das von Theophil von Hansen in neoklassizistischem Stil errichtete Parlamentsgebäude der schönste Bau an der Wiener Ringstraße. Der linke, südliche Teil war in römischem, der rechte, nördliche in griechischem Stil gehalten. Die auffallende Ähnlichkeit des Reichsratsgebäudes mit Hansens Akademie von Athen und dem Athener Zappeion verliehen dem Hohen Haus eine gewisse südländische Leichtigkeit, vor allem verglichen mit der protzigen, schwergewichtigen Neuen Hofburg. Gustav stellte sich vor, wie in der repräsentativen luftigen Säulenhalle weise Männer, in eine helle Toga gekleidet, beim Lustwandeln miteinander philosophierten ...

Als sie sich dem mit einem Maschendrahtzaun abgesperrten Platz vor dem Parlament, wo der Brunnen errichtet wurde, näherten, wurde er abrupt aus seinen Tagträumen gerissen. Emma hatte seinen Arm losgelassen und lief hurtig voran.

„Bleiben Sie hier! Was haben Sie vor?"

„Fangen Sie mich, wenn Sie können." Und schon war sie durch ein Loch im Zaun geschlüpft.

„Kommen Sie sofort zurück! Wenn Sie jemand sieht, werden Sie auf der Stelle verhaftet."

Lautes Gelächter.

Er wagte es nicht, seine Stimme zu erheben, befürchtete, den Wachmann, der rund um das Gebäude patrouillierte, dadurch erst recht auf Emma aufmerksam zu machen. Es blieb ihm nichts anderes übrig, als ebenfalls durch das Loch im Zaun zu kriechen. Bei seiner Größe war das keine Kleinigkeit. Er musste höllisch aufpassen, mit seinem langen Mantel nicht an den scharfen Drahtstücken hängenzubleiben.

Wo war die abenteuerlustige Deutsche abgeblieben?

Die Gaslaternen vor dem Parlament spendeten schwaches Licht. Einige Laternen waren sogar kaputt. Auf dem Ring war nicht viel Verkehr. Ein paar einsame Fiaker trieben ihre Gäule mit lautem Schnalzen an. Ein eisiger Wind pfiff über die breite Prachtstraße.

Schließlich erspähte er Emma auf einem frisch betonierten Mäuerchen. Ihr dunkelblauer Mantel hob sich kaum vom grauschwarzen Hintergrund ab. Sie war sonst fast immer weiß gekleidet. Weiß schien ihre Lieblingsfarbe zu sein. Er war froh, dass sie heute eine dunkle Kleidung gewählt hatte.

Mit ausgestreckten Armen balancierte sie über die Einfassung des Brunnens.

„Runter mit Ihnen! Sind Sie wahnsinnig? Der Zement am Boden des Brunnens ist womöglich noch frisch. Wenn Sie das Gleichgewicht verlieren, sind Sie verloren." Dank seiner Größe bekam er sie um die Taille zu fassen.

Lachend ließ sie sich in seine Arme fallen.

„Verrücktes Huhn!" Gustav saß der Schreck in allen Knochen.

Emma brachte ihn mit einem schnellen Kuss auf den Mund zum Schweigen.

Er hielt sie fest, schaute ihr tief in die Augen.

Sie umfasste sein Gesicht mit ihren Händen. Ihre Lippen berührten sich erneut. Sanft bewegte sich ihre Zunge um seine, erforschte seinen Mund, rieb sich an seinen Zähnen.

„Do...do...doch nicht hier, wo uns jedermann sehen kann“, stammelte er, als er wieder Luft holen konnte.

„Es ist stockfinster.“

Sie nahm seine Hand, führte ihn zur Auffahrtsrampe. Bei einer der martialisch anmutenden Bronzestatuen am unteren Ende der Rampe blieb sie stehen und küsste ihn wieder, dieses Mal so heftig, dass ihm fast die Sinne schwanden.

Der Rossbändiger als Symbol der Unterdrückung von Leidenschaften, was als Voraussetzung für konstruktive parlamentarische Zusammenarbeit galt, schien sie zu weiteren noch leidenschaftlicheren Küssen zu animieren. Ihre Hände verirrten sich unter sein Hemd, streichelten seine Brust.

Plötzlich spürte er Blut in seinem Mund. Sie hatte ihn in die Unterlippe gebissen. „Aua“, rief er und schob sie ein Stück von sich weg.

„Verzeih“, kicherte sie, während sie ihn hinter den Sockel der Statue zog.

Im Schutz des hohen Podests schmiegte sie sich eng an ihn und öffnete seine Hose.

Er ließ sie gewähren.

Mit geschickter Hand verwöhnte sie ihn zu Füßen des bronzenen Mannes und unter den Hufen des widerspenstigen Pferdes, bis Gustav nur mehr verzückt auf die ersten Sterne am Himmel blickte und mühsam einen Schrei unterdrückte.

23. Das Verhör

Der Tod des Kaufhausbesitzers Karl von Dalheim hatte doch ein böses Nachspiel für Gustav. In aller Herrgottsfrüh wurde er durch heftiges Klopfen an der

Wohnungstür aus dem Schlaf gerissen. Offensichtlich hatten weder Josefa noch Vera das Klopfen gehört.

Er schlüpfte in seinen schwarzen, mit lila und bordeauxroten Pfauen bestickten, seidenen Banyan, den ihm seine Mutter einst zu seinem zwanzigsten Geburtstag geschenkt hatte, und ging zur Tür.

Als er öffnete, prallte er beinahe mit zwei k. k. Sicherheitsbeamten vom Polizeikorps, der für die Aufrechterhaltung der öffentlichen Ruhe sowie für Ordnung und Sicherheit zuständig war, zusammen. Sie waren an ihren dunkelgrünen Waffenröcken und ihren Faustfeuerwaffen, Revolvern von der Waffenfabrik Gasser, die eigens für die Polizei erzeugt wurden, leicht erkennbar.

Die Beamten starrten ihn mit offenen Mündern an. Ihm wurde bewusst, dass er wie ein Paradiesvogel aussehen musste.

„Sind Sie Herr von Karoly?", fragte der Größere.

„Der bin ich."

„Ziehen Sie sich an und kommen Sie mit!"

„Warum, wenn ich fragen darf?"

„Dürfen Sie nicht. Sie sind verhaftet", sagte der Kleinere mit den feisten roten Wangen und dem nicht zu übersehenden Bierbauch.

„Auf wessen Befehl hin werde ich festgenommen? Was wirft man mir vor? Weiß Oberkommissär Rudi Kasper Bescheid?"

„Sie haben keine Fragen zu stellen. Anziehen und mitkommen, ohne Gegenwehr!" Bei diesen Worten griff er nach seinem Revolver in der Halterung.

In diesem Moment kam Vera ins Vorzimmer gerauscht: „Wer sind Sie? Was erlauben Sie sich, uns am frühen Morgen zu belästigen, das ist wirklich eine Unverschämtheit! Geben Sie mir sofort Ihre Dienstnummer."

Auf dem Ringkragen war die Dienstnummer der Beamten aufgesetzt. Trotzdem nannten die beiden gehorsam ihre Nummern.

„Und jetzt verschwinden Sie augenblicklich aus meiner Wohnung, oder ich lasse auf der Stelle Graf Batheny verständigen, und dann gnade Ihnen Gott!"

Veras Drohung hielt die Sicherheitsbeamten nicht davon ab, auf Gustavs Verhaftung zu bestehen.

Gustav bat seine Tante, umgehend seinen Vater und seinen Freund Rudi zu benachrichtigen, kleidete sich betont langsam an und begleitete die Beamten danach mehr oder weniger freiwillig. Leise vor sich hin schimpfend bestieg er den *grünen Heinrich*, wie diese geschlossenen Pferdewägen für den Transport von Häftlingen im Volksmund bezeichnet wurden.

Die Fahrt in dem zweiachsigen, fensterlosen Holzwagen, der von zwei Pferden gezogen wurde, war äußerst unbequem. Er fluchte jedes Mal lautstark, wenn es ihn bei einer Unebenheit auf der Straße von der Holzpritsche hob und eine Sekunde später wieder auf den harten Sitz zurückwarf. Garantiert würde sein Gesäß voll blauer Flecken sein.

Bei der Polizeidirektion am Schottenring 11 angekommen, kamen ihm die Beamten beim Aussteigen zu Hilfe. Er war völlig steif. Nicht nur sein Hintern, auch seine Beine taten ihm weh.

Als er zwischen den beiden Uniformierten die Stiege hinaufging, brach am Gang im ersten Stock ein Tumult aus. Geschrei und heftige Beschimpfungen hallten durch das düstere Gebäude.

Ein riesiger Kerl mit einem langen ungepflegten Vollbart versuchte den Wachmännern, die ihn unter den Armen gepackt hatten und hinter sich her schleiften, zu entkommen. Er versetzte ihnen mit seinen Pranken heftige Schläge in Nieren und Mägen. Fast gleichzeitig klappten sie zusammen wie Taschenfeitl.

Der bärtige Riese lief knapp an Gustav vorbei. Eine Sekunde lang trafen sich ihre Blicke. Gustav konnte die Angst des Mannes förmlich riechen.

Einer von den Wachmännern hatte sich inzwischen aufgerafft, taumelte hinter dem Flüchtenden her. Gustav stellte ihm ein Bein.

Der Wachmann kullerte die Stiegen hinunter, fiel auf den Delinquenten, brachte ihn auch zu Fall. Gustavs Begleiter stürzten sich nun auf den Mann am Boden. Zu dritt schafften sie es mit Müh und Not, den Riesen zu überwältigen.

Leicht belustigt beobachtete Gustav die Szene. Als sich der vierte Beamte einmischte, verging ihm das Grinsen. Denn dieser schlug wie ein Verrückter auf den armen Kerl ein, der von den anderen drei festgehalten wurde.

„Schluss jetzt! Sie bringen ihn ja um", schrie Gustav.

„Pappn halten, sonst verpass ich dir auch eine", brüllte ihn der Schläger an.

„Führen Sie mich sofort zu Ihrem Vorgesetzten!" So rasch ließ sich Gustav von Karoly nicht einschüchtern.

„Hau endlich ab", brüllte der Riese, aus dessen Mund Blut tropfte.

Gustav dachte nicht im Traum an Flucht, obwohl er vorhin locker verschwinden hätte können. Aber er hatte nichts getan. Außerdem war er selbst daran interessiert, den Fall Dalheim aufzuklären. Er war gespannt, ob die Polizei mehr über den plötzlichen Tod des Kaufmanns wusste als er.

„Tod den Couponschneidern", schrie der Bärtige, als ihn drei der Wachleute abführten.

Gustav wurde in das Büro eines leitenden Beamten gebracht. Der schlanke, ältere Herr mit der Nickelbrille und dem Spitzbart stellte sich als Major Feichtner vor. Er schien sich in seiner Uniform mit den silbergestickten Fransenepauletten und rot gefütterten Schulterstücken aus weißem Metall nicht wohl zu fühlen, zupfte andauernd an den Epauletten herum. Rudi hatte diesen Kollegen schon öfters erwähnt, ihn als Philanthropen bezeichnet und gemeint, dass er für diese Position völlig ungeeignet wäre.

Gustav war überzeugt davon, dass sein Freund alles, was in seiner Macht stand, unternommen hatte, um diese Einvernahme zu verhindern. Anscheinend war sein Einfluss nicht groß genug gewesen.

Der Major bot ihm einen unbequemen Stuhl gegenüber seinem Schreibtisch an. Gustav setzte sich, schlug seine langen Beine übereinander und sah sich um. Das Büro des Majors war geschmackvoller eingerichtet als Rudi Kaspers Büro. An den dunkelgrünen Wänden hingen Stillleben, und die Möbel stammten zumindest von einem ordentlichen Tischler.

„Zigarette, Herr von Karoly?"

„Nein danke, ich bevorzuge Zigarillos."

„Damit kann ich leider nicht dienen. Stört es Sie, wenn ich rauche?"

„Ich bitte Sie!"

„Entschuldigen Sie den Wirbel im Haus. Bei uns geht es nicht immer so zu. Dieser Verdächtige ist wohl einer von der ganz üblen Sorte."

„Wessen wird er verdächtigt?", fragte Gustav ungeniert.

„Darüber darf ich Ihnen keine Auskunft erteilen."

„Dieser Mann sieht tatsächlich aus, wie sich unsereins einen Terroristen vorstellt. Wurde er wegen seines wilden Äußeren und seiner bärbeißigen Art festgenommen?“

Der Major überging diese spitze Bemerkung. „Da Sie es von Ihrem Freund, Polizei-Oberkommissär Kasper, ohnehin erfahren werden, kann ich es Ihnen auch verraten. Der Mann wurde in einem dubiosen Lokal in Favoriten, in dem sich Sozialdemokraten treffen, aufgegriffen, als er lautstark die Revolution und das baldige Ende der Monarchie verkündete. Die Geheimen hatten einen Spitzel eingeschleust. Angeblich hat er wörtlich gesagt, dass es nicht schade sei um den Budapester Polizeipräsidenten. Ein Polizeichef sei ein Henkersknecht der Mächtigen. Er stehe für Ungerechtigkeit und Unterdrückung – ja, so ähnlich hat er sich ausgedrückt, nur etwas derber.“

„Das ist allerdings ein triftiger Grund, ihn zu verhaften. Fallen solche Aussagen nicht sogar unter Majestätsbeleidigung? Ich meine den Umstand, dass er zur Abschaffung der Monarchie aufgerufen hat.“

Major Feichtner sah ihn mit seinen kurzsichtigen Augen lange an. Gustav vermutete, dass er den ironischen Unterton sehr wohl erfasst hatte.

„Der Mann hatte außerdem eine Art Anleitung zum Bombenbasteln bei sich. Das Buch eines deutsch-amerikanischen Anarchisten namens Johann Most, *Wissenschaft der revolutionären Kriegsführung*. Kennen Sie es zufällig?“

Gustav schüttelte den Kopf: „Solches Zeug lese ich nicht, dafür ist mir meine Zeit zu kostbar.“

„Ich teile Ihre Meinung. Dieses Machwerk musste ich gezwungenermaßen durchblättern. Darin wird haargenau beschrieben, wie man sich Dynamit besorgen und Bomben mit Zeitzündern versehen kann.“

„Das klingt nach einem gefährlichen Buch.“

„Ist es auch. Das Ziel heiligt die Mittel, behauptete schon Machiavelli. Die Anarchisten scheinen dies zu beherzigen. Sie schrecken vor nichts zurück, um ihrer Sache zu dienen. – Aber lassen Sie uns zum Anlass Ihres heutigen, eher unfreiwilligen Besuches in der Polizeidirektion kommen. Wir benötigen Ihre Aussage im Fall Dalheim. Der Verdacht, dass dieser Herr ermordet wurde, hat sich in den letzten Tagen erhärtet. Wann und wo haben Sie ihn zum letzten Mal gesehen?"

„Das ist eine Weile her. Ich glaube, es war im Café Schwarzenberg vor circa drei Wochen. Nein, warten Sie, ich bin ihm ein paar Tage später noch einmal im Casino begegnet."

„Und beide Begegnungen waren höchst unerfreulich für Sie, wie ich gehört habe."

Selbstverständlich wusste der Major über seine Affäre mit Ada von Dalheim und seine Zusammenstöße mit dem gehörnten Ehemann bestens Bescheid. Gustav blieb also bei der Wahrheit: „Ja, das kann man so ausdrücken. Er hat mich herausgefordert, wollte sich mit mir duellieren. Ich habe abgelehnt. Polizei-Oberkommissär Rudi Kasper war Zeuge."

„Das ist mir bekannt. Danach hat es kein Zusammentreffen mehr gegeben?"

„Nein!"

Major Feichtner stellte ihm dann ein paar Fragen über Ada von Dalheim und verriet ihm en passant einige Details aus dem Polizeibericht. Absichtlich oder unabsichtlich, weil er sich eben gerne reden hörte? Unter anderem vertraute er ihm an, dass der Portier des Hauses in der Weihburggasse ausgesagt hätte, dass nachmittags, außer den Hausbewohnern, nur eine verschleierte, in Schwarz gekleidete Frau, wahrscheinlich eine Witwe, das Haus betreten und auf seine Frage, zu wem sie wolle, unwirsch reagiert hatte und mit dem Paternoster in den ersten Stock gefahren sei.

„Der Portier war neu, tat den ersten Tag Dienst. Er kannte Ada von Dalheim nicht. Wir werden wohl eine Gegenüberstellung anordnen müssen."

Viel Spaß, dachte Gustav und malte sich Adas Nervenzusammenbruch bei der Konfrontation mit dem Portier aus.

„Er beschrieb die Frau als außergewöhnlich groß und meinte, es könnte wegen der tiefen Stimme auch ein Mann in Frauenkleidern gewesen sein. – Ada von Dalheim ist eine hoch gewachsene Dame, soviel ich gehört habe. Wir sind einander noch nie begegnet. Ihre Einvernahme hat Polizei-Oberkommissär Kasper durchgeführt. Sie scheint eine interessante Frau zu sein. Eine Freidenkerin, sagt man nicht so?"

Wenn du wüsstest, dachte Gustav und musste unwillkürlich an Adas Mutter, Lieselotte von Schönfeld, denken. Das Attribut „interessant" und die Bezeichnung „Freidenkerin" passten viel besser zu der alten Dame.

24. Rivalen

Am nächsten Vormittag suchte Oberstabsarzt Wilhelm von Landau Gustav im Café Schwarzenberg auf. Er setzte sich unaufgefordert an seinen Tisch, bestellte eine Melange und kam gleich in medias res.

„Man hat mir gesagt, dass ich dich hier treffe. Ich bin auf deine Hilfe angewiesen!" Wilhelm von Landau war am Vortag ebenfalls wegen des überraschenden Todes des Kaufhausbesitzers Dalheim einvernommen worden.

Er redete nicht lange um den heißen Brei herum, erzählte Gustav brühwarm, dass die Polizei vor allem Ada verdächtigte, ihrem Ehemann eine Überdosis Digitalis verabreicht zu haben.

„Seither leidet Ada unter einer schweren Nervenkrise. Ich musste ihr ein Beruhigungsmittel spritzen, weil sie so außer sich war."

„Wie hätte Ada an Digitalis kommen sollen?"

„Das ist ja die Tragödie! Ihrer Mutter wurde es als herzstärkendes Mittel verschrieben. Ada hatte also jederzeit Zugang zu diesem Medikament."

„Und dich haben sie nicht in Verdacht? Als Arzt kommst du ja auch an sowas ran."

„Was willst du damit andeuten?", herrschte Landau ihn an.

„Nichts. Ich versuche, mich in einen Polizeibeamten hineinzuversetzen. Es würde mich nicht wundern, wenn sie dich zumindest der Mittäterschaft verdächtigten."

Wilhelm von Landau schien zu überlegen, ob er explodieren oder vernünftig bleiben sollte. Er entschied sich für Letzteres: „Du magst recht haben und diese Trottel hatten es von Anfang an auch auf mich abgesehen, obwohl ich angeblich nur als Zeuge einvernommen worden bin."

Auf einmal wirkte der arrogante Oberstabsarzt gar nicht mehr so selbstbewusst. Er stützte den Kopf in seine Hände und sagte: „Ich fürchte, ich brauche jetzt etwas Stärkendes."

„Einen Cognac?" Gustav winkte einen Kellner heran, bestellte zwei doppelte Remy Martin.

Kaum hatte Wilhelm von Landau seine Ängste mit dem Cognac hinuntergespült, war er wieder der Alte: „Du kennst dich doch mit Mord und Totschlag aus. Man hat mir gesagt, du wärst ein exzellenter Privatschnüffler geworden."

Der Ausdruck *Privatschnüffler* missfiel Gustav außerordentlich.

„Kannst du den Fall nicht übernehmen? Wenn du diese delikate Angelegenheit aufklärst, und zwar so, dass auf Ada und mir kein Makel haften bleibt, schiebe ich dir einen Hunderter rüber. Außerdem würde ich dir ewig verpflichtet sein. Mit meiner Hilfe kannst du in Zukunft jederzeit rechnen."

Gustav, der keinerlei Wert auf die Freundschaft oder Unterstützung dieses überheblichen Arztes legte, platzte bei dem Angebot der Kragen. Hundert Kronen waren nicht gerade ein fürstliches Honorar, sondern ein Bettel verglichen mit den Honoraren, die er bei seinen bisherigen Fällen kassiert hatte.

„Was bildest du dir eigentlich ein? Glaubst du im Ernst, ich hole für dich und Ada die Kohlen aus dem Feuer? Schau selbst, wie du aus diesem Schlamassel rauskommst. Mich geht die Geschichte zum Glück längst nichts mehr an."

Insgeheim beschloss er, sich ab nun ernsthaft mit dem Fall Dalheim zu befassen. Dorothea hatte recht gehabt, er musste diesen Todesfall rasch aufklären, bevor er selbst in Teufels Küche geraten würde.

„Das wirst du bereuen", zischte Wilhelm von Landau. Ohne seine Melange und den Cognac zu bezahlen, zog er verärgert ab.

Na bravo, jetzt kann ich auch noch die Zeche für diesen feinen Herrn begleichen, dachte Gustav und bestellte sich einen zweiten Kaffee, dieses Mal ohne Cognac.

Den Oberstabsarzt setzte er nach diesem Gespräch ganz oben auf seine Liste der Verdächtigen.

Gustav war zu optimistisch gewesen, schon am nächsten Vormittag standen zwei Geheime vor seiner Wohnungstür und wollten ihn zu einer weiteren Einvernahme ins Evidenzbüro mitnehmen. Er hörte Josefa, die den Beamten geöffnet hatte, laut nach Vera rufen.

Die Zentrale des militärischen Nachrichtendienstes der k. u. k. Monarchie war ein allseits gefürchteter Ort, eine Stabsstelle des k. u. k. Kriegsministeriums. Gustav wurde mulmig zumute. Obwohl Rudi oft behauptete, dass die nachrichtendienstlichen Bureaus den ganzen lieben Tag lang vorwiegend damit beschäftigt waren, die Post der Wiener Botschaften zu öffnen und zu lesen, hatte er doch ziemlich Schiss vor der berüchtigten Geheimpolizei des Reiches. Es kursierten Gerüchte über ungewöhnlich raffinierte Foltermethoden und viele übel zugerichtete Leichen in den Kellern des k. u. k. Kriegsministeriums.

Plötzlich vernahm er die energische Stimme seiner Tante. Sie sprach ungewöhnlich laut, er konnte jedes ihrer Worte verstehen: „Ich würde Sie ja gerne hereinbitten, meine Herren, aber wie Sie sehen, bin ich noch nicht einmal angezogen. Eine leichte Unpässlichkeit. – Sie möchten meinen Neffen Gustav von Karoly sprechen? Er hält sich momentan bei seinem Vater, dem Grafen Batheny, auf." Gustav hatte bisher nicht gewusst, dass seine Tante so eine raffinierte Lügnerin war.

Rasch sprang er aus dem Bett, dachte sogar daran, die Tagesdecke drüberzuschlagen, und schlich auf Zehenspitzen in Veras Zimmer, das durch eine Tapetentür mit seinem verbunden war.

Er zögerte, wusste nicht, wo er sich verbergen sollte, kroch schließlich unter ihr Bett. Obwohl das gar nicht nötig war, denn seine Tante würde niemals irgendwelchen Geheimagenten erlauben, ihre unaufgeräumten

Gemächer zu betreten. Sie würde ihr Reich mit Zähnen und Klauen verteidigen, dessen war er sich gewiss.

Sicher ist sicher, dachte er, als er sich unter ihrem Bett wie ein Embryo zusammenkauerte.

Kaum waren die Geheimen unverrichteter Dinge abgezogen, hörte er Vera von nebenan rufen: „Gustav, wo bist du?"

Als sie ihr eigenes Zimmer betrat, streckte er den Kopf unter ihrem Bett hervor.

Vera erschrak: „Was machst du unter meinem Bett? Spielen wir Verstecken?"

„Verzeih, ich habe befürchtet, sie würden darauf bestehen, alle unsere Räumlichkeiten zu durchsuchen."

„Hast du im Ernst gedacht, ich würde ihnen erlauben, einzutreten?" Sie grinste ihn verschmitzt an. „Wir sollten jetzt aber rasch deinen Vater benachrichtigen. Denn ich traue diesen Leuten zu, dass sie nicht einmal davor zurückschrecken werden, bei Seiner Erlaucht vorzusprechen."

„Nein, das wagen die niemals ohne Befehl von ganz oben."

„Trotzdem werde ich einen Dienstmann mit einer Nachricht an den Grafen schicken."

„Ja, bitte tu das, wenn du denkst, dass es nötig ist." Gustav bekam einen Hustenanfall. Schuld daran war der viele Staub unter Veras Bett.

Sein Husten brachte ihn auf eine Idee: „Ich lege mich wieder hin. Mir geht es nicht gut. Ich habe grauenhafte Kopfschmerzen, und alle Glieder tun mir weh."

„Hast du dich erkältet?", fragte Vera besorgt.

Er spielte seiner Tante nicht gerne den Kranken vor, da er wusste, dass sie ohnehin in ständiger Sorge um seine Gesundheit war. Sie befürchtete, er könnte die zarte Konstitution seiner Mutter geerbt haben. Er hatte ihre Befürchtungen schon öfters benützt, um sich von ihr und Josefa verwöhnen zu lassen. Dieses Mal wollte er einfach ein bisschen Zeit zum Nachdenken haben.

Vera schlug vor, den Arzt seines Vaters zu holen. Dr. Lipschitz behandelte die Familie Karoly seit der schweren Erkrankung von Gustavs Mutter.

„Ich brauche keinen Arzt. Dorothea kann nach mir sehen, wenn sie heimkommt. Josefa soll mir einen Tee machen. Lasst mich bitte einfach in Frieden. Ich werde diese Erkältung schon rausschwitzen."

Gleich in zwei Mordfälle verwickelt zu sein, war mehr, als er verkraften konnte. Er musste wenigstens den Fall Dalheim schleunigst aufklären, selbst wenn er keinen Heller dafür bekommen sollte. Was den Anschlag auf den Budapester Polizeipräsidenten betraf, hatte er wenig Hoffnung, dass seine Nachforschungen etwas ergeben würden. Für ihn stand nur fest, dass Edi als Attentäter nicht in Frage kam, aber er musste ihn unbedingt finden.

Gustav blieb den ganzen Tag über im Bett, hielt in seinem Notizheft alles fest, was er über Edi wusste. Er hoffte, dadurch auf eine Idee zu kommen, wo sich der Fiaker aufhalten könnte.

Josefa versorgte ihn mit Tee und Biskotten. Zu Mittag kochte sie extra eine Hühnersuppe für ihn. Ihre Hühnersuppe war normalerweise ein überaus erfolgreiches Heilmittel bei Erkältungen. Den Tee schüttete er draußen in die Bassena, die Hühnersuppe aß er hingegen mit großem Appetit.

Dorothea sah bereits am späten Nachmittag nach ihm. Wahrscheinlich hatte Vera sie rufen lassen. Gustav setzte eine Leidensmiene auf und stöhnte leise, als sie ihn abhörte.

„Deine Lunge scheint in Ordnung zu sein", sagte sie.

„Ich hab's ja nicht auf der Lunge, es sind der Kopf und die Gliedmaßen, die mir wehtun", beeilte er sich zu sagen, als er ihrem misstrauischen Blick begegnete.

„Gegen diese ständigen Kopfschmerzen solltest du bald einmal etwas unternehmen."

„Deine Kollegen konnten mir bisher nicht helfen. Dr. Lipschitz wollte mir letztens irgendein Wundermittel verschreiben, das erst seit kurzem auf dem Markt ist. Ich bin kein Versuchskaninchen. Auf diese schmerzlindernden Mittel bekomme ich regelmäßig Magenbeschwerden."

„Papperlapapp, du bist und bleibst ein sturer Esel. Ich lass dir ein Säckchen Aspirin da. Nimm es oder nimm es nicht."

„Was ist das?"

„Acetylsalicylsäure. Glaub mir, dieses Pulver ist völlig harmlos, bewirkt aber echte Wunder bei Schmerzen. Du musst die fünfhundert Milligramm in Wasser auflösen und trinken. Ich garantiere dir, danach wirst du schmerzfrei sein."

„Ich bin auch nicht *dein* Versuchskaninchen!"

„Hör auf mit dem Quatsch. Dieses Medikament wurde in Deutschland entwickelt und erprobt. Es hat bisher schon vielen Menschen geholfen."

Er versuchte mit ihr über den Tod von Karl von Dalheim zu reden.

Sie winkte ab: „Du musst dich auskurieren. Wir sprechen ein anderes Mal darüber."

„Bleib ein bisschen. Erzähl mir was. Ich war den ganzen Tag allein, habe kaum ein Wort mit jemandem gewechselt."

„Weil du Vera und Josefa dauernd hinausgeschickt hast. Sie haben gemeint, dass du überaus ruhebedürftig bist."

„Es geht mir bereits besser ..."

„Du solltest schlafen. Und nimm das Mittel!"

Nachdem sich Dorothea in ihr Zimmer zurückgezogen hatte, setzte er sich in den Ohrensessel seines Großvaters und starrte beim Fenster hinaus.

Die Dämmerung senkte sich über die Stadt. Die Äste der Bäume vor seinem Fenster waren fast kahl und bogen sich unter dem heftigen Wind. Was für ein trostloser Anblick, dachte er.

Eine tiefe Traurigkeit erfasste ihn. Wenn ihn diese melancholische Stimmung beherrschte, war ihm alles egal. Nichts erweckte dann sein Interesse, nichts konnte ihm Befriedigung verschaffen. Die Ursache für diese Schwermut war in seiner Kindheit zu suchen, würde Dr. Sigmund Freud behaupten. Lag es daran, dass er ohne Vater aufgewachsen war? Sein Großvater Albert von Karoly hatte sich bemüht, ihm den Vater zu ersetzen ...

Seine Gedanken schweiften in die Vergangenheit, zurück in seine frühe Kindheit. Er konnte sich nicht daran erinnern, ob er schon als kleiner Bub manchmal ohne triftigen Grund traurig gewesen war. Er hatte sich oft allein, ja sogar einsam gefühlt, daran erinnerte er sich sehr wohl. Das Gefühl von Einsamkeit kannten wahrscheinlich alle Einzelkinder. Während er weiter grübelte, nickte er in dem bequemen Sessel ein.

Eine schwarz gekleidete Frau verfolgte ihn mit einem Revolver in der Hand. Er stürzte, schaffte es nicht, wieder auf die Beine zu kommen. Blut breitete sich rund um ihn aus, zeichnete sozusagen seine Silhouette auf dem schmutzigen Pflaster ab. Die schwarze Frau beugte sich über ihn. Er spürte die kalte Mündung eines Revolvers an seiner Stirn.

„Du hast gestern Nacht geschrien", sagte Vera. „Hattest du einen Albtraum?"

Gustav wollte die Nacht möglichst rasch vergessen. Sobald er über seine Träume sprach, behielt er sie ewig lange in Erinnerung. Und diesen grässlichen Traum wollte er sich nicht merken. Er hatte ihm Angst gemacht. Beinhalteten Träume nicht oft Prophezeiungen?

Obwohl ihm körperlich nichts fehlte, konnte er sich nicht dazu aufraffen, sein Bett zu verlassen. Die Melancholie hielt ihn buchstäblich unter der Bettdecke fest. Es irritierte ihn, dass er nichts von seinem Vater gehört hatte. Vera hatte dem Grafen gestern eine Nachricht zukommen lassen, ihn über den Auftritt der Geheimpolizei in ihrer Wohnung unterrichtet. Da sich die Geheimen kein zweites Mal mehr hatten blicken lassen, vermutete er, dass sein Herr Papa erfolgreich an Höherer Stelle interveniert hatte.

Während Josefa für sein leibliches Wohl sorgte, widmete er sich wieder seinen Notizen.

Auf seiner Bettdecke lagen dutzende Zettel herum. Er hatte nicht nur alles, was er über Edi wusste, schriftlich festgehalten, sondern auch alles, was er bisher über den Terroranschlag in der Hofburg und den Banküberfall in der Herrengasse in Erfahrung gebracht hatte. Mittlerweile war er überzeugt, dass es einen Zusammenhang zwischen den beiden Fällen gab. Leider kehrten seine Gedanken bald doch zu dem erschreckenden Traum von letzter Nacht zurück. Seine Stimmung verdüsterte sich erneut. Er dachte an den Tod, den Tod seiner Mutter und an seinen eigenen. Das Leben würde auch ohne ihn weitergehen ...

Als er gegen Abend Besuch von Rudi erhielt, riss er sich zusammen. Bevor Vera den Polizei-Oberkommissär in sein Zimmer führte, legte er rasch die losen Zettel mit seinen Notizen unter sein Kissen.

Rudi holte sich den Ohrensessel, rückte ihn ans Bett. Vera setzte sich an das Fußende.

Der Polizei-Oberkommissär hatte Dorothea im Institut für Gerichtliche Medizin getroffen und von ihr erfahren, dass Gustav krank war: „Langsam mache ich mir Sorgen. Du kränkelst andauernd, mein Freund. Was ist mit dir los? Du siehst verheerend aus. Lässt du dir einen Vollbart wachsen?"

Gustav hatte sich zwei Tage lang nicht rasiert. Die schwarzen Bartstoppeln auf Wangen und Kinn ließen ihn verwegen und ziemlich verwahrlost aussehen: „Es geht bergauf. Morgen kann ich sicher aufstehen."

„Das wirst du gefälligst unterlassen. Nach deiner letzten Erkältung bist du viel zu früh wieder rausgegangen", sagte Vera.

Rudi versuchte, ihm möglichst schonend beizubringen, dass seine Kollegen Ada und ihn nach wie vor im Visier hatten.

Davon wollte Gustav nichts hören. „Als ich von deinem Kollegen einvernommen worden bin – übrigens ein sympathischer Mensch, dieser Major Feichtner –, ist es zu einem Zwischenfall im Stiegenhaus gekommen."

„Man hat mir davon berichtet. Angeblich hast du versucht, einem Häftling zur Flucht zu verhelfen. Ich habe gerade noch verhindern können, dass sie dich wegen Behinderung bei der Amtsausübung drankriegen."

„Was kann ich dafür, dass dieser dicke Wachmann so patschert war und über meine langen Beine gestolpert ist?"

Grinsend klopfte Rudi ihm auf die Schulter: „Du Unschuldslamm ..."

„Das hast du mir gar nicht erzählt", beschwerte sich Vera.

„Da gibt es nicht viel zu erzählen", beteuerte Gustav und sah Rudi verschwörerisch an.

„Ihr beiden kommt mir heute wie die zwei Lausbuben vor, die mich immer anschwindelten, wenn sie etwas angestellt hatten. Ich glaube, ich lasse euch lieber allein."

„So bleiben Sie doch bitte, gnädige Frau", beeilte sich Rudi, Vera von Karoly zurückzuhalten.

„Ich muss weiterarbeiten." Und schon war sie durch die Tapetentür in ihr Zimmer verschwunden.

„Du hast sie vertrieben! Weiß sie nichts von deiner Verhaftung?"

„Oh ja, sie war dabei, als mich diese Volltrottel aus dem Bett geholt haben. Ich dachte, sie hat dich nachher gleich verständigt?"

„Nein, dein Vater hat mich angerufen. Und daraufhin habe ich den Feichtner gebeten, dich einzuvernehmen. Ich konnte dich ja nicht persönlich verhören. Der Feichtner ist nicht der Hellste, aber ein netter, freundlicher Mensch. Ich habe mir gedacht, mit dem wirst du blendend auskommen."

„Es war ein angenehmes Gespräch. Im Grunde hat er mir mehr verraten als ich ihm."

„Der Feichtner redet ein bisserl zu viel, das ist bekannt ..."

„Hatte der arme Kerl, den ich leider nicht retten konnte, etwas mit dem Attentat zu tun?"

„Nein, er war besoffen, hat depperte Sprüche geklopft. Der Hauptverdächtige ist nach wie vor Edi. Wir müssen ihn finden, bevor ihn einer meiner Leute schnappt und womöglich erschießt, wenn er abzuhauen versucht. – Gestern habe ich übrigens länger mit Istvan telefoniert. Er ist nach wie vor davon überzeugt, dass international aktive Anarchisten hinter dem Anschlag stecken. Meine Kollegen von der Geheimpolizei halten jedoch an ihrer Theorie fest, dass es sich um einen Anschlag von tschechischen oder ungarischen Nationalisten gehandelt hat. Momentan geht es im Reichsratsgebäude zu wie in einem Irrenhaus. Ich bin heute von höchster Stelle dorthin beordert worden, um mit meinen Leuten Ordnung zu schaffen."

„Haben die deutschnationalen Fanatiker wieder einmal Krawall gemacht?"

„Nein, die Tschechen. Sie fühlen sich seit dem Ausgleich mit Ungarn schwer benachteiligt. Die Deutschnationalen haben in Böhmen weiterhin das Sagen."

„Die Tschechen wurden um den Ausgleich betrogen, das stimmt. Ich habe sowieso nie kapiert, warum ihnen Seine Majestät, der Kaiser, nicht die gleichen Rechte gegeben hat wie den Ungarn."

„Das ist hohe Politik, mein Freund. Vielleicht lag es daran, dass die Tschechen keine so effiziente Fürsprecherin hatten wie die Ungarn?"

„Du meinst, die Ungarn haben den Ausgleich hauptsächlich Ihrer Majestät Kaiserin Elisabeth zu verdanken?"

„Nein, das ist nur ein Gerücht. Die Ungarn sind halt taktisch geschickter als die Tschechen, und sie müssen sich vor allem nicht mit Deutschnationalen herumschlagen."

„Seiner Majestät, dem Kaiser, unterlaufen andauernd Fehleinschätzungen. Auch seine Hoffnung, dass nach dem Einzug der neuen Massenparteien Ruhe im Parlament einkehren wird, hat sich nicht erfüllt", sagte Gustav.

„Warum grinst du so?“

„Na, weil ich mir das von Anfang an gedacht habe. Was hat sich denn geändert, seit die Sozialdemokraten und die Christlichsozialen im Parlament hocken? Das Sagen haben nach wie vor die konservativen Honoratiorenparteien, und die vertreten weiterhin die Interessen ihrer Leute, also die Interessen der Großbürger und Großgrundbesitzer.“

„Ei, ei, der Herr Graf belieben unzufrieden mit seinen Standesvertretern zu sein?“, spottete Rudi.

„Du weißt, wo ich politisch stehe.“

„Ihr Liberalen seid fast die Schlimmsten, nicht Fisch, nicht Fleisch.“

„Lass deinen Grant an wem anderen aus. Erzähl mir lieber, was im Haus am Ring los war.“

„Es ging wieder einmal um das Wahlrecht. Irgendein tschechischer Abgeordneter hielt eine stundenlange Brandrede gegen das geltende Kurienwahlrecht, das ja die deutsche Bevölkerung in Böhmen und Mähren eindeutig bevorzugt. Da er einfach nicht zu reden aufhörte, forderte der Präsident die Ordner auf, den Dauerredner vom Rednerpult zu entfernen. Daraufhin brach ein Riesenwirbel aus. Der Lärm war unerträglich, als ich mit meinen Leuten in dem prächtigen Sitzungssaal eintraf. Der Saal war voll besetzt mit über fünfhundert Wahnsinnigen von der Bukowina bis Dalmatien. Sie waren alle außer Rand und Band. Ich habe so etwas noch nie erlebt. Die Herren Abgeordneten haben ein regelrechtes Konzert veranstaltet, schlugen die Deckel ihrer Pulte ständig auf und nieder. Einige besonders Heißblütige haben sogar mit Tintenfässern herumgeschossen, andere haben wild drauflos musiziert.“

„Musiziert?“

„Na ja, sie haben halt auf die Pulte getrommelt, auf Kämmen geblasen und Gassenhauer gepfiffen."

„Dieses Konzert hätte ich gerne gehört."

„Ich fand das weniger lustig. Die Sitzung wurde vorzeitig beendet. Meine Leute haben einige Abgeordnete aus dem Saal geführt, was nicht ohne blaue Flecken und Quetschungen abgegangen ist. Heute haben sich drei meiner Männer krankgemeldet. Dabei fehlen uns zurzeit die Leute an allen Ecken und Enden. Deshalb geht auch, was die Aufklärung des Attentats betrifft, kaum was weiter. Edi ist nach wie vor der Hauptverdächtige. Seine Fiakerkollegen glauben, dass er nach Böhmen abgehauen ist. Stammt er nicht aus Budweis?"

„Ja, er war Bierkutscher in der Brauerei, aber ich glaube nicht, dass er in Budweis ist."

„Warum nicht?"

Gustav überlegte, wie weit er seinem Freund tatsächlich trauen konnte. Er wog ab, was wichtiger war: das Versprechen zu halten, das er Edi einst gegeben hatte, oder den Fiaker rasch ausfindig zu machen und ihm dadurch vielleicht das Leben zu retten. Die Entscheidung fiel ihm nicht schwer: „Edi hat einer feschen Maid aus sogenannten besseren Kreisen ein Kind angehängt und sie um einige Goldkronen erleichtert. Die Familie hat ihm nicht nur ihre Jagdhunde auf den Hals gehetzt, sondern auch die dortige Polizei. Deshalb ist er nach Wien geflüchtet. Er wird sich hüten, nach Budweis zurückzukehren."

„So ein Schlawiner! Hätte ich nicht von ihm gedacht." Rudi lachte.

„Das wiederum finde ich nicht lustig", sagte Gustav streng.

„Wo könnte er dann einen Unterschlupf gefunden haben? Du kennst ihn besser als ich. Wir müssen ihn vor den Anarchisten finden. Denn die machen kurzen Prozess mit ihm. Er muss den oder die Täter gesehen haben, und das wird ihn noch seinen Kopf kosten."

„Ich habe keine Ahnung, wo er sich verkrochen haben könnte", beteuerte Gustav, obwohl er inzwischen sehr wohl eine Idee hatte, wo Edi sich verborgen hielt. Doch er war nicht gewillt, dies seinem Freund zu verraten. Er wollte vorher allein mit Edi reden.

26. Die Leichenfischerin

Gustav war von heute auf morgen genesen. Seine Frauen schrieben dieses Wunder dem neuen Mittel zu, das Dorothea ihm verabreicht hatte. Allerdings war die Acetylsalicylsäure zusammen mit dem Lindenblütentee im Ausguss der Bassena gelandet, was die Damen nicht zu wissen brauchten. Er lobte das Medikament über den grünen Klee.

Nach einer ausgiebigen Rasur nahm er zur Freude von Josefa ein opulentes Frühstück, bestehend aus einem Omelett mit drei Eiern, einem Viertel Wecken Brot und einer halben Kanne Kaffee, zu sich.

Am späten Vormittag fuhr er mit einem Fiaker hinaus zur Donau. Edi hatte Gustav einst erzählt, dass er in einem kleinen Dorf an der Moldau aufgewachsen und mit seinem Vater täglich zum Fischen gegangen war. Der alte Stallknecht in den k. k. Hofstallungen hatte Gustav gegenüber ebenfalls erwähnt, dass Edi ein begeisterter Fischer war. Schade, dass er nicht früher eins und eins zusammengezählt hatte. Hoffentlich war es nicht zu spät.

Während der langen Fahrt schaute Gustav mehrmals aus dem Fenster, um sich davon zu überzeugen, dass er nicht verfolgt wurde. Als er in Albern am Donauufer ausstieg, befahl er dem Kutscher, auf ihn zu warten, egal wie lange er wegbleiben würde, und versprach ihm ein fürstliches Trinkgeld.

Der Anblick des träge dahinfließenden Stroms beruhigte ihn. Wasser hatte von jeher eine angenehme Wirkung auf ihn. Dr. Sigmund Freud würde vielleicht sagen, dass es uns an die Zeit im Mutterleib erinnert, wo wir in Sicherheit und bestens versorgt waren, dachte er, während er am Ufer entlangstapfte und nach Fischerhütten Ausschau hielt.

Trotz Nieselregens war der Boden halbwegs fest. Hin und wieder versank er jedoch knöcheltief im Schlamm. Er hatte sich extra Stiefel angezogen und einen Lodenumhang übergeworfen, der dem Regen eine Zeitlang standhalten würde.

In der Nähe des neuen Friedhofs der Namenlosen stand eine Hütte, aus der Rauch in den grauen Himmel stieg. Gustav hatte den Friedhof für Ertrunkene, wie er damals hieß, zuletzt im Sommer vor zwei Jahren zusammen mit Dorothea aufgesucht. Sie war in seinen Augen übertrieben fasziniert von Toten und ihren letzten Ruhestätten. Am liebsten ging sie auf Friedhöfen spazieren. Die Unglücklichen, die den Freitod in der Donau gewählt hatten, lagen ihr besonders am Herzen: „Menschen ohne Heimat und ohne Hoffnung – ihnen gebührt mein größter Respekt", erinnerte er sich an ihre Worte.

Die meisten dieser Verzweifelten hatten ihrem Leben selbst ein Ende gesetzt, indem sie von der Kronprinz-Rudolf-Brücke beim Mexikoplatz in den breiten Fluss gesprungen waren. Diese imposante eiserne Brücke auf fünf mächtigen Pfeilern war 1876 vom damaligen Thronfolger höchstpersönlich eröffnet worden. Gustav hatte seinen Großvater Albert von Karoly zu den Eröffnungsfeierlichkeiten begleiten dürfen und sogar einen Blick auf den sympathischen Prinzen erhaschen können. Ob sich deshalb so viele Menschen von dieser Brücke stürzten, weil ihr Namensgeber ebenfalls den Freitod gewählt hatte?

Als er sich der Hütte näherte, kehrten seine Gedanken wieder zu Dorothea zurück. Hing ihr außergewöhnliches Interesse an Toten mit dem frühen Tod ihres Vaters zusammen? Dr. Palme hatte bei der letzten Choleraepidemie in der Hansestadt Hamburg die Armen behandelt und sich selber angesteckt. Dorotheas Mutter war einige Jahre später in der k. k. Irrenanstalt auf dem Michelbeuerngrund in Wien an den Folgen unmenschlicher Behandlungsmethoden gestorben. Und heute arbeitete Dorothea als erste Pathologin am Gerichtsmedizinischen Institut in Wien – das war bestimmt kein Zufall.

Der Regen war in schwaches Nieseln übergegangen. Er bildete sich ein, auf dem Fluss eine dunkle Silhouette zu sehen, die sich deutlich von der graubraunen Wasseroberfläche abhob. War das die Stelle, an der ein Wasserstrudel, neben dem Treibgut, die Körper der Ertrunkenen an Land spülte?

Als die vermeintliche Leiche ans Ufer getrieben wurde, bemerkte er, dass ihm seine Augen einen Streich gespielt hatten. Es handelte sich um einen abgebrochenen Baumstamm mit zwei dicken Ästen, die von der Ferne wie die Arme eines Menschen ausgesehen hatten.

Stehende Novemberluft, kalt, grau, den Atem raubend. Kein Lüftchen regte sich, die Kälte kroch unter seine Kleider. Nicht einmal das gewalkte Cape bot genügend Schutz vor der Feuchtigkeit.

Er klopfte an die Tür der Hütte.

Drinnen rührte sich nichts.

Er klopfte heftiger.

Immer noch keine Reaktion.

„Hier ist Gustav von Karoly. Ich bin allein. Wenn du da drin bist, Edi, mach sofort auf."

Es dauerte ein paar Sekunden, bis die Tür mit einem lauten Knirschen und Knarren geöffnet wurde. Ein fremdes Gesicht erschien im Türspalt.

Erschrocken trat Gustav einen Schritt zurück.

Erst auf den zweiten Blick begriff er, dass es sich bei der unheimlichen Gestalt um Edi handelte. Seine rosigen Wangen oder das, was von ihnen sichtbar war, weil er einen Vollbart trug, waren kreidebleich. Die müden Augen lagen in tiefen Höhlen und sein ehemals kräftiger Körper war total ausgemergelt. Er stammelte Unverständliches, machte die Tür aber ganz auf.

Grauenhafter Gestank drang aus der Hütte, eine Mischung aus Rauch, ranzigem Fett und Schweiß. Gustav ging trotzdem hinein. Nach den ersten Schritten blieb er wie angewurzelt stehen.

Mitten in dem kleinen Raum stand ein furchteinflößendes Wesen und starrte ihn durchdringend an. Noch nie im Leben hatte er eine so große, starke Frau gesehen. Sie war ebenso groß wie er, hatte breite Schultern und ausladende Hüften. Er riss sich zusammen, streckte ihr seine Hand entgegen.

„Gustav von Karoly", stellte er sich vor, da Edi beharrlich schwieg.

Rasch verbarg die Frau ihre klobigen Hände, die aussahen wie die Hände eines schwer arbeitenden Mannes, unter ihrer Kittelschürze und starrte ihn weiterhin an, als wäre er ein Wesen von einem anderen Stern. Ihr wettergegerbtes Gesicht war von tiefen Falten durchzogen, das dunkelgraue Haar völlig zerzaust.

Dennoch konnte er in ihren verwirrten Zügen Spuren einstiger Schönheit erkennen.

Als sie aufhörte ihn anzustarren, schweiften ihre Augen ständig hin und her.

„Das ist Dana."

„Dana? Die Flussgöttin?", fragte Gustav.

„Göttin? Sie ist Leichenfischerin, holt die Selbstmörder eigenhändig aus dem Wasser", sagte Edi.

Gustav fand, dass es nicht der richtige Zeitpunkt war, um Edi etwas Bildung beizubringen. Er wunderte sich jedoch darüber, dass sich diese seltsame Frau den Namen der keltischen Flussgöttin gegeben hatte, denn er konnte sich nicht vorstellen, dass sie auf diesen Namen getauft worden war. Dana oder Danu war, soweit er sich an die Sagen, die er als Kind gelesen hatte, erinnerte, auch die Göttin, die dem Fluss ihren Namen gegeben hatte. „Dana wird in der Mythologie manchmal als Donauweibchen bezeichnet", klärte er Edi dennoch auf.

„Donauweibchen? Davon habe ich schon gehört."

„Sie hilft den Familien notleidender Fischer, warnt sie vor Hochwässern. Aber sie soll nicht ungefährlich sein. Jünglinge, denen sie begegnet, verfallen ihrer überirdischen Schönheit ..."

„Euer Gnaden machen sich über uns lustig." Edi deutete mit dem Kopf auf Dana.

Gustav konnte es sich nicht verkneifen, Edi weiter zu belehren: „Dana ist die Mutter aller Donaufische. Sie erscheint guten Menschen, bevor ein Unglück geschieht, und wird meistens von regenbogenfarbenen Fischen begleitet. Das stimmt doch, oder?" Er sah die Leichenfischerin fragend an.

„Ja, so heißt es", murmelte sie. Dann machte sie sich an dem gusseisernen, zylinderförmigen Kanonenofen zu schaffen, legte ein Holzscheit nach.

Gustav sah sich in der Hütte um. Am Boden eine Matratze, daneben eine Strohmatte, auf der eine zusammengeknüllte Decke lag, ein wackeliger Stuhl, ein Regal mit ein paar Blechnäpfen und heruntergebrannten Kerzen und eine einfache Holztruhe, auf der ein hübsches, aber schmutziges Spitzendeckchen lag. Darauf stand ein silbern gerahmtes vergilbtes Hochzeitsfoto.

Gustav griff nach dem Foto, wollte es sich ansehen. Dana riss es ihm aus der Hand, legte es verkehrt herum auf die Truhe.

Die Leute auf dem Foto hatten sehr distinguiert ausgesehen.

„Sind Sie das auf dem Bild?", fragte er.

Die Leichenfischerin schüttelte den Kopf. „Meine Eltern", sagte sie unwirsch.

Die Frau war bestimmt wesentlich jünger, als sie aussah. Ihre wässrigen, hellgrünen Augen hatten bei diesen Worten aufgeleuchtet. Gustav schätzte sie auf vierzig oder höchstens fünfundvierzig.

Seine Neugier war geweckt. Er hätte gern mehr über diese seltsame Frau erfahren, doch nun begann Edi zu reden. Und wenn der einmal redete, hörte er so bald nicht auf, das wusste Gustav aus Erfahrung.

Edi beteuerte, dass er sich nicht hatte umbringen wollen, er wäre nur von der Kronprinz-Rudolf-Brücke in die Donau gesprungen, weil die Häscher der Sicherheitswache hinter ihm her waren.

Dümmer geht es nicht, dachte Gustav.

„Ich bin kein Selbstmörder, das wissen Euer Gnaden. Die Strömung hat mich mitgerissen. Obwohl ich ganz passabel schwimmen kann, hab ich es nicht mehr ans Ufer geschafft. – Dana hat mir das Leben gerettet. Ich war gerade am Absaufen, hatte schon literweise Donauwasser geschluckt, da hat sie mich am Kragen gepackt und in ihre Plätte gezogen. Sie hat sich auf meine Beine gesetzt, mit ihren Händen auf meine Brust gedrückt und das Wasser aus mir rausgepumpt. Danach hat sie mich in ihre Hütte geschleppt. Seither bin ich ihr Sklave."

„Sklave?" Gustav zog seine Brauen hoch.

„Ja. Nichts für ungut, Dana, aber du bist wirklich eine verdammte Sklaventreiberin. – Jeden Tag heißt es um fünf Uhr früh aufstehen. Im Morgengrauen werden sie meistens angespült. Ich muss ihr helfen, die Nassen aus dem schmutzigen Wasser zu holen. Es kommt nicht täglich einer daher, aber raus fahren wir jeden Tag. Ein normales Begräbnis mit Pfaffen und so bleibt diesen armen Hunden verwehrt. Sie werden knapp nebeneinander sang- und klanglos in der Erde verscharrt. Der Friedhof wird leider oft überschwemmt ..."

„Ich bin froh, dass der Simmeringer Bezirksvorsteher mit Hilfe von ein paar Freiwilligen hinter dem Damm einen neuen Friedhof anlegen hat lassen", unterbrach ihn die Leichenfischerin. „Ich krieg immer ein paar Heller, wenn ich einen Toten rausfische, denn diese Drecksarbeit will keiner machen. Die meisten sind bis zur Unendlichkeit zersetzt, von Raubfischen angeknabbert. Haben Sie schon mal eine Wasserleiche gesehen, gnädiger Herr?"

Gustav nickte. Er konnte es kaum fassen, wie gewählt sich diese verwahrloste Frau mit den vielen Zahnlücken ausdrückte.

„Dann wissen Euer Gnaden ja, wie sie aussehen. Dunkle, leere Augenhöhlen, graugrüne Haut, die Wangen weggefressen von gierigen Fischen, die Haare mit Algen geschmückt. Am Zustand der aufgeweichten Körper kann man erkennen, wie lange sie im Wasser waren. Wenn sich eine Leiche längere Zeit in den Fluten befindet, wird sie durch die Verwesungsgase im Bauch wie ein Ballon an die Oberfläche gehoben. Arme und Beine folgen dem Gesetz der Schwerkraft, nur der Rücken ragt aus dem Wasser. Treibt der Leichnam unten, hat bereits jemand anderer Hand angelegt, wodurch das Gas entwichen ist.“

„Wer sind Sie?“, fragte er nach dieser beinahe wissenschaftlichen Erklärung.

„Eine Leichenfischerin.“

„Und wer waren Sie früher? Wie heißen Sie wirklich?“

„Wer und was ich einmal war, tut heute nichts zur Sache.“

„Sie heißt eigentlich Elsa und war Nonne und Krankenschwester in einem Spital“, klärte Edi ihn auf. „Nach ihrem Sündenfall hat man sie in die k. k. Irrenanstalt am Brünnlfeld gebracht. Von dort hat sie bald die Fliege gemacht. Seither kümmert sie sich um die Nassen, die hier angeschwemmt werden.“

Gustav hätte brennend interessiert, welch schwere Sünde diese offensichtlich intelligente Frau begangen hatte. Weder Edi noch Dana waren gewillt, ihm mehr darüber zu verraten.

Angespanntes Schweigen.

Schließlich versuchte Gustav, Edi zu überreden, mit ihm zu kommen. Er versprach, ihn zur nächsten Sicherheitswache zu begleiten oder besser gleich direkt zu Rudi Kasper: „Du kennst meinen Freund, den Polizei-Oberkommissär, hast ihn öfters herumkutschiert. Erinnerst du dich noch, wie wir beide ihn damals aus dem Bordell befreit haben? Er ist dir noch was schuldig und wird dir sicher helfen.“

„Niemand kann mir mehr helfen“, sagte Edi mit zittriger Stimme.

„Blödsinn! Wenn du hierbleibst, wirst du erfrieren, oder sie finden dich und dann Gnade dir Gott ... Glaub mir, dir passiert nichts, wenn du dich der Polizei stellst."

Edi tat so, als würde er ihm vertrauen, wollte sich aber nicht sofort stellen, bedingte sich einen Tag Bedenkzeit aus: „Ich muss vorher ein paar Sachen regeln ..."

„Von mir aus. Spätestens übermorgen kommst du zu mir, wir klären dann alles mit Rudi. Und einstweilen passen Sie bitte weiter auf ihn auf", sagte er zu der Leichenfischerin, die ihn mit Edi vor die Hütte begleitete.

Gustav kramte in seinen Hosentaschen. Er hatte nur Münzen dabei. Viel mehr als zehn Kronen brachte er nicht zusammen. Er brauchte noch Trinkgeld für den Fiaker. Den Rest des Geldes steckte er Edi zu. „Gib es der Göttin, wenn du nicht selber darauf angewiesen bist", flüsterte er.

Der geheimnisvollen Frau reichte er zum Abschied die Hand und dankte ihr für alles, was sie für Edi getan hatte. Zögernd ergriff sie seine Rechte.

Ihre Hand fühlte sich feucht und schwielig an. Sie sah ihn wieder nicht an, ihre Blicke schweiften ständig über das Wasser. „Ich bin eine Mörderin", sagte sie. „Ich habe mein ungeborenes Kind umgebracht. Diese Sünde wird mir der Herrgott wohl niemals vergeben, egal, wie viele Menschen ich aus den Fängen der Mutter Donau rette. Sie ist eine unbarmherzige Mutter, sie verzeiht ihren sündigen Kindern nie ..."

27. Ein später Gast

„Jessasmarandjosef!"

Josefas Schrei fuhr Vera durch Mark und Bein. Sie eilte in die Küche, schnappte sich ein scharfes Fleischmesser und schlich auf Zehenspitzen zur halboffenstehenden Wohnungstür. Ihre Haushälterin stand auf der Türschwelle, verdeckte die Person draußen am dunklen Gang fast zur Gänze.

Offensichtlich hatte Josefa die Situation im Griff. Vera verbarg das Messer hinter ihrem Rücken und trat näher.

Josefa richtete das Petroleumlämpchen auf das bärtige Gesicht des späten Besuchers: „Edi? Bist du es wirklich? Mein Gott, wie siehst du denn aus? Du hast uns beiden einen gehörigen Schrecken eingejagt."

„Bitte um Verzei...hung, gnädige Frau, wollt Ihnen keine Angst machen ...", stammelte die total verdreckte Gestalt.

Vera war mit Josefa allein zuhause. Dorothea war von Dr. Abendrot und seiner Frau zu einem Kammerkonzert eingeladen worden. Gustav trieb sich irgendwo in der Stadt herum. Er gab seiner Tante schon lange nicht mehr Bescheid, wo und mit wem er seine Abende verbrachte.

„Der Junge ist halb erfroren und fast verhungert", sagte Vera mitleidig, da Josefa nach wie vor keine Anstalten traf, Edi hereinzulassen.

„Er stinkt wie ein Schwein." Josefa rümpfte die Nase.

„Du riechst wirklich streng", schwächte Vera das Urteil ihrer Haushälterin ein bisschen ab.

„Geh und wasch dich in der Bassena, bevor du reinkommst. Ich bring dir eine Seife und warmes Wasser. – Und Sie gehen wieder in Ihr Zimmer, gnädige Frau. Ich werde Sie holen, wenn der Bursche manierlicher aussieht."

Vera von Karoly tat, was ihre Haushälterin ihr geheißen hatte.

Josefa war einst als Amme und Kindermädchen für Gustav in den Haushalt der Karolys gekommen. Damals war Vera ein junges Mädchen gewesen. Sie hatte rasch begriffen, dass diese sture junge Böhmin Haare auf den Zähnen hatte. Im Alter war Josefa nachsichtiger geworden. Manchmal lief sie noch zu ihrer früheren Form auf.

Es dauerte keine Viertelstunde und Edi saß gewaschen und in sauberen Klamotten am Tisch in der Wohnküche. Josefa hatte ihm ein am Kragen zerschlissenes Hemd und eine abgetragene Hose von Gustav gegeben, die Edi viel zu lang war. Er hatte die Hosenbeine einfach hochgekrempelt.

Mittlerweile hatte Josefa Wasser für Tee aufgesetzt und eine Pfanne auf den Herd gestellt. „Marmeladenpalatschinken waren immer deine Lieblingsspeis, oder?“, sagte sie zu Edi, der nach wie vor den Mund kaum aufbrachte.

„Erzähle mir alles von Anfang an“, forderte Vera ihn auf. „Es bleibt unter uns, das verspreche ich dir.“

Edi schaute sie unsicher an.

„Ich nehme an, du wolltest mit Gustav reden?“

„Nein, ich meine, ja ...“

„Komm Edi, wir sind allein. Sag, was dich bedrückt. Vielleicht kann ich dir helfen.“

„Lassen Sie ihn zuerst einmal essen.“ Josefa reichte Edi den Teller mit zwei Palatschinken: „Marillenmarmelade, die magst du am liebsten, wenn ich mich richtig erinnere.“

Edi verschlang sie in Windeseile.

„Endlich mal jemand, dem mein Essen schmeckt“, sagte Josefa zu Vera, als sie ihr die dritte, etwas verkümmert aussehende Marmeladenpalatschinke anbot.

„Nein danke, iss sie selber." Vera von Karoly war nahe daran, die Geduld mit Josefa und Edi zu verlieren. Sie hatte Wichtigeres zu tun als einem ausgehungerten jungen Mann beim Essen zuzusehen. Außerdem missfiel ihr Josefas Ton.

Edi bekam auch die dritte Palatschinke serviert. Erst nachdem er sie ebenso gierig in sich hineingestopft hatte wie die beiden anderen, war er bereit, Veras Fragen nach dem Attentat beim Michaelertor zu beantworten: „Ich habe zufällig eine Fuhr zur k. u. k. Hofzuckerbäckerei Demel gehabt und dann halt vor dieser famosen Konditorei auf Kundschaft gewartet. Auf einmal hat es geknallt und die Pferd' sind in die Luft geflogen. So was hab ich noch nie gesehen. Stellen Sie sich vor, da fallen einfach ein Pferd, besser gesagt, ein Pferdeschädel und der Hintern eines Gauls vom Himmel."

„Hintern sagt man nicht", mischte sich Josefa ein.

„Erledige den Abwasch und danach lass uns allein." Vera hatte genug von Josefas Befehlston.

Die Alte zog einen Fotz, sagte aber nichts mehr. Mit ihrer Herrin legte sie sich lieber nicht an. Sie klapperte jedoch demonstrativ laut mit dem Geschirr, und es dauerte eine kleine Ewigkeit, bis sie sich in ihr Kabinett zurückzog.

Schließlich gestand Edi, dass er mitangesehen hatte, wie die Granaten mit einem lauten Knall detoniert waren.

„Auch die zweite, letztendlich für die Insassen der Karosse tödliche?"

Edi nickte: „Die ist nicht in der Kutsche, sondern darunter gelandet. Wie eine Bowlingkugel ist die Dose unter den Wagen gerollt, an einem Wagenrad angestoßen und im selben Moment explodiert ..."

„Warum hast du das nicht der Polizei gesagt?"

„Die hätten mir doch nicht geglaubt."

„Und du hast gesehen, wer die Bomben geworfen hat?"

Er wich Veras Blick aus.

„Du hast die Attentäter gesehen!"

Edi nickte unmerklich: „Aber ich hab das Geld genommen, bin deshalb mitschuldig, oder?"

„Bist du komplett verrückt geworden? Du hast dich von diesen Verbrechern für dein Schweigen bezahlen lassen?"

„Ich hab noch nie in meinem Leben so viele Goldkronen auf einmal ..."

„Edi, jetzt sagst du mir sofort, wer dir das Geld gegeben hat", unterbrach sie ihn.

Er zuckte mit den Schultern.

„Du kennst seinen Namen nicht. Klar, er wird sich dir nicht vorgestellt haben. Wie hat er ausgesehen? Du hast gesagt, dass zwei Granaten explodiert sind. Hat er beide geworfen, oder gab es einen zweiten Täter?"

„Es waren zwei. Ich kann mich leider nicht mehr erinnern, wie sie ausgesehen haben. Es ist alles so schnell gegangen. Außerdem war ich total aufgeregt. Da fliegt so eine Kutsche vor mir in die Luft ... überall die Leichenteile, die armen Pferde, und gestunken hat es. Auf einmal hab ich eine Hand in meiner Jackentasche gespürt und jemand hat mir zugeflüstert: ‚Halt bloß den Mund, sonst bist du auch dran.' Mehr weiß ich wirklich nicht mehr."

Vera war überzeugt, dass Edi ihr nicht die ganze Wahrheit gesagt hatte, aber er tat ihr leid. Sie drang nicht weiter in ihn. Polizei-Oberkommissär Rudi Kasper würde ihm sicherlich mehr Details entlocken können.

„Bleib heute Nacht bei uns. Gustav wird nicht allzu spät heimkommen. Du solltest ihm alles erzählen, auch das, was du mir verschwiegen hast."

Edi weigerte sich zu bleiben, obwohl Vera ihm anbot, sich im Keller zu verstecken: „Ich will Sie auf keinen Fall da mitreinziehen, gnädige Frau. Richten Sie bitte dem Herrn von Karoly aus, dass ich mich morgen Polizei-Oberkommissär Kasper stellen werde. Er hat gemeint, dass ich das tun soll."

„Das war ein sehr vernünftiger Ratschlag. Aber wo wirst du heute Nacht schlafen? Magst nicht doch mit unserem Keller vorliebnehmen? Wir könnten dir genügend Decken mitgeben ..."

„Nein, nein, Frau von Karoly, ich weiß schon, wo ich unterkriechen kann."

„Keinesfalls in den Ställen! Ich würde niemandem trauen. Inzwischen hat es sich garantiert bis zu den Stallburschen herumgesprochen, dass die Polizei ein Kopfgeld auf dich ausgesetzt hat. Derjenige, der dich aufspürt, kriegt angeblich fünfzig Kronen."

Edi erbleichte. Von dem Kopfgeld schien er nichts gewusst zu haben. „Dann bin ich sowieso verloren."

Ehe sie ihn beruhigen konnte, eilte er bei der Tür hinaus.

Vera von Karoly wartete an diesem Abend voller Ungeduld auf die Heimkehr ihres Neffen. Als er um ein Uhr morgens noch nicht zuhause war, begab sie sich höchst beunruhigt zu Bett.

28. Mord in der Hofburg

Am nächsten Tag wurde eine Leiche auf der Baustelle der Neuen Burg gefunden. Ein Mann war in den frischen Zement gestürzt. Nur die Finger seiner rechten Hand und Teile seiner Stirn und seines Hinterkopfs ragten heraus. Es musste in der Nacht passiert sein. Die gruselige Hand war am frühen Morgen von einem Bauarbeiter entdeckt worden. Da die Zementmasse relativ weich war, gelang es den Arbeitern, den ganzen Kopf des Toten freizubekommen.

Die Mittagsblätter brachten unheimliche Zeichnungen von einer Hand, die aus dem Frischbeton ragte. Angeblich konnte inzwischen die gesamte Leiche geborgen werden.

„Wie ist das möglich?", fragte Vera, als sie ihrem Neffen beim Mittagessen aus der Zeitung vorlas.

„Zement ist ein Bindemittel, es wird mit Gesteinskörnungen vermischt und dann wird Wasser hinzugefügt. Es dauert etwa vierundzwanzig Stunden, bis dieser sogenannte Frischbeton fest ist. Vorher ist die Masse weich und verformbar."

„Weiß man schon, wer der arme Kerl war?"

„Seine Identität scheint nicht bekannt zu sein, zumindest steht darüber nichts in den Zeitungen. Ich werde bei Gelegenheit Rudi fragen." Gustav widmete sich wieder der köstlichen Leberknödelsuppe.

„Wo warst du gestern?"

„Seit wann muss ich Rechenschaft über meine Abendgestaltung ablegen?"

„Sei nicht so gereizt, Gustl. Edi war bei mir und hat mir gestanden, dass er bezeugen kann, wer die Bomben beim Michaelertor geworfen hat."

„Wie bitte? Und das sagst du mir erst jetzt?"

„Ich habe ihm mein Wort gegeben, dass ich es für mich behalten werde. Außerdem habe ich dich ja gestern nicht mehr gesehen, sonst hätte ich es dir selbstverständlich erzählt."

„Wo ist er hin? Zurück in die Hütte an der Donau?"

„Davon hat er nichts gesagt. – Warst du im Casino?" Sie blickte ihren Neffen besorgt an.

„Nein, war ich nicht! Dein Misstrauen ist krankhaft."

„Gustav!"

„Tut mir leid! Aber reicht es nicht, dass *ich* ein Privatschnüffler geworden bin? Müsst ihr drei mir jetzt auch dauernd nachspionieren?"

Entsetzt starrte Vera ihren geliebten Neffen an. In diesem Ton hatte er noch nie mit ihr gesprochen. Was war bloß mit ihm los?"

Ihm wurde bewusst, dass er zu weit gegangen war: „Tut mir leid, Vera. Ich habe die halbe Nacht lang Billard gespielt und siebzig Kronen gewonnen. Vielleicht sollte ich das Billardspielen professionell betreiben? Meine Privatdetektei läuft zurzeit nicht besonders. Außerdem bin ich durch den ungeklärten Tod von Herrn von Dalheim selbst indirekt in einen Mordfall verwickelt. Das schadet dem Geschäft."

„Den Fall Dalheim wirst du schon lösen. Hast du bereits mit Lieselotte gesprochen?"

„Nein, aber ich habe vor, sie demnächst aufzusuchen."

Jemand klopfte heftig an die Wohnungstür.

„Mach bitte du auf, Gustl, ich kann nicht", sagte Josefa, die gerade Kaffee kochte.

Er ging zur Tür.

„Rudi!"

Erstaunt über den unangemeldeten Besuch seines Freundes zu dieser ungewöhnlichen Zeit, bat ihn Gustav nicht sogleich herein.

„Der Tote in der Hofburg ist Edi", sagte der Polizei-Oberkommissär.

Erst jetzt bemerkte Gustav, dass sein Freund sehr blass war.

„Oh mein Gott!"

„Er wurde sozusagen lebendig begraben."

„Das kann nicht sein“, rief Vera, die bei Rudis Worten ins Vorzimmer geeilt war.

Ohne den Polizei-Oberkommissär zu begrüßen, schnappte sie sich seinen Arm und führte ihn in die Wohnküche.

„Nehmen Sie bitte Platz. Trinken Sie einen Kaffee mit uns? Oder möchten Sie lieber ein Bier?“

„Am besten beides“, sagte Gustav.

„Kaffee genügt vollkommen, bin im Dienst.“

„Josefa, bring bitte dem Herrn Oberkommissär eine Tasse.“

„Edi war gestern Abend bei mir“, gestand sie dann Rudi. „Er wollte nicht bleiben, obwohl ich ihm angeboten habe, sich in unserem Keller zu verbergen.“

„Hätte er Ihr Angebot bloß angenommen, gnädige Frau. Der arme Kerl muss bei dem Anschlag etwas gesehen haben, das er besser nicht hätte sehen sollen. Anders kann ich mir das nicht erklären.“

„Er hat doch dichtgehalten. Als ich ihn in der Hütte an der Donau aufgespürt habe, hat er kein Wort davon gesagt, dass er mitgekriegt hat, wer die Granaten geworfen hat. Er war kein Verräter.“ Gustav fühlte sich schuldig, weil er Edi überredet hatte, seine Hütte zu verlassen und sich zu stellen.

„Was, du hast ihn gefunden? Warum hast du mir das verschwiegen?“, fuhr Rudi seinen Freund an.

„Weil er mir versprochen hat, sich zu stellen. Er hat mich um einen Tag Aufschub gebeten.“

„Und du Idiot hast ihm geglaubt?“

„Mir hat Edi erzählt, was er beobachtet hat“, warf Vera rasch ein, bevor die beiden Freunde in Streit gerieten. „Er wusste keinen Namen, hat nur beschrieben, was er gesehen hat.“

„Was genau hat er gesagt, gnädige Frau? Bitte versuchen Sie sich an den Wortlaut zu erinnern. Es könnte ungemein wichtig sein."

Vera runzelte ihre hohe Stirn: „Lassen Sie mich nachdenken, ich will nichts Falsches wiedergeben. Ich glaube, er hat gesagt: ‚Ich hab zugeschaut, wie eine Dose auf den Wagen zugerollt ist ... wie eine Bowlingkugel. Sie ist direkt unter der feudalen Karosse explodiert.'"

„Wer diese Blechdose mit dem schwarzen Pulver geworfen hat, wusste er nicht?"

„Es waren auf jeden Fall zwei Attentäter."

Gustav war den Tränen nahe. Er hatte Edi sehr gemocht. Der Bursche hatte immerhin drei Monate bei ihnen als Untermieter gewohnt und war ihm jederzeit mit seinem Fiaker zu Diensten gestanden. Der ehemalige Bierkutscher aus Budweis hätte es mit seinem Gefährt zu einem gewissen Wohlstand bringen können. Er war ein tüchtiger, lebenslustiger und aufgeweckter Kerl gewesen.

„Seit wann bedienen sich Anarchisten Methoden der sizilianischen Mafia?", fragte er Rudi mit belegter Stimme.

Sein Freund zuckte mit den Achseln. „Keine Ahnung. Es ist unser erster Fall von Einzementierung in Wien."

„Edi hat mir auch verraten, dass er Schweigegeld genommen hat. Einer der Dynamitarden dürfte ihm eine beträchtliche Summe zugesteckt haben", mischte sich Vera wieder ein.

„Oh nein", stöhnte Gustav. „Dieser Idiot! Warum hat er mir gegenüber nichts davon erwähnt? Anarchisten gehen kein Risiko ein, nehme ich an. Es wundert mich, dass sie ihn nicht sofort an Ort und Stelle beseitigt haben. Wahrscheinlich hätte es zu viele Augenzeugen gegeben. Außerdem befand sich ja diese junge Frau in seinem Wagen."

„Du meinst Emma von Zoloto?", fragte Vera.

„Ja, sie war, wie ihr wisst, in Ohnmacht gefallen. Edi hatte sie in seinen Fiaker geschleppt, sie sozusagen in Sicherheit gebracht."

„Womöglich hat sie doch etwas bemerkt?", sagte Rudi. „Bei ihrer Einvernahme hat sie zwar beteuert, dass sie überhaupt nichts mitbekommen hätte, gleich bei der ersten Explosion in Ohnmacht gefallen wäre. Aber wer weiß, vielleicht hat man auch ihr Schweigegeld angeboten? Ich werde sie noch einmal verhören müssen. Sie ist unsere letzte Zeugin."

„Und was ist mit den anderen Schaulustigen? Es standen jede Menge Leute am Michaelerplatz herum, als die Kutsche in die Luft flog", sagte Gustav.

„Leider haben meine Leute verabsäumt, diese Passanten festzuhalten und ihre Personalien aufzunehmen. Die meisten Zeugen haben sich sofort aus dem Staub gemacht. Kein Wunder, wer will schon was mit einem Attentat zu tun haben? Viele Wiener fürchten die Polizei."

„Und sie fürchten sie nicht zu Unrecht, Herr Oberkommissär. Denken Sie an Edi. Er hatte nichts mit diesem Sprengstoffanschlag zu tun, dennoch wagte er es nicht, seine Beobachtungen der Polizei mitzuteilen, weil er wusste, dass man ihn für das Attentat verantwortlich machen würde – der Einfachheit halber, eben weil unsere Sicherheitsbeamten unfähige Bürokraten sind. Ausnahmen wie Sie bestätigen die Regel", fügte sie rasch hinzu. Ihre Wangen hatten sich gerötet.

Verlegen bat Rudi sie noch einmal, möglichst wörtlich wiederzugeben, was Edi zu ihr gesagt hatte.

Sie tat ihm den Gefallen, berichtete ihm aber nichts Neues.

Um Vera auf andere Gedanken zu bringen, erzählte Rudi ihnen dann von einem Polizeieinsatz, draußen in Favoriten: „Ich bin kürzlich in den zehnten Hieb hinausgeschickt worden. Nach den wilden Streiks der Ziegelarbeiter im 1895er-Jahr haben sich in den vergangenen Jahren auch andere getraut, gegen die unmenschlichen Arbeitsbedingungen zu demonstrieren. Es kommt da draußen immer wieder zu Massenunruhen. Ich sollte die Rädelsführer dieser Arbeiteraufstände ausfindig machen. An jenem Tag haben die Tramwaykutscher gestreikt. Bei der Abschlusskundgebung am Kepplerplatz ist es zum Eklat gekommen. Gegen diese spontane Protestkundgebung sind zuletzt sogar Kavallerieattacken geritten worden. Dabei haben hauptsächlich Frauen und halbwüchsige Burschen der Polizeigewalt Widerstand entgegengesetzt. Um nicht in den Steinhagel zu geraten, habe ich mich in eine Toreinfahrt zurückgezogen. Von dort aus habe ich mitangesehen, wie meine Kollegen im Laufschritt auf die versammelte Menge zugeprescht sind und rücksichtslos reingehaut haben, alles niedergeschlagen haben, was sich ihnen in den Weg gestellt hatte, Frauen, Jugendliche und Kinder."

„Wie grauenhaft!" Vera war außer sich.

„Ich habe mitangesehen, wie eine junge Frau einen Polizeiagenten mit ihrem Regenschirm verprügelt hat. Als er seine Dienstwaffe gezogen und auf die tapfere Frau gerichtet hat, habe ich ihn von hinten niedergeschlagen."

Selbst Josefa konnte sich ein Grinsen nicht verkneifen.

„Dann sind, wie gesagt, die Berittenen aufgetaucht", fuhr Rudi leicht verlegen fort. „Und vor denen fürchten sich die Leut wirklich ..."

„Vor allem vor den Rössern, nehme ich an. Denn die Reiter der k. k. Sicherheitswache sehen mit ihren bis über die Knie reichenden Stulpenstiefeln, ihren weißen Stulpenhandschuhen und den schwarzen Kartuschen mit dem k. k. Adler eher aus wie lächerliche Operettenfiguren", sagte Vera von Karoly.

„Und was ist dann passiert?", fragte Gustav ungeduldig.

„Die Menge ist in alle Richtungen zerstoben, nicht ohne beträchtlichen Schaden anzurichten. Der Kepplerplatz hat sich in ein paar Minuten in ein Meer aus Glassplittern, kaputtem Geschirr, billigen Fetzen und Gerümpel verwandelt. Zuletzt haben die Leute noch einige Geschäfte geplündert und ein paar Schuppen angezündet, bevor sie um ihr Leben gerannt sind."

„Tja, man kann es ihnen nicht verdenken. Aber so ein Verhalten verstärkt natürlich wiederum die Angst der Innenstadtbewohner vor den Gewaltausbrüchen der Leute aus der Vorstadt. Ich war unlängst im Lichtental im 9. Bezirk, zwischen Franz-Josefs-Bahn und der Nußdorfer Straße, auf Recherche. Nichts als dringend sanierungsbedürftige Slums. Alles ist dumpf und trostlos, aber an den feuchten abbröckelnden Mauern hängen Heiligenbildchen. Die meisten Armen sind lammfromm, haben sich ihrem schweren Schicksal ergeben."

„In den Industriegegenden sind die Leute anders. Sie hätten die Gesichter der Arbeiter draußen in Favoriten sehen sollen. Ohnmächtige Wut und blanker Hass", sagte Rudi.

Am nächsten Tag wurde Polizei-Oberkommissär Rudi Kasper suspendiert.

29. Dinner im Palais Batheny

Graf Batheny suchte seinen Sohn am späten Vormittag im Café Schwarzenberg auf, um ihm die schlimme Nachricht mitzuteilen.

„Rudi Kasper ist denunziert worden. Ein Polizeispitzel, der sich bei den letzten Unruhen in Favoriten unter die Demonstranten gemischt hatte, meldete, dass dein Freund einen k. k. Polizeiagenten niedergeschlagen hätte. So lautet zumindest der offizielle Grund für seine Suspendierung."

Gustav vermutete, dass es noch andere Gründe gegeben hatte. Die Konflikte zwischen der Staatspolizei, die staatsgefährdende Umtriebe bekämpfte, und der Kriminalpolizei, der Rudi Kasper angehörte und die gemeine Verbrechen aufklärte, waren allgemein bekannt. Sein Freund äußerte sich außerdem in angetrunkenem Zustand öfters despektierlich über die Monarchie. „Rudi hat nie ein Hehl daraus gemacht, dass er republikanischer Gesinnung ist", sagte er.

Sein Vater belehrte ihn eines Besseren: „Darum geht es nicht. Leider trägt deine Schwester die Hauptschuld an der Suspendierung deines Freundes. Marie Luise hat sich vor kurzem mit der Gattin des Polizeidirektors und der Frau des Innenministers getroffen und mit diesen beiden Damen über den Fall gesprochen. Sie hat dir und Rudi behilflich sein wollen."

„Oh mein Gott!"

„Tja, Gott kann uns in diesem Fall nicht helfen. Es tut mir leid, vor allem für deinen Freund. Marie Luise scheint nicht ganz bei Sinnen gewesen zu sein. Sie hat den Damen erzählt, dass der verdächtige Kutscher Edi mit dem Polizei-Oberkommissär gut bekannt sei ..."

„Und daraufhin wurde Rudi dieser Fall entzogen?"

Graf Batheny nickte.

„Verfluchte Tratscherei!“, stöhnte Gustav.

„Du sagst es. Anscheinend sind Klatsch und Tratsch für unsere Polizeiorgane und Regierungsbeamten wichtiger als handfeste Beweise und die neuesten kriminaltechnischen Methoden.“

Sie diskutierten noch eine Weile über die allgemeine Terrorhysterie, die sich in der Reichshaupt- und Residenzstadt breitmachte.

„Mittlerweile löst jeder Reifenplatzer eines Automobils Terroralarm in der Stadt aus. Ich traue mich kaum mehr, mit meinem Wagen herumzufahren“, sagte der Graf. „Das Benz-Mobil gibt andauernd furchterregende Geräusche von sich. Womöglich werde ich demnächst von einem ängstlichen und übereifrigen Sicherheitsbeamten erschossen.“

Obwohl Gustav lachen musste, legte er ein Schäuflein nach: „Diese Zeitungsschreiberlinge schüren ständig das Feuer. Als Normalsterblicher muss man den Eindruck gewinnen, dass an jeder Hausecke ein Anarchist lauert.“ Gustav zog den Zeitungsständer heran und las seinem Vater die Schlagzeilen vor: „‚Messerattentat in Floridsdorf. Vermummter Täter flüchtig‘, ‚Explosion in Simmeringer Gasfabrik – Anschlag von Dynamitarden?‘, und selbst in deiner Lieblingszeitung beschreibt einer dieser jungen Hupfer genüsslich, wie es ihm als zwölfjährigem Gymnasiasten gelungen sei, im Chemieunterricht eine Bombe zu basteln. Als gäbe es kein anderes wichtiges Thema mehr in unserem Land. Aber was Rudis Suspendierung betrifft, so bitte ich dich inständig, Papa, deinen Einfluss beim Innenminister für ihn geltend machen!“

Er nannte seinen Vater in den seltensten Fällen „Papa“, eben nur, wenn es ans Eingemachte ging.

„Wenn sich die Aufregungen gelegt haben, wird die Suspendierung deines Freundes sowieso wieder aufgehoben werden, auch ohne meine Intervention“, beteuerte der Graf. „Aber selbstverständlich werde ich mich darum bemühen. Marie Luise hat mich bereits buchstäblich dazu gezwungen, mich für die Rehabilitierung deines Freundes einzusetzen. Weißt du, was sie gesagt hat? Ich solle dem Innenminister klarmachen, dass es sich um törichtes ‚Weibergewäsch‘ gehandelt hätte. Stell dir das vor! Deine emanzipierte Schwester scheint tatsächlich arge Schuldgefühle zu haben.“

„Das sollte sie auch! Abgesehen davon, finde ich es völlig verrückt, Rudi von dem Fall abzuziehen. Er ist der einzige fähige Mann in dieser Truppe von Vollidioten und Jasagern. Ohne ihn werden sie die Attentäter niemals erwischen!“

Zögernd willigte er ein, am selben Abend im Palais Batheny in der Herrengasse mit seiner Schwester und seinem Vater zu dinieren. Der Graf bat ihn, auch Vera und Dorothea zu diesem Abendessen mitzubringen, er beteuerte, dass es Marie Luises Idee gewesen war, sich bei einem Familiendinner auszusprechen.

„Marie Luise will uns versöhnlich stimmen, weil sie Mist gebaut hat, ihr ist bewusst, dass ich stinksauer auf sie bin“, sagte Gustav, als er heimkam.

„Ich war diese Woche schon einmal weg. Ich komme mit meiner Arbeit kaum nach, sollte heute noch einen Befund schreiben. Du musst mich bei ihnen entschuldigen“, bat Dorothea ihn.

In diesem speziellen Fall war es ihm nur recht, dass sie zuhause bleiben wollte. Er hatte vor, mit Marie Luise hart ins Gericht zu gehen. Dorothea hätte ihm das sicher erschwert, denn sie mochte seine Schwester sehr gerne.

Überraschenderweise ließ sich jedoch Vera dazu herab mitzukommen. Gustav unterstellte seiner Tante insgeheim, dass sie neugierig auf das neue Palais seines Vaters in der Herrengasse war.

Sie könne momentan sowieso nicht konzentriert arbeiten, weil sie sich mitverantwortlich für Edis Tod fühlte, sich bittere Vorwürfe machte, ihn in jener Nacht nicht dazu gezwungen zu haben, in ihrem Keller zu schlafen, rechtfertigte sie ihre Zusage vor Gustav und sich selbst.

Graf Batheny hatte sein in neoklassizistischem Stil erbautes Palais mit modernen Möbeln nach Entwürfen von Otto Wagner und Josef Hoffmann eingerichtet. An den Wänden hing vorwiegend zeitgenössische Malerei. Darunter befand sich das eine oder andere Gemälde der rebellischen Secessionisten. Selbstverständlich war das Palais, das er letztes Jahr bezogen hatte, elektrifiziert. Die Lüster stammten vom k. u. k. Hofglaser und Hofglaswarenhändler J. & L. Lobmeyr.

Vera von Karoly versuchte zu verbergen, wie beeindruckt sie war. Als ihr der Graf seine Räumlichkeiten zeigte, schwieg sie beharrlich.

Auch Marie Luise war eher kleinlaut. Gustav hatte seine Halbschwester noch nie so erlebt. Er verzichtete darauf, ihr Vorwürfe wegen Rudis Suspendierung zu machen, ermahnte sie nur, sich in Zukunft lieber nicht mehr einzumischen. Vera war strenger mit ihr, meinte, dass man sich auch als Frau manchmal zurückhalten solle, vor allem, wenn man von einer Sache nichts verstehen würde.

Der Aperitif, ein Roederer Champagner, den sie in Graf Bathenys Salon zu sich nahmen, stimmte Vera milder. Sie äußerte sich jetzt sogar anerkennend über den guten Geschmack ihres Gastgebers. Es war höchstwahrscheinlich das erste Lob, das der Graf von ihr zu hören bekam. Er strahlte, übte sich jedoch in Bescheidenheit, beteuerte, dass Gustav und Marie Luise die meisten Bilder ausgesucht und ihn beim Erwerb der extravaganten Möbel beraten hätten. „Ich vertraue mehr auf den Geschmack meiner Kinder als auf meinen eigenen", fügte er lächelnd hinzu.

Vera verkniff sich eine spitze Bemerkung.

Angesichts der wunderschön gedeckten Tafel im Esszimmer war selbst Gustav sprachlos. Was die Tischdekoration betraf, hatten sich die Bathenys, besser gesagt, ihre Dienstboten selbst übertroffen. Das Tischtuch aus Brüsseler Spitze, das Speiseservice aus Limoges, die Gläser aus Murano, kunstvoll verziertes Silberbesteck, und in der Mitte der Tafel thronte ein silbernes Ungetüm in Form einer riesigen Auster. Verstohlen rieb sich Gustav die Hände. Er liebte Austern, nicht nur wegen ihrer aphrodisierenden Wirkung, er mochte auch den intensiven Geschmack nach salzigem Meerwasser.

Es wollte kein so richtiges Gespräch in Gang kommen. Schweigend tranken sie Champagner und widmeten sich den unansehnlichen Muscheln. Marie Luise beträufelte ihre Auster mit einem Spritzer Zitrone, bevor sie das wabbelige Getier mit spitzem Mund beinahe geräuschlos schlürfte. Vera zögerte. Sie mochte keine Austern.

„Einen lebendigen Organismus zu verschlingen, ist wohl nicht nach Ihrem Geschmack, gnädige Frau", sagte Alexander von Batheny leise. „Darf ich Ihnen als Horsd'œuvre ein paar Canapees reichen lassen?"

„Nein danke, ich werde eines von diesen schleimigen Dingern versuchen."

„Sehen Sie sich die Schale vorher von innen an. Ist dieses schillernde Perlmutt nicht hübsch?"

Schmunzelnd griff sie nach der geöffneten Auster, die ihr der Graf reichte.

„Man muss die Augen schließen, wenn man Austern isst. Zuerst riechen, dann schmecken und langsam zerkauen. Spüren Sie das Nussige und im Hintergrund das Salzige?“, fragte er.

„Tja, ich weiß nicht so recht.“ Vera von Karoly wirkte nicht begeistert.

„Ich kann das Meer schmecken“, beteuerte Gustav und ließ sich gleich mehrere Austern nachreichen.

Nicht nur die Schalentiere mundeten ihm, auch den zweiten Gang, Nudeln mit Trüffeln aus Kroatien, fand er exzellent.

Graf Batheny hatte das Menü gemeinsam mit seinem französischen Koch Pierre zusammengestellt.

„Wo bekommen Sie um diese Zeit all diese Köstlichkeiten her?“, wandte sich Vera an Marie Luise, als das Hauptgericht, ein Hummer mit zwei verschiedenen Saucen, serviert wurde.

„Keine Ahnung, Madame“, beteiligte sich endlich auch Marie Luise an dem schleppenden Tischgespräch. „Pierre ist ein echtes Genie. Er zaubert alles auf den Teller, was wir begehren. Sein Leitspruch lautet: Nichts ist unmöglich! Selbst die Köche in den besten Restaurants der Stadt können nicht mit Monsieur Pierre konkurrieren.“

„Die Sauce Choron schmeckt himmlisch“, sagte Gustav.

„Die Sauce Mousseline nicht minder“, beteuerte Vera.

Einer der Diener eilte herbei und reichte beiden von den gelobten Saucen nach.

„Glauben Sie, dass uns Ihr Monsieur Pierre das Geheimnis seiner wunderbaren Saucen verraten wird? Ich würde die Rezepte zu gerne Josefa mitbringen.

Leider kann ich ja selbst nicht kochen", sagte Vera zu Marie Luise.

„Da müssen Sie Papa fragen. Pierre horcht nur auf Papa. Frauen hält er prinzipiell für niedrigere Wesen. Sie sollten ihn mal hören, wenn er sich über die Kochkünste der Frauen echauffiert. Seiner Meinung nach haben Frauen am Herd nichts verloren."

Graf Batheny ließ einen Diener den Koch holen.

„Das ist mir jetzt peinlich", kicherte Vera, die leicht beschwipst schien. Rote Flecken zierten ihre blassen Wangen.

Gustav amüsierte sich über den Zustand seiner Tante. Sie vertrug keinen Alkohol. Normalerweise war sie nach zwei Gläsern bereits illuminiert. An diesem Abend hatte sie zwei Gläser Champagner und ein Gläschen Weißwein getrunken.

Als Monsieur Philippe kurz darauf in seiner Arbeitskleidung im Esszimmer aufkreuzte, machte er keinen sehr glücklichen Eindruck. Der kleine, drahtige Mann mit dem runden Gesicht erinnerte Gustav an einen berühmten Jockey, mit dem er einst befreundet gewesen war. Im Gegensatz zu dem immer fröhlichen und freundlichen Freddy sah der Franzose ziemlich griesgrämig drein.

„Madame möchte wissen, wie sie die Saucen für den Hummer zubereitet haben", sagte der Graf, dem Veras Zustand auch nicht entgangen war.

„Wie immer."

„Sie möchte das Rezept wissen!" Graf Batheny konnte sich das Lachen kaum verkneifen.

„Für meine Saucen?" Seine Verärgerung war ihm deutlich anzumerken.

„Ja. Bitte schildern Sie uns, welche Zutaten Sie für diese fabelhaften Saucen verwendet haben."

„Für die Sauce Mousseline?"

„Für beide." Graf Bathenys Ton entbehrte jetzt nicht einer gewissen Schärfe.

„Im Prinzip bereitet man die Mousseline wie eine Sauce Hollandaise zu", beeilte sich der Koch zu erklären. „Ich habe sie mit Kapern, Estragon und vor allem mit Schlagobers verfeinert. Und die Sauce Choron ist im Grunde eine Sauce Bernaise mit Tomatenmark verrührt. – War's das? Ich muss in die Küche, sonst ..."

„Danke, Pierre, Sie können wieder an Ihre Arbeit gehen", sagte der Graf.

Monsieur Pierre machte am Absatz kehrt und verschwand ohne Gruß.

„Ist Ihnen mit diesen Auskünften gedient, gnädige Frau?"

„Famos! Eine Sauce Hollandaise kriegt Josefa hin." Vera nahm einen großen Schluck von ihrem Wasserglas.

Nun brachte Graf Batheny den Fall Dalheim zur Sprache. Vorsichtig bot er Gustav seine Hilfe an, falls er einen Anwalt benötigte.

Vera war auf einmal ungewöhnlich redselig, erwähnte, dass Lieselotte von Schönfeld ihren Schwiegersohn von Anfang an nicht habe leiden können, weil er so verdammt bourgeois sei, ein richtiger Pfennigfuchser ... Sie hatte ein lästiges Schnackerl. Ihre Worte klangen daher eher lustig.

„Trinken Sie noch einen Schluck Wasser, das hilft", riet ihr Marie Luise.

Es half nicht. Vera von Karoly gab nach wie vor unelegante Töne von sich.

Das Dessert versöhnte Gustav endgültig mit seiner Schwester. Sein Vater betonte, dass Marie Luise auf diesem Nachtisch bestanden hätte, obwohl Pierre ein Zitronen-Topfen-Soufflé vorgeschlagen hatte.

Crème brulée war Gustavs neueste Lieblingssüßspeise. Er freute sich, dass sich Marie Luise das gemerkt hatte.

Als der Graf seine Gäste höchstpersönlich hinunter in den Hof zu seinem Vierspänner brachte, kam es schließlich zu einem kleinen Eklat.

Veras Schluckauf war ärger geworden. Graf Batheny erlaubte es sich, ihr sanft auf den Rücken zu klopfen.

„Fassen Sie mich nicht an!“

Erbost stieß sie dann auch seine Hand weg, als er ihr beim Einsteigen helfen wollte.

„Verzeih, aber du bist betrunken, liebe Tante“, sagte Gustav, als sie losfuhren. „Papa hat es nur gut gemeint.“

„Dein Herr Papa ist und bleibt ein Fil...Filou!“, lallte sie.

30. Mutter Donau

Gustav fühlte sich verpflichtet, Dana über Edis Tod zu unterrichten.

Er hatte die Fahrt an die Donau tagelang hinausgeschoben. Nach dem üppigen Abendessen bei seinem Vater hatte er sich die halbe Nacht lang schlaflos im Bett gewälzt. Nicht nur sein voller Bauch hatte ihn gequält, sondern auch das schlechte Gewissen. Während er mit seiner Familie Champagner getrunken und Austern geschlürft hatte, lag Edi einsam im Kühlfach des Gerichtsmedizinischen Institutes, und Dana machte sich wahrscheinlich große Sorgen um ihn.

Mitten in der Nacht war ihm bewusst geworden, dass Dana ebenfalls in Gefahr schwebte. Die Leute, die Edi zum Schweigen gebracht hatten, würden nicht davor zurückschrecken, eine weitere eventuelle

Mitwisserin zu beseitigen. Falls sie Edi, bevor sie ihn umbrachten, gefoltert hatten, schwebte sie in Lebensgefahr. Denn wer hielt schon der Folter stand?

In den frühen Morgenstunden brach er auf. Ein dichter Nebelschleier hing über der Stadt. Während er durch die Leopoldstadt fuhr, begann es leicht zu nieseln. Als sich am Horizont die Donau aus dem Nebel schälte, hieß er seinen Kutscher unter einer Eiche am Wegesrand anzuhalten.

„Warte Er hier auf mich. Es kann eine Weile dauern. Er wird es nicht bereuen.“ Gustav klimperte mit den Münzen in seiner Hosentasche.

Durch sumpfiges Gelände stapfte er hinunter zur Donau. Er sah kaum fünf Meter weit.

Unversehens tauchte die Hütte, in der sich Edi so lange versteckt hatte, vor ihm auf. Aus dem Rohr am Dach stieg Rauch in den grauen Himmel. Dana schien zuhause zu sein.

Erleichtert klopfte er an die Tür.

„Ich bin es, Gustav von Karoly. Bitte lassen Sie mich rein“, rief er.

Dana öffnete ihm erst, nachdem er mehrmals angeklopft hatte.

Sie sah zum Fürchten aus. Das Haar zerzaust, die Wangen noch mehr eingefallen als bei ihrem ersten Treffen. Schwarzbraune Ringe unter den von unzähligen Falten umgebenen Augen. Es waren traurige, gequälte Augen.

Sie deutete auf den Schemel neben dem Ofen, stellte keine Fragen, starrte ihn nur seltsam an. Während er überlegte, wie er ihr Edis Tod möglichst schonend beibringen konnte, sagte sie leise: „Sie hat ihn erwischt. Sie duldet es nicht, wenn ich jemanden aus ihren Fängen rette.“

„Wie bitte? Wen meinen Sie?"

„Sie bringt Tod und Verderben über die Sünder, die bei ihr Schutz suchen."

„Die Donau?", stieg er auf ihr abstruses Gerede ein.

„Ja, sie ist böse. Das habe ich Euer Gnaden schon letztes Mal erklärt."

„Nicht die Donau hat Edi auf dem Gewissen, sondern gemeine Verbrecher."

„Ihre Handlanger."

„Sie müssen sofort von hier verschwinden. Falls Edis Mörder wissen, dass er bei Ihnen untergeschlüpft war, werden sie nicht zögern, auch Sie umzubringen."

„Ich bin seit langem tot. Gestorben mit meinem Kind, das am Grunde des Flusses auf mich wartet. Ich habe einen Stein um das winzige Ding gebunden. Es wird auf ewig ihr gehören. Aber dieses Opfer war ihr nicht genug. Sie will auch mich für immer bei sich haben."

„Ich bitte Sie inständig, packen Sie Ihre Sachen zusammen und kommen Sie mit mir. Ich werde Sie in Sicherheit bringen."

Ein verklärtes Lächeln erschien auf den Lippen der einsamen, verwirrten Frau. „Sicherheit? Was bedeutet schon Sicherheit? Ich will zu meinem Kind."

Am liebsten hätte er diese Verrückte an den Armen gepackt und zu dem wartenden Fiaker gezerrt.

Er redete noch eine Weile auf sie ein. Doch sie war verstummt, reagierte nicht mehr auf seine Worte. Ihm würde nichts anderes übrigbleiben, als Rudi zu bitten, Polizeischutz für die Leichenfischerin anzuordnen. Und wenn das nicht möglich war, musste Rudi sie eben mit Gewalt aus ihrer Hütte holen und irgendwo unterbringen.

Dieser Gedanke beruhigte ihn nicht wirklich. Sollte er ihr mit der Polizei drohen? Nein, das würde ihr egal sein. Sie hatte heute offensichtlich einen schlechten Tag, war nicht mehr ansprechbar.

Als er sie schwer bekümmert verließ, summte sie ein Wiegenlied, das ihm bekannt vorkam. Hatte seine Mutter diese Melodie nicht öfters am Klavier für ihn gespielt, wenn er sich die Seele aus dem Hals geschrien hatte?

Mit gesenktem Haupt schloss er die Tür der heruntergekommenen Hütte am großen Fluss hinter sich.

Es hatte einen Wetterumschwung gegeben. Der Nebel hatte sich aufgelöst, heftiger Wind war aufgekommen, fegte über das flache Land, peitschte das Wasser auf. Die Gischt spritzte über die Steine am Ufer der normalerweise träge dahinfließenden Donau. Er schaute hinauf zum dunkelblauen Himmel, der sich zu entladen begann. Die ersten dicken Tropfen. Fluchend lief er zur Schotterstraße.

Unter der Eiche stand kein Gefährt mehr. Während er überlegte, ob er bei Dana das Ende des Sturms abwarten sollte, machte er etwa fünfzig Meter weiter eine Kutsche unter sich im Wind neigenden Birken aus. Anscheinend hatte sein Fiaker unter dieser kleinen Baumgruppe Schutz gesucht. Erleichtert eilte er auf den Wagen zu. Als er nur mehr wenige Meter entfernt war, bemerkte er, dass es sich um eine andere Kutsche handelte.

Ein paar Sekunden lang war er wie gelähmt, dann rannte er zurück zu Danas Hütte.

Ein Mann in einem dunklen Anzug kam heraus, sah ihn ebenfalls und lief in die andere Richtung davon.

Gustav wollte ihm nachlaufen, zögerte jedoch. Dana war jetzt wichtiger. Er ging in die Hütte.

Sein Herz blieb stehen.

Blut, überall Blut.

Dana lag auf dem Rücken, die Gliedmaßen ausgestreckt. Er kniete sich neben ihr hin, überprüfte ihren Puls. Ihr Gesicht war grau verfärbt, die Augen waren offen, starrten ins Leere. Ihre Haut fühlte sich noch warm an, doch sie lebte nicht mehr.

Das Messer, das ihre Kehle durchschnitten hatte, lag neben ihr auf dem Boden.

Er konnte nichts mehr für Dana tun, außer ihre Lider zu schließen.

Wutentbrannt folgte er ihrem Mörder, der mittlerweile einen Haken geschlagen hatte und zurück zu der Kutsche unter den Birken lief. Gustav wuchs über seine Kräfte hinaus, holte den Mann ein, bevor er auf dem Schotterweg angelangt war.

Auch der zweite Fiaker hatte inzwischen das Weite gesucht. Gustav und Danas Mörder waren nun allein am Ufer der Donau.

Er warf sich von hinten auf den fremden Mann, brachte ihn zu Fall. Engumschlungen rollten sie beide zum Fluss hinunter. Als sie zum Stillstand kamen, packte der grobschlächtige Kerl ihn mit beiden Händen an der Kehle und drückte heftig zu.

Gustavs Faustschlag traf ihn mitten ins Gesicht, ließ ihn aufjaulen. Der Griff um Gustavs Hals lockerte sich. Wie ein Besessener schlug er mit seiner Linken weiter auf seinen Gegner ein, traf seine Nieren, sein Zwerchfell und sein Gesicht.

Der Mann japste nach Luft.

Gustav schaffte es, auf die Beine zu kommen.

Der andere schien hart im Nehmen zu sein, versuchte ebenfalls sich aufzurappeln. Ein Fußtritt in die Eier streckte ihn erneut zu Boden. Er fiel nach rückwärts. Sein Kopf knallte auf einen spitzen Stein. Eine Blutlache breitete sich rund um seinen Hinterkopf aus.

Gustav packte ihn am Kragen seiner Jacke, riss ihn hoch und versetzte ihm einen heftigen Schwinger in die Magengrube. Danas Mörder torkelte, stürzte ins Wasser.

Die Donau hatte sich mittlerweile in einen reißenden Strom verwandelt. Der Mann trieb bereits ein paar Meter flussabwärts, konnte sich kaum mehr über Wasser halten. Seine Hilfeschreie wurden vom Geräusch der Wellen und des Windes übertönt.

Kurz überlegte Gustav, dem Mann hinterherzuspringen. Er war ein ausgezeichneter Schwimmer. Vielleicht würde er es schaffen, ihn aus den Fluten zu retten.

Aber er sprang nicht ins eiskalte Wasser. Er sah dem Ertrinkenden nach, der bald aus seinem Gesichtsfeld verschwunden war.

Mit gebeugten Schultern und Tränen in den Augen kehrte er zurück zu Dana. Setzte sich auf den Schemel und blieb bei der Toten, bis ihr Körper kalt war.

Er rauchte ein Zigarillo, das zum Glück trocken geblieben war, und dachte nach, was nun zu tun wäre. Sollte er die Polizei verständigen? Oder wenigstens Rudi Bescheid geben? Nein, das hier war seine persönliche Angelegenheit.

Er versuchte Dana hochzuheben. Sie war zu schwer für ihn.

„Verzeih", flüsterte er, als er sie an den Füßen packte und aus der Hütte schleifte.

Obwohl er nicht religiös war, sprach er ein Vaterunser, als er der Leiche mit einem Seil einen schweren Stein um die Mitte band und sie der Donau übergab.

Die Gischt spritzte ihm ins Gesicht. Er fuhr sich mit der Zunge über seine feuchten Lippen. Sie schmeckten nach frischen Austern. Es war nicht das

Salz des Meeres, sondern das Salz seiner mit Schweiß vermengten Tränen.

Wie hypnotisiert von dem schweren Regen, blickte er lange hinauf in die Dunkelheit schwarzer Wolken. „Sei vereint mit deinem Kind“, sagte er und kam sich bei diesen Worten ziemlich verrückt vor.

Auf dem langen Weg zu Fuß zurück in die Zivilisation quälten ihn die schlimmsten Gedanken. Wussten die Verbrecher auch, dass sich Edi am Abend vor seiner Ermordung bei Vera aufgehalten hatte? Nicht auszudenken, wenn sich diese Leute Vera, Josefa und Dorothea vorknöpfen würden. Er musste schleunigst nach Hause.

Danas Mörder war ihm bekannt vorgekommen. Diese sonnenverbrannte Visage hatte er schon mal irgendwo gesehen. Leider wollte ihm partout nicht einfallen, wo und wann. Auf jeden Fall hatte der Täter nicht selbstständig gehandelt. Hinter den abscheulichen Morden an Edi und Dana stand sicher eine Verbrecherorganisation.

Gustavs Sympathie für anarchistische Ideen hatte heute ein abruptes Ende gefunden. Er würde diese Mörder weiter verfolgen und sie schließlich der Justiz ausliefern.

Der Tod des Mannes, der Dana umgebracht hatte, war ein Unfall. Er redete sich ein, deswegen keine Schuldgefühle haben zu müssen. Doch er fühlte sich sehr wohl schuldig, was Danas Ermordung betraf. Hatte er ihren Mörder nicht zu ihr geführt? Offensichtlich war er auf der Fahrt hinaus zur Donau verfolgt worden. Warum hatte er nicht besser achtgegeben? Diese Schweine hätten Dana womöglich niemals gefunden, wenn er ihnen nicht den Weg gezeigt hätte.

31. Armut und Angst

Gustav sprach weder mit Vera noch mit Dorothea über Danas Tod und den Mann, den er auf dem Gewissen hatte. Es reichte, dass er sich fürchtete, er wollte nicht auch sie verängstigen. Allerdings schärfte er ihnen ein, in Zukunft vorsichtiger zu sein, den Riegel an der Wohnungstür vorzuschieben, keine Fremden reinzulassen und nach Einbruch der Dämmerung nicht mehr allein das Haus zu verlassen. Dorothea kündigte er an, sie in Zukunft täglich von der Gerichtsmedizin abzuholen.

„Bitte macht einmal, nur ein einziges Mal, was ich euch sage!", würgte er ihre Proteste ab.

„Edis Mörder wissen höchstwahrscheinlich, dass er an jenem Abend bei uns war und mit euch gesprochen hat. Daher hat Rudi mich gebeten, diese Sicherheitsvorkehrungen zu treffen", log er, da er annahm, sie würden den Anweisungen des Polizei-Oberkommissärs eher Folge leisten. „Auch wenn euch diese Maßnahmen nicht convenable erscheinen mögen, er weiß, was nötig ist. Das werdet ihr wohl nicht bezweifeln."

Als er in die erschrockenen Gesichter blickte, tat es ihm sogleich leid, ihnen Angst eingejagt zu haben. Aber sonst hätten sie nicht auf mich gehört, rechtfertigte er seine Drohungen vor sich selbst.

Zu Mittag traf er sich mit Rudi im Wirtshaus seines Vaters in Margareten.

In der verdreckten Gaststube hockten ein paar Säufer. Sie schauten nicht auf, als Gustav die Wirtschaft betrat.

„Dir graust vor unserem Lokal, leugne es nicht. Aber hier sind wir wenigstens ungestört. Oder glaubst, dass einer von diesen Tschecheranten ein Polizeispitzel ist?"

Gustav schüttelte den Kopf.

„Mein Alter hat sich gestern selbst außer Gefecht gesetzt. Er schläft oben seinen Rausch aus, wird uns also auch nicht belästigen. – Was magst du trinken?"

„Habt ihr einen anständigen Kaffee?"

„Davon würde ich dir abraten. Trink lieber ein Seidl."

„Von mir aus."

„Spielst du jetzt den Wirten?", fragte Gustav, als Rudi ihm ein perfekt gezapftes, kleines Bier brachte.

„Nein, der Maxi schaukelt das schon. Bierzapfen gehört allerdings nicht zu seinen Stärken."

Gustav schenkte dem Buben, der die Männer am Stammtisch mit Wein versorgte, einen mitleidigen Blick. „Das ist noch ein Kind. Der ist keine zehn, oder?"

„Na und? Seine Eltern sind froh, wenn er ein paar Heller heimbringt, sie haben zwölf hungrige Mäuler zu stopfen."

Gustav nahm sich vor, dem Buben einen ordentlichen Schmattes zu geben.

Obwohl er sich miserabel fühlte und voller Schuldgefühle wegen Danas Tod war, erzählte er seinem Freund nichts von den schrecklichen Ereignissen an der Donau. Er bereute längst, Danas Leiche den Fluten der Donau übergeben zu haben, fürchtete, man könnte ihn deswegen ebenso belangen wie wegen des Ertrinkens von Danas Mörder. Eine Mordanklage wollte er keinesfalls riskieren. Irgendwann würde er mit Rudi und auch mit Vera und Dorothea über dieses furchtbare Erlebnis sprechen müssen, aber nicht jetzt. Sie machten sich ohnehin alle drei schon genügend Sorgen um ihn wegen der Dalheim-Geschichte.

Rudi berichtete ihm, dass ihm Istvan von Serényi ein Telegramm aus Budapest geschickt hatte. „Er weiß von meiner Suspendierung und hält mich trotzdem am

Laufenden. Der Istvan ist voll in Ordnung. Dennoch sollten wir auf eigene Faust Nachforschungen anstellen. Ich will die Kerle, die Edi auf dem Gewissen haben, unbedingt zur Rechenschaft ziehen."

Das habe ich längst getan, hätte Gustav am liebsten gesagt. Er war sich sicher, dass Danas und Edis Ermordung auf das Konto ein und desselben Mannes gingen.

„Nicht nur dir, auch mir liegt der Mord an Edi schwer im Magen", fuhr Rudi nichtsahnend fort. „Die ungarische Geheimpolizei hat wegen der Einzementierung vor allem italienische Anarchisten in Verdacht. Unsere Leute wollen davon nichts wissen. Der Feind lauerte ihrer Ansicht nach am Balkan, besser gesagt, in den östlichen Kronländern. Also müssen diese Dynamitarden aus dem Osten oder Südosten Europas kommen – kapierst du? Auch die Russen sind den Habsburgern ja nicht gerade wohlgesonnen ..."

„Im Zarenreich brodelt es", unterbrach Gustav ihn. „Und das russische Reich ist ein Eldorado für Anarchisten. Die bekanntesten anarchistischen Theoretiker und Philosophen sind russischer Abstammung. Ich habe vor kurzem einen Artikel in einer Schweizer Zeitung über einen Wladimir Iljitsch Lenin gelesen, der zwar kein Anarchist ist, aber nicht minder gefährlich zu sein scheint. Er bewegt offensichtlich die werktätigen Massen mit seinen radikalen Schriften und Reden."

„Von dem habe ich auch schon gehört. Angeblich hält er sich im Exil in Deutschland auf. Im Reich des Zaren ist er jedenfalls eine Persona non grata und sehr gefürchtet."

„Führen die Spuren also nicht doch eher nach Russland?"

„Nein. Zumindest Istvan und ich vermuten, dass der Terroranschlag auf das Konto einer italienischen Anarchistengruppe geht, unter die sich vielleicht auch ein paar stinknormale Verbrecher gemischt haben. Und diese könnten Edi umgebracht haben, weil er die Attentäter gesehen hatte."

„Das klingt einleuchtend." Gustav fand es unfair, dass er seinen Freund im Dunkeln tappen ließ. Wusste er doch längst, wer Edi und Dana ermordet hatte. Allerdings wusste auch er nicht, wer dessen Hintermänner waren.

„Ich habe ein paar Spitzel. Leider sind sie nicht zuverlässig. Aber wenigstens der Überfall auf die Schlömer Bank sollte von unseren Leuten aufgeklärt werden. Das waren keine italienischen oder deutschen Anarchisten, das war die Handschrift von einheimischen Kriminellen. Wir sollten den einen oder anderen meiner Konfidenten demnächst mal gemeinsam ins Gebet nehmen. Ich brülle ihn an und bedrohe ihn, du zeigst Empathie, versuchst sein Vertrauen zu gewinnen."

„Du meinst, die Rolle des Guten passt besser zu mir?", fragte Gustav.

„Genau."

„Dann lass uns aufbrechen. Wo finden wir deine Spitzel?"

„Draußen auf der Schmelz."

„Da war ich zuletzt vor zehn Jahren, oder ist meine Militärzeit noch länger her? Jedenfalls mussten wir auf dem riesigen, unbebauten Gelände immer exerzieren, als ich bei den Deutschmeistern diente. Mein Gott, war das langweilig!"

„Wenn man dich heute so sieht, bleich wie ein kränkelnder, dekadenter Adeliger und gekleidet wie ein Dandy, möchte man fast nicht glauben, dass du einst ein schneidiger Oberleutnant des k. u. k. Infanterieregiments Nr. 4 seiner Kaiserlichen Majestät warst", scherzte Rudi.

Gustav quittierte diese boshafte Bemerkung mit einem abfälligen Grinser und bugsierte seinen Freund in einen Fiaker.

Über die Mariahilfer Straße fuhren sie hinaus nach Fünfhaus.

„Die Geschäfte florieren hier nach wie vor. Die Mariahilfer haben ein Glück, dass die Bekleidungsindustrie nicht weiter in die Vorstadt abgesiedelt ist", sagte Gustav.

„Bist du mal in der Früh hier gewesen? Wenn ich manchmal im Morgengrauen zu Fuß vom Spittelberg rüber nach Margareten gehe, gerate ich jedes Mal in Menschenschwärme. Viele Arbeiter haben sich in Fünfhaus, in Ottakring und Hernals niedergelassen, damit sie nicht so weit zu ihrer Arbeit haben. Und sie sind alle bereits vor sechs Uhr früh auf den Beinen. Ziehen durch die Sechshausnerstraße oder die Koppstraße weiter durch die Burggasse in die Neubauer Fabrikviertel oder hinunter nach Gumpendorf."

„Das sind nicht die Ärmsten der Armen. Viel schlimmer sind die Arbeiter in den Metall- und Maschinenfabriken in Meidling oder in der Schwerindustrie in Simmering dran."

„Sag das nicht, in den Floridsdorfer Fabriken zum Beispiel verdienen die Leute besser als in der Textilbranche."

„Weil sich die Arbeiter in diesen Betrieben gewerkschaftlich organisieren und für mehr Lohn kämpfen."

„Das mag sein. Ich will mich nicht mit dir streiten. Am schlimmsten sind jedenfalls nach wie vor die Frauen dran, die Weberinnen und vor allem die Maltaweiber. Darüber waren wir uns letztens ja einig. Die werden behandelt wie Sklavinnen, behauptet Vera."

„Hast du eine Lösung parat?“

„Anarchie?“

„Lass die blöden Scherze.“

„Jedenfalls bin ich neugierig auf meinen ehemaligen Exerzierplatz“, wechselte Gustav das Thema.

„Du wirst staunen, auf der Schmelz hat sich einiges verändert. Als militärisches Übungsgelände wird sie nur mehr selten genutzt, trotz der Graf-Radetzky-Kaserne, die sie erst vor ein paar Jahren errichtet haben.“

„Ich habe gehört, dass die Leute aus der Vorstadt dort in den warmen Monaten gerne ihre karge Freizeit verbringen.“

„Von wegen Erholungsort im Grünen! Heute ist die Schmelz *der* Treffpunkt und Kampfplatz der berüchtigten Plattenbrüder aus den umliegenden Bezirken. Straßenkinder- und Jugendbanden tragen sogar tagsüber, aber vor allem nach Einbruch der Dunkelheit ihre Streitigkeiten auf dieser Gstetten aus.“

Der Kutscher hielt plötzlich an. „Wir sind da“, sagte er.

Rudi befahl dem Mann, noch ein Stückchen weiter zu fahren.

Er weigerte sich.

„Der hat die Hosen voll. Ich kann es ihm nicht verdenken“, sagte Rudi, als er ausstieg. „Die Fiaker sind beliebte Opfer der Plattenbrüder. Deshalb nimmt kaum mehr einer eine Fuhr auf die Schmelz an. Zur Nachtzeit wagen sich nicht einmal unsere Wachmänner hierher. Wir können sie nur mehr in Patrouillen und mit einer fetten Extrazulage dazu bringen, hier nach dem Rechten zu sehen.“

Der Kutscher machte, dass er wegkam, feuerte seine Gäule mit lauten Rufen und Schnalzen an. Die Pferde weigerten sich aber, in den gewohnten Trab zu verfallen. Als sie seine Peitsche zu spüren bekamen, bäumten sie sich auf und stießen ein unheimliches Wiehern aus.

Erst jetzt bemerkte Gustav, was die Tiere so erschreckt hatte. Ein Rudel wilder Hunde kam kläffend auf sie zu gerannt. Rasch suchten Rudi und er das Weite.

32. Tumult auf der Schmelz

„Mein Gott, hier sieht es wirklich wüst aus", schnaufte Gustav, als sie einen gehörigen Abstand zwischen sich und die Hunde gebracht hatten.

Von Grün konnte auf der Schmelz kaum die Rede sein. Das Gras war vertrocknet und übersät mit Ziegelmist, wucherndem Unkraut, Geröll und großen Steinen. Am Rande der graubraunen Gstetten hatten sich Bierschenken und Branntweiner in baufälligen Hütten angesiedelt.

„Im Sommer trifft sich sonntags auf diesem verwilderten Gelände nicht nur die Vorstadtjugend, auch für die Kleinen ist das ein riesiger Spielplatz."

„Ja, ich erinnere mich an Horden von bloßfüßigen Kindern, die im Schmutzwasser des Fixlteiches gebadet haben und zwischen den Beinen unserer exerzierenden Kompanie herumgewuselt sind. Die Arbeiter sind auch oft hierhergekommen, haben aus Ziegeln Kartentische gebaut, sie mit Wachstüchern bedeckt und bis Sonnenuntergang tarockiert. An heißen Sonntagnachmittagen hat sich die Schmelz in ein einziges Kaffeehaus verwandelt. Und abends haben sich hier die Verliebten zu einem Stelldichein getroffen."

„Nichts gegen Nostalgie, mein Freund. Du bist und bleibst ein unverbesserlicher Romantiker."

„Nein, nein, ich erinnere mich sehr wohl auch an die ganz in Schwarz gekleideten Berittenen mit ihren albernen, silbern funkelnden Lackhelmen. Sie waren schon damals stets auf Jagd nach den Burschen, die sich in den sogenannten Platten organisiert hatten."

„Diesen Platten gehören nicht nur Burschen an. Viele Mädchen im Alter von elf bis sechzehn Jahren, die sich auf Diebstahl und Prostitution spezialisiert haben, terrorisieren genauso die Geschäftsleute und Gastwirte in der Umgebung."

Mittlerweile waren sie bei einem der Branntweiner angelangt. Rudi stieß die Tür auf.

Rauchschwaden strömten ihnen entgegen. Die Luft in der Schenke war zum Schneiden. Gustav begann sofort zu husten.

Der Polizei-Oberkommissär steuerte geradewegs auf den Mann hinter der Theke zu, packte ihn am Hemdkragen, zog ihn zu sich ran und flüsterte ihm etwas ins Ohr.

Der Wirt erblasste, schüttelte den Kopf. Rudi versetzte ihm einen Nasenstüber.

Zögernd begann der Mann zu plaudern. Er sprach so leise, dass Gustav kaum ein Wort verstand.

„Zurzeit haben auf der Schmelz die Buben aus Fünfhaus, die sogenannten Fünferln, und die Lercherln aus Neulerchenfeld das Sagen", klärte Rudi ihn auf, als sich der Wirt hastig ein paar Schritte entfernte und heftig gestikulierend auf einen Burschen an einem der vorderen Tische einredete. „Ich kenne diese Strizzis seit ihrer Kindheit. Waren damals böse Buben. Heute sind sie richtige Arschlöcher. Aber ich garantiere dir, sie werden mir alles sagen, was ich wissen will, denn im Grunde sind sie nichts anderes als kleine Hosenscheißer!"

Gustav missfielen sowohl Rudis Ton als auch der aggressive Blick seines Freundes.

„Wenn's wahr ist! Aus den süßen Kinderchen mit den großen, hungrigen Augen sind gemeingefährliche Kriminelle geworden. Die Burschen sind total verroht und gewalttätig, die Mädels völlig verlottert. Zwei Kupplerinnen betreiben Kinderbordelle in Ottakring. Ein Kinderverzahrer hat seine Hände mit ihm Spiel. Er wurde mir als gebildeter und feiner Herr beschrieben. Meine Kollegen haben ihn bis heute nicht ausfindig machen können. Ich nehme an, er hat alle bestochen. Tja, so geht es eben bei uns zu. Von dieser organisierten Kleinkriminalität kriegt ihr noblen Herrn in der Innenstadt nichts mit."

„Sag das nicht. Die Platten sind ein richtiger Bürgerschreck. Meine Josefa traut sich bei Einbruch der Dunkelheit kaum mehr auf die Mariahilfer Straße, denn angeblich treiben sie auch bei uns ihr Unwesen."

„Von denen hat sie nichts zu befürchten. Sie sollte sich lieber vor den kleinen Rotznasen in Acht nehmen, die haben schon so manche Dienstmagd beim Einkaufen für ihre Herrschaft um ihr Börsl gebracht."

Gustav fühlte sich unwohl in dem versifften Lokal. Er spürte die hasserfüllten Blicke der anderen Gäste in seinem Rücken. Die jungen Männer an den vorderen Tischen wirkten ziemlich verwegen. Die Messer an ihren Gürteln schienen locker zu sitzen. Stets kampfbereit, dachte er.

Einer der Strizzis kam nach einer Weile zu ihnen an die Theke. Er sah verdammt jung aus, war zaundürr und trug eine Kappe, die ihm viel zu groß war.

Die Strich- oder Hackerbuben waren an ihrem uniformierten Äußeren leicht zu erkennen. Als Kopfbedeckung trugen sie immer eine Kappe mit aufgebogenem Schirm.

„Hast du mir was zu sagen?", fragte Rudi den Kappelbuben.

Dieser zeigte dem Polizei-Oberkommissär den rechten Mittelfinger und grinste ihn frech an.

Die saftige Watschen war im ganzen Lokal hörbar, da die Leute seit ihrem Erscheinen verstummt waren.

„I hab nix tan", schrie der Bursche und hielt sich die Hand auf die gerötete Wange.

„Wenn das stimmt, sagst du jetzt dem Herrn Staatsanwalt", Rudi deutete auf Gustav, „und mir alles, was du über den Bankraub in der Herrengasse weißt."

„Nix was i."

„Willst no a Tetschn oder sollen wir dich gleich mitnehmen?" Um seine Drohung zu unterstreichen, holte Rudi mit seiner Rechten aus.

Gustav wollte schon einschreiten. Sein Freund warf ihm einen warnenden Blick zu.

Tatsächlich begann der Bursche zu reden. Gustav konnte ihn kaum verstehen, da er sehr schnell, sehr leise und außerdem in einem merkwürdigen Dialekt sprach.

Rudi spendierte dem Krispindel ein Bier, als dieser erschöpft innehielt und sagte: „Jetzt bin i tot. Die Lercherln werdn mi umbringa."

„Sind doch keine da. Lauter Fünferln, soweit ich schauen kann. Die werden dichthalten und euren Erzfeinden nicht verraten, dass du geplaudert hast."

„Das wäre also geklärt", sagte er, nachdem er den Strawanzer mit seinem Krügerl wieder weggeschickt hatte.

„Was ist geklärt?", fragte Gustav.

„Der Pepi hat brav geplauscht. Der Überfall auf die Bank in der Herrengasse war eine Auftragsarbeit. Er meint, dass die Lercherln dafür verantwortlich waren. Aber sie sind von jemandem angeheuert worden, haben das erbeutete Geld nicht einstreifen dürfen. Er hat auch was von glutäugigen, dunkelhäutigen Sizilianern geschwafelt."

Gustav ahnte, wen der Strizzi gemeint haben könnte. Aber er wagte es nach wie vor nicht, seinem Freund zu gestehen, was an der Donau passiert war. „Und du glaubst ihm das?", fragte er stattdessen.

„Der Pepi hat viel zu viel Angst vor mir, der würde es niemals wagen, mich anzulügen. Er kennt mich von früher, als ich ein gewöhnlicher Sicherheitsbeamter war. Ich habe ihm mal eine anständige Tracht Prügel verabreicht, bevor ich ihn laufengelassen habe. Das hat er sich gemerkt – leider weiß er, wie gesagt, nicht, wer die Lercherln für den Raubüberfall engagiert hat. Eigentlich können wir uns aber zusammenreimen, wer wirklich dahintersteckt. Normalerweise würden die Gauner die Beute nicht mit jemandem teilen, nicht einmal mit einem großkopferten Kriminellen aus Italien oder woher auch immer. Aber vor Anarchisten haben selbst diese gewissenlosen Burschen Schiss."

Gustav war nach wie vor skeptisch: „Schwer vorstellbar, dass solche Leute einen Ehrenkodex besitzen."

„Wovon sprichst du?"

„Na, ich meine, dass der Bursche dich nicht anlügt, weil er sich dir verpflichtet fühlt, da du ihn damals laufen hast lassen."

„Du lebst wirklich in einem Elfenbeinturm! Der sagt mir nicht die Wahrheit, weil er sich in meiner Schuld fühlt, der hat vor mir schlicht und einfach genauso viel Angst wie vor den Anarchisten, kapierst du? Die Plattenbrüder haben nichts mehr zu verlieren, außer ihr Leben und ihre Freiheit. Sie sind die Verdammten dieser Erde. Jeden Abend ziehen sie aus den dunklen Vorstädten in die mit Gas erleuchtete Innenstadt, terrorisieren Cafetiers oder Marqueure und Innenstadtwirte. Machen Krawall, erpressen Schutzgelder, prellen die Zeche und verprügeln per Gaudi arglose Gäste. Sie wollen vor allem Angst und Schrecken verbreiten. Wenn sie es zu einem gewissen Vermögen gebracht haben, versuchen sie oft einen bürgerlichen Lebensstil zu kopieren. Und ab dann haben sie Angst, etwas zu verlieren. Schau dir die Bagage da hinten mal an."

Gustav musterte die wilden Kerle, die etwa in seinem Alter waren, durch sein Lorgnon. Er hatte das Glas keineswegs nötig, war weder kurz- noch weitsichtig, aber er fand, dass es ihm einen seriösen Anstrich verlieh.

Die Pülcher an den hinteren Tischen hatten ihr Haar mit Schweinefett und Zuckerwasser glattgekämmt und in Form gebracht. An ihren Schläfen baumelten mächtige Locken. Sie trugen auffallend gestreifte Krawatten, goldene Uhren und Goldkettchen um den Hals. Und über ihren Stuhllehnen hingen wertvolle Pelze.

„Die sehen aus wie Zuhälter."

„Ja, sie leben hauptsächlich von der Prostitution. Die Kunden der Prostituierten kommen meist aus dem bürgerlichen Milieu ..."

„Und nicht selten kehrt einer ohne Geldbörse und mit einem tödlichen Geschenk namens Syphilis für seine kleine brave Frau nach Hause zurück", unterbrach Gustav ihn.

„Wundert dich das? Achtzig Prozent der jungen Männer in unserem Land haben ihren ersten Geschlechtsverkehr mit einer Prostituierten. Fünfzehn Prozent mit einem tschechischen Haus- oder Dienstmädchen. In der Österreichischen Kronen-Zeitung ist letztens ein Pfarrer zitiert worden, der behauptet, dass in der Vorstadt Weibertausch und Weibergemeinschaft an der

Tagesordnung seien. Als abschreckendes Beispiel hat er Floridsdorf und Umgebung genannt. Dies seien Brutstätten des Lasters, sittlich und sanitär verseucht, die schulpflichtigen Mädchen alle defloriert ..."

„Seit wann liest du solche Boulevardblätter?"

„Mein Vater liest sie."

Gustav verkniff sich eine weitere ironische Bemerkung. Der alte Kasper war ein einfacher und gutgläubiger Mensch, aber ein großer Säufer. Rudi lebte nach wie vor bei seinem Vater und hatte genug Probleme mit ihm, da er in letzter Zeit Anzeichen von Vergesslichkeit und Verwirrtheit zeigte. Gustav wollte kein Öl ins Feuer gießen.

33. Tête-à-Tête in der Elisabeth-Suite

Gustav hatte tagelang nichts mehr von Emma gehört.

Als ein Dienstmann am späten Vormittag eine Einladung von ihr brachte, war er überrascht und freudig erregt. Nach all den grauenhaften Ereignissen der letzten Tage kam ihm so ein Tête-à-Tête wie ein Geschenk des Himmels vor.

Josefa hatte das Kuvert entgegengenommen und sofort aufgerissen. Mit missbilligenden Blicken überreichte sie ihm das Briefchen. Das Briefgeheimnis schien für sein ehemaliges Kindermädchen ein Fremdwort zu sein.

Emma von Zoloto hatte Gustav zur Mittagszeit in ihr Hotel bestellt. Er wollte sich sofort auf den Weg machen, bat Josefa, ihm sein weißes Hemd, das er schon einmal getragen hatte, aufzubügeln, und schlüpfte in die Hose seines Anzugs aus bestem englischem Tweed, den er normalerweise sonntags trug.

„Dieses Frauenzimmer muss nur mit dem kleinen Finger winken und schon stehst du parat", schimpfte Josefa, tat aber, worum er sie gebeten hatte.

Am Ring nahm er die Elektrische, obwohl er liebend gerne spazieren ging. Doch er wollte nicht völlig durchnässt im Hotel Imperial ankommen.

Regen, nichts als Regen, und das seit Tagen. Der Wienfluss war, trotz der fortgeschrittenen Regulierungsarbeiten, aus den Ufern getreten und hatte einen Teil von Margareten und Mariahilf überschwemmt. Unmengen von Schlamm, fast so fest wie Beton, blockierten die Straßen. Es war kein Durchkommen mehr, weder für Fuhrwerke noch für Automobile. Mariahilf und Gumpendorf waren durch riesige Schlammberge von Margareten und Wieden getrennt. Die Ringstraße war zum Glück frei. Sie lag weit genug weg.

Endlich im Hotel Imperial angekommen, sah sich Gustav neugierig um. Das Foyer war sehr geschmackvoll eingerichtet. Er liebte schlichte Eleganz und wusste es zu schätzen, dass man hier nicht dem ausladenden Makart-Stil frönte, sondern Wert auf gediegene antike Möbel aus edlen, blank polierten Hölzern legte.

Forschen Schrittes begab er sich zur Rezeption, obwohl er leicht verunsichert war. Würde man ihn so einfach zu Emma vorlassen? Dem Mann an der Rezeption teilte er in arrogantem Ton mit, dass er von der Baronesse Zoloto erwartet würde.

„Ah, Euer Gnaden sind der Bruder von Frau von Zoloto", sagte der Rezeptionist und winkte einen Pagen herbei.

Gustav errötete, obwohl er es amüsant fand, dass Emma ihn als ihren Bruder ausgegeben hatte. Diese Frau war wirklich höchst einfallsreich.

Der Page führte ihn in den Speisesaal. Die elektrischen Kristallluster funkelten um die Wette, der elegante Saal erstrahlte in festlichem Glanz.

Als Gustav am Ende des Saals die Statue des Donauweibchens erblickte, zuckte er zusammen. Traurig, ja beinahe andächtig verharrte er eine Weile vor der steinernen Figur, betrachtete die üppigen Formen des Fabelwesens, das keinerlei Ähnlichkeit mit der ermordeten Dana besaß.

„Die gnädige Frau scheint sich bereits wieder in ihre Suite begeben zu haben. Darf ich Sie bitten, mir zu folgen?“

Gustav hätte nicht erwartet, dass junge Damen in so einem noblen Hotel Männerbesuche empfangen durften. Er hatte angenommen, er müsse im Foyer auf sie warten.

Zögernd schritt er mit dem Pagen an seiner Seite die Fürstenstiege hinauf. Kaiser Franz Joseph blickte ihm streng entgegen. Gustav hielt seinem Blick tapfer stand, als er am Treppenabsatz kurz verschnaufte.

Der Page wartete bereits auf ihn in der Belle Etage. „Hier befanden sich früher die Gemächer des Fürsten von Württemberg. Heute steigen in diesen Räumlichkeiten gekrönte Häupter aus aller Welt ab. Die Elisabeth-Suite befindet sich noch ein Stockwerk höher.“

Gustav riss sich zusammen, folgte ihm schnellen Schrittes hinauf in den zweiten Stock. Sobald sich das aufgeweckte Bürschchen aus dem Staub gemacht hatte, klopfte er an die Tür.

„Herein.“ Emmas tiefe, fast heisere Stimme jagte ihm einen kleinen Schauer über den Rücken.

Die große, luxuriöse, lichtdurchflutete Suite hatte mehrere Fenster und war ebenso geschmackvoll eingerichtet wie das Hotelfoyer. Ein einladend aussehendes Doppelbett mit einem purpurroten Überwurf war das absolute Prunkstück des Schlafzimmers. Von der fast sieben Meter hohen stuckverzierten Decke hing ein prächtiger Kristallkronleuchter. Auch ein weißes Tischchen mit wertvollen Intarsien und hübschen gedrechselten Beinchen, eine weiße Schleiflackkommode, bequem anmutende Sessel sowie eine Chaiselongue, die mit einem geblümten roten Samtstoff überzogen war, erregten sein Interesse. Die Flügeltür zum benachbarten Wohnbereich stand offen. Der Salon war ebenfalls in majestätischen Rot- und Goldtönen gehalten. Die berühmten Herrschaften auf den großformatigen Ölbildern blickten gnädig lächelnd auf die normalsterblichen Gäste herab. Riesige weiße Kachelöfen verströmten eine angenehme Wärme.

Emma lag, mit einem seidenen weißen Morgenmantel bekleidet, auf der Chaiselongue und streckte ihm ihre Hand hin. Er beugte sich zu ihr hinunter, ließ seine Lippen flüchtig über ihren Handrücken gleiten.

Auf dem Couchtisch stand ein Kübel mit Eis. Darin befand sich eine geöffnete Flasche Veuve Clicquot.

„Wie kannst du dir hier ein Zimmer leisten? Bist du so reich?"

„Meine Gönner sind sehr vermögend", sagte sie lachend.

Er mochte ihr Lachen, obwohl es völlig anders klang als Dorotheas. Bei Emma klang oft ein bisschen Spott mit.

War sie käuflich? Hatte sie reiche Liebhaber? War Herr Neumann, den sie ihm letztens vorgestellt hatte, einer ihrer älteren Gönner? Eigentlich war es ihm egal. Er verspürte keine Eifersucht.

Wieder musste er an Dorothea denken. Selbst wenn sie einen anderen Mann nur ansah, zerplatzte er beinahe vor Wut. Selbst ihrem Chef, dem uralten Dr. Abendrot, missgönnte er die Stunden, die dieser mit Dorothea in der Gerichtsmedizin verbrachte.

„Kommen Sie her, setzen Sie sich zu mir. Lassen Sie uns ein bisschen miteinander plaudern." Emma klopfte auf das untere Ende der Chaiselongue und reichte ihm ein Glas Champagner.

Mit zittrigen Knien nahm Gustav Platz und stärkte sich mit einem kräftigen Schluck. Sein Gesicht in dem goldgerahmten Spiegel gegenüber war von einer auffallend fahlen Blässe, verglichen mit Emmas rosigen Wangen.

„Wie geht es Ihnen, Herr Detektiv? Wie laufen Ihre Ermittlungen? Haben Sie die Bösewichte, die diese Polizisten ermordet haben und auch mich fast getötet hätten, endlich erwischt?"

„Leider nein."

„Und die Wiener Polizei tappt auch nach wie vor im Dunkeln?"

„Tja, so könnte man sagen."

„Ihr Freund, der Herr Oberkommissär, scheint ein tüchtiger Mann zu sein."

„Das ist er, aber lassen Sie uns bitte über Erfreulicheres sprechen." Gustav hatte keine Lust, mit ihr über die polizeilichen Ermittlungen oder gar über Rudis Suspendierung zu reden.

Emma erhob sich von der Chaiselongue. „Die Zimmer sind überheizt", sagte sie und legte ihren weißen Morgenmantel ab.

Sie hatte nichts, außer einem pfirsichfarbenen Negligee und weißen Strümpfen, am Leib. Die Strumpfbänder hatten die Farbe von reiferen Pfirsichen, waren eine Nuance dunkler als das durchsichtige seidene Nachtgewand. Ihre Brustwarzen waren ebenso deutlich sichtbar wie ihr dunkles Schamhaar.

War sie etwa gar nicht blond, sondern braunhaarig, fragte er sich beim Anblick des fast schwarzen Haarbüschels.

„Ich habe Carmen weggeschickt. Sie wird ein paar Besorgungen für mich erledigen und nicht vor dem frühen Abend zurück sein. Wir sind endlich allein!"

Er konnte seine Augen nicht von dem dunklen Haar zwischen ihren Schenkeln lösen, blieb aber regungslos sitzen. Seit ihrem Techtelmechtel vor dem Parlamentsgebäude war ihm zwar bewusst, dass sie ihn begehrte und sich auch nicht scheute, ihr Begehren offen zu zeigen, doch ihre plötzliche Verwandlung in eine wollüstige Femme fatale überraschte und überforderte ihn.

„Was ist los mit Ihnen? Sie wollen nicht mit mir plaudern, Sie wollen nicht mit mir flirten? Warum sind Sie dann überhaupt meiner Einladung gefolgt? In den Zeitungen stand, dass es einen spektakulären Banküberfall in Wien gegeben hat. Angeblich soll auch eine Bombe explodiert sein. Wissen Sie darüber mehr?"

Während Sie ihm all diese Fragen in einem völlig lapidaren Ton stellte, trippelte sie auf ihren hochhackigen Pantöffelchen hinüber zu dem königlichen Bett, setzte sich, spreizte mit laszivem Blick ihre Beine und strich mit ihren Händen über ihre bestrumpften Waden. Erst als sie die Innenseite ihrer nackten Schenkel zu streicheln begann, gab er seine starre Haltung auf, erhob sich ebenfalls, stürzte zu ihr, schob ihre Hände beiseite und griff nach ihren festen, runden Brüsten.

Gustav war nun einmal ein Busenfetischist, das war ihm bewusst, seit er erstmals die Werke Dr. Sigmund Freuds gelesen hatte.

Emma stieß leise spitze Schreie aus, obwohl er ihre Scham noch nicht einmal berührt hatte. Dann übernahm sie das Kommando, öffnete die Knöpfe seiner Hose.

Gustav, nicht daran gewöhnt, beim Liebesakt den Passiven zu spielen, fuhr fort, ihre Brüste zu streicheln. Sie befahl ihm, Ruhe zu geben.

Da er nie zu Prostituierten ging, war es für ihn ein höchst seltenes Vergnügen, verwöhnt zu werden. Die meisten seiner bisherigen Geliebten hatten sich geweigert, sein bestes Stück auch nur anzurühren. Meistens ließen sie seine Zärtlichkeiten und den Liebesakt mit geschlossenen Augen über sich ergehen.

Als sich ihr Mund seinem Glied näherte, schloss er die Augen.

Plötzlich wurde die Tür der Suite aufgerissen.

Carmen Vargas stand auf der Schwelle. Ihre linke Hand steckte in einem pelzigen Muff, in der rechten hielt sie eine kleine Damenpistole. Die Mündung des Deringers deutete auf seinen mittlerweile erschlafften Penis.

Mit einem Mal schien nicht genügend Luft zum Atmen im Zimmer zu sein.

„Habe ich es mir doch gedacht. Du hast mich nicht schnell genug loswerden können, du, du ...", schrie die Spanierin und beschimpfte Emma als „puta", was auf Spanisch Hure bedeutete. „Und Sie? Was gaffen Sie so blöde? Wenn Sie nicht sofort Ihre Beine in die Hand nehmen, mache ich Sie um ein Stückchen kürzer."

Er schnappte sich Mantel und Hut, rannte mit offenem Hemd und offener Hose hinaus auf den Gang.

Während er sich fertig anzog, bildete er sich ein, hinter der geschlossenen Tür Gelächter zu vernehmen. Wohl oder übel tauchte die Frage auf, ob es sich um ein abgekartetes Spiel gehandelt hatte. War von Anfang an geplant gewesen, dass Carmen ihr Liebesspiel beendete, bevor es zum Äußersten kommen würde? Hatte sie sich draußen am Gang versteckt, als er kam? Aber warum sollten die beiden Damen so kindische Spielchen mit ihm treiben? Es ergab keinen Sinn. Emmas neugierige Fragen bezüglich der Ermittlungen fielen ihm ein. War sie ernsthaft an der Aufklärung des Attentats interessiert oder war das nur höfliches Geplänkel gewesen, oder hatte sie ihn gar aushorchen wollen? Aber warum und wozu? Fragen über Fragen.

Jedenfalls hatte er ein für alle Male die Nase voll von gefährlichen Liebschaften, zuerst Adas eifersüchtiger Ehemann und jetzt auch noch Emmas mordlustige Gesellschafterin ...

34. Ein folgenschwerer Besuch

Nach dem missglückten Tête-à-Tête beschloss Gustav, Emma endgültig zu vergessen und sich ernsthaft um den Fall Dalheim zu kümmern.

Er ging ins Café Schwarzenberg, setzte sich an seinen Tisch links neben der Drehtür und verlangte nach einem Dienstmann.

Keine zehn Minuten später stand ein älterer Mann vor ihm, nahm seine Mütze ab und verbeugte sich artig. Gustav reichte ihm ein verschlossenes Kuvert und sagte ihm die Adresse, wo er es abliefern sollte: „Warte Er auf die Antwort, egal, wie lange es dauert."

„Wie der gnädige Herr wünschen."

Gustav hatte in seinem Brief Frau von Schönfeld ersucht, sie bald besuchen zu dürfen. Vielleicht würde ihm diese kluge alte Dame auf die Sprünge helfen können, was den Tod ihres Schwiegersohns betraf. Da er befürchtete, Ada bei ihr anzutreffen, hatte er ihr geschrieben, dass er sie allein sprechen wolle.

Während er auf eine Antwort wartete, schaute er den Rest seiner Post durch. Die vielen unbezahlten Rechnungen lösten sogleich heftige Kopfschmerzen bei ihm aus.

Als ihm der Dienstmann nach einer knappen Stunde das Antwortschreiben brachte, bekam Gustav beim Öffnen des Kuverts feuchte Handflächen. Er war nervös, befürchtete, die gnädige Frau würde ihn nicht empfangen. Bestimmt war sie ihm gram, weil er ihre Tochter ins Unglück gestürzt hatte.

„Kommen Sie noch heute. Ich freue mich auf Ihren Besuch. Herzlichst Ihre Lieselotte von Schönfeld."

Erleichtert spazierte er über die Annagasse hinüber zur Kärntnerstraße. Auf dieser Prachtstraße, die direkt zum Stephansplatz führte, war trotz des feuchtkalten Wetters die Hölle los. Pferdewägen, Automobile, Spaziergänger. Der abscheuliche Lärm verschlimmerte seine Kopfschmerzen. Der grauenhafte Gestank nach Pferdeäpfeln und Benzin raubte ihm fast den Atem.

Als er in der Spiegelgasse, Ecke Graben vor dem Haus, in dem Lieselotte wohnte, ankam, verschnaufte er ein paar Minuten, zündete sich ein Zigarillo an und überlegte, wie er Frau von Schönfeld am besten befragen könnte, ohne sie aufzuregen. Er beschloss, ein bisschen zu antichambrieren und danach seine Fragen möglichst direkt zu stellen.

Zaghaft klopfte er an die Tür der Wohnung, in der er so zahlreiche aufregende Stunden mit Ada verbracht hatte. Der englische Butler Charles, der höchstwahrscheinlich über seine Affäre mit der Tochter des Hauses Bescheid wusste, obwohl Ada ihn jedes Mal weggeschickt hatte, wenn sie sich mit Gustav in den Gemächern ihrer abwesenden Frau Mama getroffen hatte, musterte ihn sogleich von oben bis unten.

„Wen darf ich melden?“, fragte er mit hochgezogenen Brauen.

So arrogant kann nur ein Engländer dreinschauen, dachte Gustav amüsiert.

Die Haushälterin Maria eilte herbei: „Gut, dass Sie da sind, Eure Erlaucht. Die gnädige Frau erwartet Sie. Leider hatte sie eine schlimme Nacht. Bitte nehmen Sie Rücksicht auf Madames schlechte gesundheitliche Verfassung ...“

„Ich werde nicht lange bleiben.“

Lieselotte von Schönfeld empfing ihn in ihrem Schlafzimmer, aufrecht im Bett sitzend. Im Rücken hatte sie einen dicken Polster, der ihm bekannt vorkam, hatte er ihn doch öfters unter Adas Po gelegt, damit sie und vor allem er selbst es bequemer hatte, wenn er in sie eindrang. Ada war vor dem Geschlechtsakt meistens sehr gefühlvoll gewesen. Wenn er dann aufs Ganze gegangen war, hatte sie sich kaum mehr bewegt, war einfach dagelegen wie ein Mehlsack.

Rasch verscheuchte er diese unpassenden Erinnerungen.

„Sie verzeihen, dass ich Sie in mein Schlafzimmer bitten musste. Ich soll nicht aufstehen, hat der Arzt gesagt.“

„Ich muss mich für diesen Überfall entschuldigen, gnädige Frau. Vielen Dank, dass Sie mich überhaupt empfangen.“

Nachdem sie ihn dazu aufgefordert hatte, in einem Sessel neben ihrem Bett Platz zu nehmen, machte er ihr Komplimente für ihr gutes Aussehen.

„Lügen Sie nicht, Herr von Karoly, ich bin nur mehr ein trauriger Schatten meiner selbst.“

„Aber nein, gnädige Frau, ihre Wangen schimmern rosig.“

„Dann muss ich Fieber haben." Ihr Lachen klang heiser, fast krächzend.

Ihm wurde ein bisschen anders, als sie zu husten begann wie eine Lungenkranke im Endstadium.

„Möchten Sie einen Kaffee oder ein Glas Wein oder einen Sherry?"

„Nein danke, ich möchte nichts, komme gerade aus dem Kaffeehaus."

„Was führt Sie zu mir? Hat Ihre Tante Sie geschickt?"

„Nein, nein. Ich wollte mich erkundigen, wie es Ihnen geht, und ein bisschen mit Ihnen plaudern."

„Wie charmant! Erzählen Sie mir, was draußen in der Welt los ist. Was tut sich in der Stadt? Hat man diese Terroristen bereits verhaftet? Auch wenn ich bald nicht mehr sein werde, interessiere ich mich nach wie vor für alles, was sich in unserer Reichshauptstadt abspielt. In Bad Gleichenberg habe ich mich zu Tode gelangweilt, obwohl es in den Kaffeehäusern Zeitungen gab. Aber ich konnte mit niemandem diskutieren. Die Leute hatten nichts anderes als ihre Krankheiten im Kopf. Das ist ja wohl in jedem Kurort das Gleiche", seufzte sie.

Sie war bei diesen vielen Sätzen außer Atem geraten. Besorgt reichte Gustav ihr das volle Wasserglas, das auf dem Nachtkästchen neben ihrem Bett stand: „Sie sollten mehr trinken. Zumindest empfiehlt das der Arzt immer meinem Vater."

„Wie geht es Ihrem Herrn Papa? Er war, nein er ist so ein attraktiver Mann! Alle Frauen meiner Generation waren in ihn verliebt. Natürlich hat er sich für die hübscheste von uns allen entschieden. Ihre Mutter sah aus wie die Venus von Botticelli ...", Lieselotte von Schönfeld kicherte undamenhaft.

Unwillkürlich musste er an Dorothea denken, die mehr Ähnlichkeit mit der gemalten Venus hatte, zumindest was ihre Haare betraf. Seine verstorbene Frau Mama war dunkelblond gewesen, wenn er sich richtig erinnerte. Zu seinem Leidwesen hatte er nur mehr eine verschwommene Erinnerung an das Aussehen seiner Mutter.

„Warum sind Sie wirklich gekommen? Wohl nicht, um einer alten Frau beim Sterben zuzusehen?"

„Ist Ihnen bewusst, dass Ada verdächtigt wird, ihren Ehemann ermordet zu haben?", fragte er mit leiser Stimme.

„Ich habe es befürchtet", seufzte Lieselotte von Schönfeld.

„Pardon, ich wollte Sie nicht aufregen, aber ich ersuche Sie um Ihre Hilfe bei der Aufklärung dieses Todesfalls."

„Ist ... scho...schon gut", stammelte sie. „Was wollen Sie wissen?"

„Hatte Ada Zugang zu Ihren Medikamenten?"

„Nein", sagte sie etwas gefasster. „Meine Tochter gibt mir nie meine Herztropfen. Das ist Marias Aufgabe."

„Wo bewahren Sie das Digitalis auf?"

„Im Arzneischränkchen, glaube ich, fragen Sie Maria."

„Ihr Schwiegersohn ist an einer Überdosis Digitalis gestorben, wie Sie sicher wissen. Man hat jedoch kein Fläschchen mit dieser Medizin bei ihm gefunden. Wenn er sich selbst umgebracht hätte, müsste ja das Behältnis auffindbar gewesen sein."

„Man stirbt nicht gleich nach der Einnahme der Tropfen, oder? Vielleicht hat er die kleine Flasche weggeworfen. Wurde sein Hausmüll durchsucht?"

„Das nehme ich an. Er saß jedenfalls in seinem Ohrensessel, als er dahinschied. Und er hatte, laut Aussage des Portiers, nachmittags Besuch von einer ungewöhnlich großgewachsenen verschleierten Dame, die den Paternoster benützte, obwohl sich die Wohnung der Dalheims in der Belle Etage befindet. Als Ada abends heimkam, hat sie ihren Mann tot in seinem Sessel vorgefunden. So steht es zumindest im Polizeibericht."

„Ada ist also tatsächlich die Hauptverdächtige?"

„Ich fürchte, ja. Außer ihr, kommt nur diese mysteriöse, verschleierte Dame in Frage. Die Polizei vermutet allerdings, dass sich Ada verkleidet haben könnte."

„Blödsinn! Meine Tochter besitzt keinerlei Talent für die Schauspielerei."

„Pardon, gnädige Frau, um sich zu verkleiden, bedarf es keines schauspielerischen Talents."

„Hören Sie mit diesem Gnädige-Frau-Getue auf", fauchte sie ihn an. „Sie wissen, dass ich es war."

35. Das Geständnis

Gustav hatte es nicht gewusst, aber vermutet.

„Möchten Sie mir erzählen, was passiert ist, Frau von Schönfeld?"

„Sie sind nicht mein Beichtvater."

„Beileibe nicht, aber ich möchte Ihnen helfen."

„Mir ist nicht mehr zu helfen."

Sie nahm einen Schluck Wasser.

„Ja, ich habe ihn umgebracht! Mein Schwiegersohn war ein gefährlicher Idiot, ein verbohrter, geldgieriger, geiziger und unausstehlicher, gewalttätiger Mann. Als meine Tochter sich eines Tages zu mir flüchtete und ich ihr blaues Auge und all die Hämatome auf ihren Armen sah, beschloss ich, dieser katastrophalen Ehe ein Ende zu setzen."

„Dachten Sie nie an eine Scheidung?"

„Nein. Eine Scheidung kam nicht in Frage. Karl wäre sicherlich nicht davon abzuhalten gewesen, meine Ada der Untreue zu bezichtigen. Und mit dieser Schande wären wir in der Wiener Gesellschaft Ausgestoßene gewesen. Ich hätte damit leben können, nicht meine Ada. Er selbst sprach jedoch von Scheidung, als ich ihn und meine Tochter an jenem verhängnisvollen Tag aufsuchte. Es wird übrigens der letzte Weg gewesen sein, den ich in diesem Leben zu Fuß zurückgelegt habe. Maria hat mich begleitet. Ich habe sie nach Hause geschickt, nachdem sie mich heil vor der Wohnung meines Schwiegersohns in der Weihburggasse abgeliefert hatte."

„Warum waren Sie verschleiert?"

„Weil ich nicht wollte, dass mich auf der Straße jemand erkennt. Ich sehe aus wie der leibhaftige Tod und wollte mir Mitleidsbezeugungen ersparen."

„Sie hatten also nicht vor, Ihren Schwiegersohn zu töten?"

„Nein, was denken Sie! Ich hatte vor, mit Ada und ihm ein ernstes Wort zu reden. Ada war nicht zuhause, und eigentlich wollte ich gleich wieder gehen, aber er bat mich herein, sagte, er müsse mit mir sprechen. Das Dienstmädchen hatte Ausgang. Wir waren also allein ..." Wieder begann sie erbärmlich zu husten.

Gustav reichte ihr das Wasserglas. Sie stieß seine Hand weg.

„Er kündigte mir tatsächlich an, dass er sich von Ada wegen ihrer Untreue scheiden lassen würde", fuhr sie krächzend fort. „Ich konnte mich nicht beherrschen, schrie ihn an, warf ihm all die Misshandlungen an den Kopf, von denen mir meine Tochter erzählt hatte. Meine Vorwürfe tangierten ihn nicht. Mit einem höhnischen Grinsen wiederholte er, dass meine Tochter eine Hure sei und dass die Scheidung Ada völlig ruinieren würde. Allerdings lief er bei seiner hasserfüllten Rede knallrot im Gesicht an und fasste sich an die Brust. Er war ebenfalls herzkrank, müssen Sie wissen. Ich bot ihm, so wie Sie es gerade getan haben, ein Glas Wasser an. Bevor ich ihm das Glas in die Hand drückte, gab ich die Digitalis-Tropfen, die mir mein Apotheker am Vortag ausgehändigt hatte, in sein Wasserglas. Ich warnte ihn sogar, sagte, dass ich ihm ein herzstärkendes Mittel reingetan hätte. Aber er trank den tödlichen Cocktail in einem Zug aus. Er war eben ein gieriges Monstrum."

Erschöpft hielt die alte Dame inne. Gustav blickte sie entgeistert an.

„Es dauerte nicht lange, bis er am ganzen Körper zu zittern begann. Von zu viel Digitalis bekommt man Herzrhythmusstörungen, und wenn man ein krankes Herz hat, kann man daran sterben, das hat mir mein Arzt einst ausführlich erklärt. Als Karl zusammenbrach, habe ich die Flucht ergriffen. Ich wollte ihm nicht dabei zusehen, wie er sein Leben aushauchte, verließ ihn, bevor er endgültig verschied."

Sie hatte die Augen geschlossen, sah selber aus wie eine Tote, als sie weitersprach.

„Ich musste es tun, ich musste meine Tochter von diesem Scheusal befreien. Sie haben sich ja geweigert, ihn ins Jenseits zu befördern. Ada hat mir von seiner Forderung berichtet. Er war Ihnen zu minder, stimmt's? Nicht satisfaktionsfähig für einen künftigen Grafen?" Bei den letzten Worten hatte sie ihre Augen wieder geöffnet und funkelte ihn wütend an.

„Duelle sind heutzutage verboten. Außerdem bin ich ein exzellenter Schütze."

„Tja, und deshalb hätten Sie sich mit ihm duellieren sollen, dann hätte ich nicht diese grässliche Schuld auf mich laden müssen."

„Verzeihen Sie bitte, Frau von Schönfeld, ich eigne mich nicht als Mörder. Und ein Duell mit Ihrem Schwiegersohn wäre unweigerlich Mord gewesen.“ Im selben Moment, als er dies sagte, musste er an Danas Mörder denken, den er getötet hatte, besser gesagt, ertrinken hatte lassen.

„Und deshalb musste ich zur Mörderin werden. In unserer verlogenen patriarchalischen Gesellschaft kann man als Frau nur gewalttätig werden, denn alles Reden und Schreiben ist für die Katz. Ihre Tante ist nicht meiner Meinung, sie setzt ihre Hoffnungen immer noch auf das geschriebene und das gesprochene Wort. Sie irrt. Wir Frauen müssen uns mit aller Gewalt gegen unsere Unterdrücker wehren, dürfen auch nicht vor Mord und Totschlag zurückschrecken.“

Die letzten Sätze hatte die Kranke flüsternd von sich gegeben, aber Gustav hatte sie sehr wohl verstanden. Er wagte es nicht, ihr zu widersprechen, hatte Mitleid mit dieser Frau, die dem Tod so nahe war.

Mit leiser Stimme fuhr sie fort: „Ich kann nicht sterben, solange mein armes Kind in Gefahr schwebt ...“

Sie beschwor ihn, alles zu tun, um Ada von dem scheußlichen Verdacht, ihren Ehemann ermordet zu haben, zu befreien.

„Und sie darf auch nicht wegen meiner Tat gesellschaftlich geächtet werden. Das würde sie nicht verkraften. Sie müssen mir versprechen, Ada zu retten! Schwören sie mir, dass Sie mein Kind beschützen werden, das sind Sie ihr und auch mir schuldig. Sie wären mein Lieblingsschwiegersohn gewesen, ein sanfter, intelligenter Mann mit viel Einfühlungsvermögen und Verständnis für uns Frauen ...“

Gustav schmolz bei ihren lobenden Worten dahin, war er doch eher an Kritik von Dorothea und seiner

Tante gewöhnt. Gleichzeitig war ihm bewusst, dass ihn die im Sterben liegende Dame um ihren Finger wickeln wollte.

„Ich hätte diese Ehe damals verhindern müssen. Mein Mann sah nur das immense Vermögen des erfolgreichen Kaufmanns. Das Glück unserer Tochter interessierte ihn ebenso wenig wie meines. Wir führten keine harmonische Ehe. Im Gegensatz zu Ada machte ich mein Wohlbefinden nie von der Liebe eines Mannes abhängig. Ich hatte immer eigene Interessen und eigene Freunde. Leider hat mein einziges Kind von mir nur ihr Aussehen geerbt und von ihrem Vater eine gewisse geistige Beschränktheit. Ich frage Sie geradeheraus – ich habe keine Zeit mehr für manierliches Getue –, würden Sie meine Tochter nach dem angemessenen Trauerjahr zur Frau nehmen?“

Sein entsetzter Gesichtsausdruck enthob ihn einer Antwort.

„Ich habe befürchtet, dass Sie mir meinen letzten Wunsch nicht erfüllen werden“, seufzte Lieselotte von Schönfeld. „Wie stehen die Chancen meiner Tochter vor Gericht? Sind Sie sich sicher, dass man sie des Mordes anklagen wird?“

„Ich hoffe nicht, dass es so weit kommen wird, gnädige Frau.“

„Habe ich nicht gesagt, Sie sollen diese Höflichkeitsfloskeln unterlassen? Es geht um Leben und Tod! Meine Kleine steht also schwer unter Verdacht. Und Sie? Wird man Sie als Mittäter anklagen?“

Bemüht um Contenance, zuckte er hilflos mit den Schultern.

„Sie können über mein Vermögen verfügen, wenn Sie Ada beschützen. Selbst wenn Sie nicht gewillt sein sollten, meine Tochter zu ehelichen, würde ich Ihnen eine größere Summe hinterlassen. Die Hälfte meines Vermögens, wenn Sie mein Kind vor dem Henker bewahren!"

„Behalten Sie Ihr Geld und beruhigen Sie sich. Kein Richter würde heutzutage so weit gehen, eine unglückliche Ehefrau wegen der Ermordung ihres brutalen Gatten zu hängen. Aber ich will Ada auch nicht im Gefängnis sehen. Sie müssen gestehen. Mir fällt kein anderer Ausweg ein."

„Ich habe bereits ein schriftliches Geständnis verfasst – sicherheitshalber, falls ich vor dem Prozess sterben sollte. Darf ich es Ihnen mitgeben? Eigentlich wollte ich es meinem Butler oder Maria aushändigen, aber Sie, als zukünftiger Graf, werden dem Richter sicher vertrauenswürdiger erscheinen. Justitia ist nicht umsonst auf einem Auge blind. Auch die Herren Richter haben Standesdünkel und sind genauso autoritätshörig wie alle anderen Untertanen Seiner Majestät. Das haben wir doch schon oft genug erlebt."

Wegen seiner Affäre mit Ada bezweifelte Gustav, dass man ihm eher vertrauen würde als einem Butler, wollte jedoch die alte Dame nicht noch mehr aufregen und schwieg.

„Sollte der Richter also tatsächlich Ada der Tat für schuldig befinden, müssen Sie ihm diesen Brief übergeben. Aber nur, wenn es so weit kommen sollte ..." Ihre Stimme versagte. Sie deutete auf die Schublade ihres Nachtkästchens.

Er öffnete die Lade. Neben einem Päckchen Zigarillos und einer Schachtel Streichhölzern lag ein verschlossenes Kuvert. Er nahm es an sich und versprach Lieselotte von Schönfeld, dieses Geständnis im äußersten Notfall dem Richter auszuhändigen.

Sie erneuerte ihr finanzielles Angebot.

Er lehnte es rigoros ab.

Lieselotte von Schönfeld schenkte ihm ein Lächeln, von dem er in den kommenden Nächten wohl träumen würde.

36. Schuldgefühle

Gustav konnte es selbst kaum glauben, er deckte eine Mörderin. Zudem hatte er ein Menschenleben auf dem Gewissen. Selbst wenn es sich um einen Mörder handelte, er hatte nicht das Recht gehabt, den Mann zu töten. Er würde in Zukunft mit dieser Schuld leben müssen.

Nicht einmal seiner Tante oder Dorothea und schon gar nicht Rudi konnte er seine Probleme anvertrauen. Sein Freund würde absolut kein Verständnis dafür haben, dass er einen Mord unaufgeklärt ließ, um eine im Sterben liegende Dame vor einer Strafverfolgung und deren Tochter vor übler Nachrede zu bewahren.

Vera ahnte, dass Gustav etwas quälte. Sie belästigte ihn jedoch nicht mit Fragen. Als er Ende der Woche noch immer kaum ansprechbar war, fragte sie ihn, ob er sich nicht wohl fühle.

„Nicht wohl? Du beliebst zu scherzen, liebe Tante. Ada von Dalheim wird demnächst vor Gericht stehen. Man hat sie des Gattenmordes angeklagt. Heute kam die Vorladung. Ich muss als Zeuge aussagen."

„Oh, mein Gott, wann beginnt der Prozess?"

„Am kommenden Dienstag."

„Du glaubst, dass sie es getan hat?"

Er schüttelte den Kopf.

„Dann begreife ich nicht, warum du dich nicht mehr anstrengst, den wahren Mörder zu finden. Du sitzt die ganze Zeit in deinem Zimmer und grübelst oder kritzelst auf irgendwelchen Zetteln herum."

„Verschone mich bitte mit deinen Vorwürfen. Mir zerspringt gleich mein Kopf."

„Nimm endlich das Pulver, das dir Dorothea gegen deine ewigen Kopfschmerzen empfohlen hat."

So mitleidlos hatte seine Tante noch nie auf seine Migräne reagiert. Sie schien ernsthaft sauer auf ihn zu sein.

Da er ihr nicht sagen durfte, was ihn quälte, zog er sich wortlos in sein Zimmer zurück.

Am Vorabend des Prozesses wartete Gustav ungeduldig auf Dorothea. Sie hatte bei der Arbeit wieder einmal die Zeit vergessen. Üblicherweise kam sie gegen neunzehn oder spätestens zwanzig Uhr nach Hause. Ausgerechnet an diesem Abend kam sie erst kurz vor einundzwanzig Uhr.

Er wollte mit Dorothea ihre morgige Aussage vor Gericht durchsprechen und sie bitten, die Todesursache so darzustellen, dass es sich auch um einen Unfall gehandelt haben könnte. Aber er kannte sie viel zu gut, befürchtete, dass sie dieses Ansinnen empört ablehnen würde.

Deshalb war er leicht gereizt, als sie sich ihm gegenüber auf die Küchenbank fallen ließ und ihn musterte. „Warum siehst du mich so an?"

„Du führst etwas im Schilde, das spüre ich."

„Ich möchte wissen, was du vor Gericht aussagen wirst. Könnte der Dalheim nicht einfach zu viel von diesem Digitalis eingenommen haben?"

„So unvernünftig war der nicht."

„Wer spricht von unvernünftig? Ich selbst wüsste nicht, wie viel ich von so einem Medikament nehmen dürfte."

„Das hat ihm sein Arzt sicher erklärt."

„Vielleicht hat er ihm nicht ordentlich zugehört? Der Mann war unheimlich von sich eingenommen, hat keine Belehrungen geduldet."

„Gustav, ich bitte dich, das ist wirklich an den Haaren herbeigezogen. Kein Richter würde so eine Erklärung akzeptieren."

„Du willst mir einfach nicht helfen", versuchte er es auf die Mitleidstour.

„Hör auf mit dem Quatsch. Du stehst nicht unter Mordverdacht. Du bist nur als Zeuge geladen. Ich bin todmüde, möchte bald ins Bett."

„Ja, geh und schlafe den Schlaf der Gerechten. Im Grunde bist du verantwortlich für diesen idiotischen Zirkus. Dein Befund hat dieses Drama überhaupt erst ausgelöst. Hättest du einfach Herzversagen diagnostiziert, würden wir alle morgen nicht vor dem Richter stehen. Ist dir bewusst, dass du mit deiner verdammten deutschen Gründlichkeit die arme Ada an den Galgen bringen wirst?"

„Seine Majestät, der Kaiser, hat lange kein Todesurteil mehr unterschrieben. Der Henker von Wien ist seit Monaten, wenn nicht schon viel länger, arbeitslos. Und Frauen werden sowieso kaum mehr gehängt."

„Du bist so was von gefühllos! Ich hoffe, du wirst mit der Schuld, die du dir aufladst, wenn Ada verurteilt wird, leben können."

„Also ich bin an allem schuld? Nur Schwächlinge und Feiglinge schieben die Schuld immer auf andere. Bisher habe ich dich nicht für einen Feigling gehalten, leider muss ich meine Meinung heute revidieren."

Normalerweise hätte er sich so eine schwere Beleidigung nicht einmal von Dorothea gefallen lassen, doch er war nüchtern genug, um zu wissen, dass es klüger war, nicht den Gekränkten herauszukehren.

Er deutete an, dass er wisse, wer Dalheim auf dem Gewissen hatte. „Und du weißt es auch!"

„Nein, ich weiß es nicht. Und es ist nicht meine Aufgabe, den Mörder zu überführen ...", stammelte sie.

„Dorothea schau mich an! Du ahnst es zumindest, oder?"

„Ich fürchte, ja."

„Wie bist du dahintergekommen? Hast du mit ihr geredet?"

„Nein, ich kenne sie ja kaum. Vera hat allerdings einmal erwähnt, dass Lieselotte von Schönfeld wegen ihrer Herzkrankheit Digitalis verschrieben bekommen hat. Zuerst habe ich vermutet, dass Ada die Tropfen ihrer Mutter entwendet und ihrem Mann verabreicht hat. Aber das hätte sich dieses empfindsame Wesen, diese dumme Gans, wollte ich eigentlich sagen – verzeih, Gustav, sie ist wirklich ziemlich doof –, wohl niemals getraut."

Das Gefühl der Beklemmung, das nach seinem Gespräch mit Adas Mutter in ihm aufgekommen war, machte ihm, allein bei der Nennung des Namens dieser Dame, sogleich wieder zu schaffen, deshalb verwehrte er sich nicht gegen Dorotheas scharfe Worte. Er stöhnte nur, griff sich an die Brust.

„Hör auf mit dem Theater, Gustl, du hast keine Herzprobleme, die hatte Herr von Dalheim. Und da wir gerade beim Thema sind, wenn du das wertvolle Aspirin noch einmal in den Ausguss der Bassena schüttest, kriegst du Probleme mit mir. Ich habe es zufällig bemerkt, weil ich in der Nacht durstig war und draußen Wasser geholt habe. Und was sah ich im Ausguss? Mein weißes Pulver. Du bist und bleibst ein Hypochonder!"

„Verzeih mir bitte, Dorothea! Mir war alles zu viel. Manchmal ertrage ich euch drei kaum mehr. ‚Gustav, wo bist du?' ‚Gustav, wo warst du?' ‚Gustav, was denkst du?' ‚Gustav, warum schaust du so ernst?' Ich brauche ein bisschen Luft, ein bisschen Freiraum, ich ersticke fast in diesem Haus. Meine einzige Fluchtmöglichkeit ist mein Zimmer. Wenn ich vorgebe, mich nicht wohlzufühlen, lasst ihr mich ein bisschen in Frieden, aber nur höchst selten, denn meistens scharwenzelt ihr auch dann andauernd um mich herum."

Bestürzt sah sie ihn an.

Seine harten Worte taten ihm leid. Er hob an, etwas Versöhnliches zu sagen.

„Bitte sei still."

Sie schwiegen beide eine Weile.

„Ich glaube, ich sollte dich ebenfalls um Verzeihung bitten", ergriff sie als Erste wieder das Wort. „Mir war bisher nicht bewusst, wie anstrengend das Zusammenleben mit uns dreien für dich ist. Es stimmt, wir setzen dir ziemlich zu, überfordern und kontrollieren dich ständig. Ich werde mir eine eigene Wohnung suchen, dann bist du wenigstens eine von uns los."

„Nein! So habe ich es nicht gemeint", protestierte er und ergriff ihre Hand.

Sie wollte ihm ihre Hand entziehen.

„Bitte bleib, Dorothea. Ohne dich würde ich mein Leben hier erst recht nicht ertragen."

„Wir reden ein anderes Mal darüber. Was soll ich morgen aussagen? Selbstverständlich will auch ich weder Ada noch ihre Mutter an den Galgen bringen."

„Lieselotte von Schönfeld liegt im Sterben. Ich habe ihr Geständnis schriftlich. Darf es aber nur im allerschlimmsten Fall, im Fall, dass man Ada des Mordes für schuldig befinden wird, vorzeigen. Die alte Dame möchte um jeden Preis Adas guten Ruf, der ohnehin längst pfutsch ist, bewahren. Sie bildet sich ein, Ada wäre für ewig als Tochter einer Mörderin gebrandmarkt. Sie hat mich sogar angefleht, ihre Tochter zur Frau zu nehmen. Kannst du dir das vorstellen?“

„Ja“, sagte Dorothea trocken. „Das bist du deiner ehemaligen Geliebten schuldig, das sehe ich genauso wie Frau von Schönfeld.“

„Das meinst du nicht im Ernst? Ihr spinnt doch alle komplett!“

„Echauffiere dich nicht so, sonst kriegst du tatsächlich noch einen Herzinfarkt, obwohl du pumperlgesund bist.“

37. Der Prozess

Der Dalheim-Prozess fand unter Ausschluss der Öffentlichkeit statt, da es sich um die äußerst delikate Angelegenheit eines Gattenmords handelte.

„Anscheinend befürchtet das Hohe Gericht, dass Nachahmungsgefahr besteht“, scherzte Gustavs Anwalt, als sie sich gemeinsam dem Justizpalast näherten. „Die Gewalttätigkeit ihres verstorbenen Mannes, ihre außereheliche Affäre mit Ihnen, Herr von Karoly, sowie andere unmoralische oder abscheuliche intime Details aus ihrem Eheleben werden zur Sprache kommen. Damit müssen wir rechnen.“

Sein Anwalt schien bestens über Adas abwechslungsreiches Liebesleben Bescheid zu wissen. Er gab Gustav Ratschläge, wie er sich im Zeugenstand verhalten solle.

„Beantworten Sie die Fragen des Staatsanwalts möglichst kurz und knapp. Kein Richter hört sich gerne lange Reden von Zeugen an. Und verlieren Sie ja nie die Contenance. Der Herr Staatsanwalt wird Sie provozieren, bleiben Sie höflich und gelassen. Er ist jung und sehr ehrgeizig, gilt als scharfer Hund ..."

Gustav hörte dem Advokaten mit halbem Ohr zu. Das wuchtige, im Stil der Neorenaissance erbaute Gebäude wirkte schon von außen einschüchternd, nicht nur auf Delinquenten, auch auf Zeugen wie Gustav. Der Architekt Alexander Wielemans von Monteforte hatte offensichtlich genügend Geld zur Verfügung gehabt. Die Aula mit der zentralen Hauptstiege und dem Wappen der österreichischen Kronländer war besonders prunkvoll – ein dreigeschoßiger, glasgedeckter Arkadenhof. Durch das Glasdach drang gespenstisches Novemberlicht in die Halle. Von ihrem Zentrum aus führte eine pompöse Freitreppe bis ins zweite Obergeschoß.

Nervös blickte Gustav auf die große Uhr mit einem Chronoskopf und den Sirenen an beiden Seiten, die sich gegenüber der imposanten Marmorstatue der Justitia befand.

Halb elf. Er war viel zu früh dran. Die Gerichtsverhandlung sollte um elf Uhr beginnen.

„Die beiden Löwen über der Freitreppe sowie die Justitia mit dem vergoldeten Schwert und dem Gesetzbuch stammen vom Südtiroler Bildhauer Emanuel Pendl", erklärte ihm sein Anwalt.

Graf Batheny hatte seinem Sohn den besten Strafverteidiger der Stadt besorgt, obwohl Gustav ja nur als Zeuge geladen war und keinen Anwalt brauchte. Doch Graf Batheny war der Meinung, der Advokat sollte ihn beraten, besser gesagt, instruieren, wie er sich vor Gericht zu verhalten hatte.

Da sich Gustav für den Tod des Kaufhausbesitzers nicht verantwortlich fühlte, hatte er sich anfangs gegen den berühmten Rechtsanwalt gesträubt. Als er erfuhr, dass ihm der Staatsanwalt vielleicht unterstellen würde, seine Geliebte hätte ihren Ehemann wegen ihrer Affäre mit ihm umgebracht, war er froh, jemanden zu haben, der ihm gute Ezzes gab, denn er glaubte schon lange nicht mehr an das Märchen von der Gerechtigkeit.

Sein Anwalt hatte ihm geraten zu erwähnen, dass Ada von Dalheim mittlerweile mit dem Oberstabsarzt Wilhelm von Landau ein Pantscherl hatte. Gustav wollte seinen ehemaligen Kameraden jedoch nicht ans Messer liefern, erwähnte nun bei seiner Aussage also mit keinem Wort, dass er Wilhelm mit Ada im Musikverein getroffen hatte und annahm, dass die beiden miteinander liiert waren. Er sagte nur aus, dass er sein Verhältnis mit Ada längst beendet hatte. Doch das war ein Fehler, denn der Staatsanwalt behauptete nun tatsächlich, dass Ada ihren Mann umgebracht hätte, um frei für ihn zu sein.

Sprachlos vor Wut ballte er unter dem Pult die Hände zu Fäusten. Wut war ein Gefühl, auf das er sich stärker verlassen konnte als auf alle anderen Gefühle. Denn es war ein ehrliches Gefühl. Wut konnte er nicht vorspielen so wie andere Emotionen.

All sein Missmut ballte sich in seiner Stimme, er bemühte sich nicht, ihn zu verbergen. In messerscharfem Ton verwehrte er sich gegen die Unterstellung des Herrn Staatsanwalts und behauptete, dass Karl von Dalheim von den zahlreichen außerehelichen Affären seiner Gattin gewusst und diese toleriert hätte. Mit Absicht verwendete er den Plural. Und der war auch angebracht. Ada hatte ihm einst im Bett gestanden, dass sie vor ihm einen anderen Liebhaber gehabt hatte. Zwar kam er sich wie ein Verräter vor, doch diese Aussage würde Ada im Endeffekt sogar nützen, denn wenn ihr Mann ihre Affären toleriert hatte, so wie Gustav behauptete, dann hätte sie keinen Grund gehabt, ihn umzubringen.

Ein Raunen ging durch den dürftig besetzten Gerichtssaal. Der Richter klopfte auf den Tisch und erbat sich Ruhe.

Da der junge Staatsanwalt nach Gustavs schockierender Aussage über Adas Promiskuität keine weiteren Fragen mehr an ihn hatte, erlaubte ihm der Richter, sich auf seinen Platz zu begeben.

Dorothea war als zuständige Gerichtsmedizinerin geladen. Sie schwächte ihren ursprünglichen Befund, dass Karl von Dalheim an einer deutlichen Überdosis Digitalis gestorben sei, ab, indem sie erklärte, dass Herr von Dalheim anscheinend zu viel von dem gefährlichen Medikament zu sich genommen hatte. „Er hatte ein schwaches Herz. Ein fast volles Fläschchen Digitalis ruft in so einem Fall unweigerlich den Tod hervor", sagte sie wörtlich.

Der Blick, den sie nach ihrer Zeugenaussage Gustav zuwarf, sprach Bände. Am liebsten wäre er vor lauter Scham unter die Bank gekrochen.

Rudi war nicht dumm. Er kapierte, dass Gustav und Dorothea Ada schützen wollten. Die schwerkranke Lieselotte von Schönfeld hatte er wohl nicht in Verdacht, ihren verhassten Schwiegersohn beseitigt zu haben. Der Polizei-Oberkommissär berief sich im Zeugenstand also hauptsächlich auf den schriftlichen Befund der Gerichtsmedizinerin. Leise fügte er hinzu, dass die Ermittlungen keine eindeutigen Hinweise auf eine Gewalttat ergeben hätten.

Der offensichtlich schwerhörige Richter bat ihn, den letzten Satz noch einmal zu wiederholen.

Rudi war deutlich anzumerken, wie unwohl er sich fühlte, dennoch blieb er bei seiner Aussage.

Es folgte die Einvernahme von Oberstabsarzt Landau. Der Arzt war wortkarg, beantwortete die meisten Fragen mit Ja oder Nein. Er war keine große Unterstützung für Ada. Erst die Frage, in welcher Beziehung er zu der Angeklagten stehe, brachte ihn aus der Fassung. Der sonst so selbstbewusste Militärarzt begann zu stottern, murmelte etwas von enger Freundschaft.

Als ihn der Staatsanwalt daran erinnerte, dass er unter Eid stand, und ganz direkt fragte, ob er mit Ada von Dalheim ein intimes Verhältnis unterhielt, stieß er ein kaum hörbares „Ja“ hervor.

Wieder ging ein Raunen durch den Gerichtssaal.

Die Fragen des Staatsanwalts, ob er Zugang zu Digitalis habe, beantwortete Wilhelm von Landau ausführlicher: „Als Oberstabsarzt der k. u. k. Armee habe ich selbstverständlich Zugriff auf Medikamente jeder Art. Aber ich schwöre bei Gott, dass ich diese Medizin noch nie jemandem verabreicht habe. Soldaten der kaiserlichen Armee pflegen nicht an Herzschwäche zu leiden“, fügte er arrogant hinzu.

Seine Worte klangen selbst in Gustavs Ohren überzeugend. Auch der Staatsanwalt hatte keine weiteren Fragen mehr an den Zeugen.

Zuletzt wurde die Angeklagte selbst in den Zeugenstand gerufen.

Ada trug einen Witwenschleier zu ihrem eleganten, figurbetonten Kleid. Der Richter, in einer schwarzen Robe mit violetten Reversteilen und einem Barett am Haupt, sah ebenso verkleidet aus wie sie. Er ermahnte Ada, ihr Gesicht freizumachen.

Schluchzend legte sie den Schleier zurück und blinzelte ihn mit ihren total verweinten Augen ängstlich an.

Der Staatsanwalt quälte sie eine Dreiviertelstunde lang mit seinen Fragen. Sie weinte herzzerreißend, schnäuzte sich mehrmals in ein blütenweißes Taschentuch und brachte fast kein Wort heraus, stammelte nur hin und wieder, dass sie ihren Mann aufrichtig geliebt habe.

Der Ankläger verlor bald die Geduld mit ihr. „Nehmen Sie sich gefälligst zusammen, gnädige Frau. Wir befinden uns in einem Gerichtssaal und nicht auf dem Begräbnis Ihres geliebten Gatten“, schrie er sie an.

Adas Anwalt erhob nicht zum ersten Mal Einspruch. Dem Einspruch wurde vom Richter stattgegeben.

Unter heftigem Schluchzen verwehrte sich Ada weiter gegen die Anschuldigungen des Staatsanwaltes. Sie bestritt sogar, dass ihr Mann sie geschlagen hatte, und beteuerte erneut, dass sie ihn über alles geliebt habe.

Gustav war verblüfft angesichts ihrer Schauspielkunst. Andererseits war Ada eben eine leicht erregbare Frau. Wahrscheinlich waren ihre Tränen sogar echt. Selbst der Richter zeigte Mitleid mit dieser schwachen Frau. Er ermahnte den Staatsanwalt hin und wieder, sich eines weniger aggressiven Tons zu befleißigen.

Als ein Gerichtsdiener den Saal betrat und dem Saaldiener ein Kuvert überreichte, bekam Gustav Magenschmerzen. Er vermutete, dass es sich bei dem Briefchen um eine Abschrift des Geständnisses von Lieselotte von Schönfelds handelte. Das Original befand sich, leicht zerknüllt, in seiner Hosentasche.

Der Richter öffnete das Kuvert, las die Nachricht, befahl den Staatsanwalt und Adas Verteidiger zu sich und verkündete nach einem kurzen leisen Wortwechsel, dass die Verhandlung unterbrochen, das Hohe Gericht sich zurückziehen werde.

Ada von Dalheim durfte den Zeugenstand verlassen. Ein Wachmann führte sie zurück zur Anklagebank. Er musste sie stützen. Ihre Beine schienen sie kaum mehr zu tragen.

Das bange Warten dauerte nicht lange. Nach wenigen Minuten kehrten die Herren in den schwarzen Talaren in den Gerichtssaal zurück. Der Richter rief eine neue Zeugin auf.

Gustav erschrak, als Maria, Frau von Schönfelds Haushälterin, den Saal betrat und geradewegs auf den Zeugenstand zuging. Er beobachtete Ada, die von Marias Auftritt ebenso überrascht schien wie er.

Der wütende Staatsanwalt nahm die Haushälterin ins Kreuzverhör.

Maria sah dem furchterregenden Mann direkt ins Gesicht, als sie sagte, dass sich Ada von Dalheim an jenem Tag, als ihr Mann starb, zur fraglichen Zeit im Haus ihrer todkranken Mutter aufgehalten hätte. Auf die Frage, warum sie das nicht der Polizei erzählt hätte, antwortete sie: „Mich hat ja niemand gefragt."

„Und warum haben Sie sich jetzt entschlossen, uns diese wichtige Nachricht mitzuteilen?", fauchte sie der Staatsanwalt mit hochrotem Kopf an.

„Weil ich erst heute in der Zeitung gelesen habe, um welche Uhrzeit Herr von Dalheim verschieden ist. Und da habe ich mich eben daran erinnert, dass die gnädige Frau an jenem Nachmittag bei uns war. Ich habe ihr einen Kaffee und ihre geliebten Powidldatschgerln kredenzt. Sie hat keinen Bissen hinuntergekriegt, weil ihre Frau Mama so schlecht beisammen war ... "

„Das genügt uns!", stoppte der ehrwürdige Richter ihren Redefluss. „Frau von Schönfeld und ihr Butler, ein Engländer namens Charles Brown, bestätigen die Anwesenheit von Frau Ada von Dalheim im Hause Schönfeld zur fraglichen Zeit schriftlich", sagte er. Dann wandte er sich an den Staatsanwalt: „Bestehen Sie darauf, diesen Engländer und die todkranke alte Dame als Zeugen vorzuladen?"

Der junge Staatsanwalt tat Gustav beinahe leid. Seine Gesichtsfarbe wechselte von Rot auf Weiß.

„Ich verzichte", zischte er und begab sich auf seinen Platz.

Gustav, der in seiner Nähe saß, hörte ihn leise fluchen: „Verdammte treue Dienstboten."

Warum hat sich Lieselotte von Schönfeld diese Geschichte nicht früher einfallen lassen, fragte sich Gustav. Bei ihrer Einvernahme hatte Ada, laut Rudi, kein ordentliches Alibi für die Tatzeit vorweisen können. Angeblich war sie allein spazieren gewesen.

Der Staatsanwalt dürfte den gleichen Gedankengang gehabt haben, denn er verlangte, Ada von Dalheim noch einmal in den Zeugenstand zu rufen. Gereizt kam der Richter seiner Forderung nach.

Ada hatte sich mittlerweile ein bisschen beruhigt. Auf die Frage, warum sie den Besuch bei ihrer Mutter nicht erwähnt hatte, stammelte sie, dass sie, nachdem sie ihren Mann tot aufgefunden hatte, völlig außer sich war: „Ich hatte einen Nervenzusammenbruch, war eine Zeitlang ohnmächtig. Unser Dienstmädchen hatte ihren freien Nachmittag. Sie fand mich zu Füßen meines verstorbenen Gatten liegend ... aber das habe ich alles der Polizei ... Später konnte ich mich an nichts mehr erinnern, die Ereignisse der vergangenen Tage waren hinter einem dichten Nebelschleier verborgen ..." Sie begann wieder zu weinen. „Außerdem besuche ich meine kranke Mutter täglich. Ich wusste nicht mehr, von wann bis wann ich an jenem Tag bei ihr war", schluchzte sie.

Der Richter hatte Ada schlussendlich von der Mordanklage freigesprochen und auf Tod durch Herzlähmung entschieden. Als er das Urteil verkündete, schwor sich

Gustav, nie mehr in seinem Leben eine Liaison mit einer verheirateten Frau einzugehen.

Wilhelm von Landau bemühte sich hingebungsvoll um die völlig aufgelöste Witwe. Angesichts des Schmierentheaters, das Ada und ihr Galan im Gerichtssaal aufführten, wurde Gustav fast übel. Er ekelte sich auch vor sich selbst und seiner Rolle in diesem Drama.

Nichts gegen Notlügen, manchmal waren sie unablässig, um andere zu schützen, und er hatte nun einmal Lieselotte von Schönfeld auf ihrem Sterbebett versprochen, sie und Ada zu beschützen – versuchte er sein unehrenhaftes Verhalten vor sich selbst zu entschuldigen.

Angesichts all der unbezahlten Rechnungen, die letztens ins Café Schwarzenberg hereingeflattert waren, ärgerte Gustav sich, das großzügige Angebot von Frau von Schönfeld, die Hälfte ihres Vermögens einzustreifen, wenn Ada nicht verurteilt werden würde, nicht angenommen zu haben. Andererseits war er auch ein bisschen stolz auf sich, weil er sich nicht bestechen hatte lassen. Stolz ist eine Tochter der Dummheit, fiel ihm einer von Veras Sprüchen ein. Und prompt fühlte er sich wie ein Vollidiot, als er auf den Ausgang des Gerichtssaals zusteuerte.

Er verabschiedete sich nicht von seiner früheren Geliebten und dem Oberstabsarzt. Bildete er sich nur ein, dass ihm Wilhelm von Landau einen verzweifelten Blick zuwarf, als er an ihnen vorbeiging?

Tja, der Herr Doktor hatte die liebeshungrige Ada nun am Hals und würde sich vorsehen müssen, nicht bald im Hafen der Ehe zu landen. Obwohl Ada nicht die schlechteste Partie war. Zwar hatte ihr verstorbener Gatte viele Schulden hinterlassen, aber das Schönfeld-Vermögen würde ihr ja in baldiger Zukunft zur Gänze in den Schoß fallen.

Gustav, Dorothea und Rudi verließen gemeinsam den imposanten Justizpalast, gingen schnurstracks hinüber zu den k. k. Hofstallungen, um Vera von dem glimpflich verlaufenen Prozess zu berichten.

„Kriegst du jetzt noch mehr Probleme, weil du Adas Mutter und ihre Dienstboten nicht einvernommen hast?“, fragte Gustav seinen Freund.

„Selbstverständlich habe ich mit Frau von Schönfeld gesprochen. Damals war keine Rede davon, dass Ada an jenem Tag ihr Händchen gehalten hätte. Sie hat den Besuch ihrer Tochter an jenem verhängnisvollen Nachmittag mit keinem Wort erwähnt. Allerdings habe ich ihr nicht auf die Nase gebunden, für welche Uhrzeit Ada ein Alibi gebraucht hätte.“

Chapeau, Lieselotte, das war ein toller Schachzug, dachte Gustav. Anscheinend hatte ihm die alte Dame nicht über den Weg getraut und sich buchstäblich in letzter Minute noch eine bessere Problemlösung einfallen lassen. Mathematikerinnen waren eben hochintelligente Frauen.

Dorothea schritt mit finsterer Miene neben den beiden Männern her. Gustav überließ sie ihren düsteren Gedanken und hörte Rudi zu, der sich über die Niederlage des Staatsanwalts freute. „Diesen Advokaten geht es doch nur um Sieg oder Niederlage“, lästerte er.

„Lieselotte ist tot. Ich habe gerade ein Telegramm von ihrem englischen Butler bekommen. Sie muss während des Prozesses gestorben sein“, sagte Vera, anstatt zu fragen, wie das Gerichtsverfahren ausgegangen war.

„Gott sei ihrer armen Seele gnädig“, nuschelte Josefa und hielt Gustav das Telegramm hin.

„Ihre arme Seele wird keinen Frieden finden“, sagte Dorothea. „Sie ist gestorben, ohne zu wissen, was mit ihrer Tochter passieren wird.“ Sie sagte es nicht zynisch, dennoch bildete sich Gustav ein, dass ihren Worten eine gewisse Genugtuung zu entnehmen war.

38. Schockierende Nachrichten

Gustav hatte seit seinem missglückten Rendezvous im Hotel Imperial nichts mehr von Emma gehört. Die peinliche Geschichte wurmte ihn nach wie vor. Er musste mit ihr reden, wollte endlich Gewissheit haben. Wer war diese geheimnisvolle, widersprüchliche Frau? Was hatte sie von ihm gewollt?

An einem kalten, sonnigen Novembertag spazierte er zur Ringstraße hinunter. Als er an der Baustelle der Neuen Burg vorbeischlenderte, überkam ihn ein heftiger Hustenanfall. All der Staub und Dreck in der Luft machte seiner Lunge schwer zu schaffen. Er lehnte sich an eine Gaslaterne, spuckte mehrmals in sein Taschentuch.

Erinnerungen an den in Zement gegossenen Edi tauchten auf, und seine Spucke vermischte sich mit Tränen.

Als er die neugierigen Blicke anderer Passanten wahrnahm, riss er sich zusammen, ging hustend weiter.

Das gigantische Bauwerk war in den letzten Monaten rapide in die Höhe geschossen. Das hatte er auch von seinen Fenstern aus beobachtet. Gustav bezweifelte, dass ihm dieser Prunkbau nach seiner Fertigstellung gefallen würde. Es geht nur um die Demonstration von Macht und Stärke, dachte er.

Im Hotel Imperial teilte man ihm mit, dass Emma von Zoloto und ihre Begleiterin überstürzt abgereist seien und ihre Rechnung noch offen sei. Der Rezeptionist fragte ihn, ob er sie bezahlen würde. Empört beteuerte er, mit diesen Damen nur flüchtig bekannt gewesen zu sein.

Leider hatte der Page, der ihn damals zu Emmas Zimmer gebracht hatte, heute wieder Dienst. Er trieb sich neben der Rezeption herum und grinste Gustav frech ins Gesicht.

Demonstrativ kramte Gustav in seiner Hosentasche und klimperte mit ein paar Münzen. Der Page schien den Wink zu verstehen, verzog sich Richtung Eingang. Als Gustav das Hotel verließ, drückte er dem Burschen zwei Kronen in die vorgestreckte Hand.

Emma war also nicht nur eine notorische Lügnerin, sondern auch eine abgefeimte Betrügerin! Bestürzt eilte er ins gegenüberliegende Café Schwarzenberg, sah seine Post durch und stärkte sich mit einem Kapuziner.

Plötzlich streifte ihn ein kalter Lufthauch. Ein elegant gekleideter Herr kam durch die Drehtür.

Der große, hagere Deutsche hatte ihn ebenfalls gesehen und machte sogleich kehrt.

Gustav sprang auf und lief ihm nach: „Herr Neumann? Bitte warten Sie, ich möchte Sie etwas fragen."

„Ah, Herr von K...?"

„Karoly", sagte Gustav. „Ich freue mich, Sie wiederzusehen. Vielleicht können Sie mir helfen. Ich habe unsere gemeinsame Freundin, Emma von Zoloto, in ihrem Hotel aufsuchen wollen, aber man hat mir mitgeteilt, dass sie spurlos verschwunden sei – übrigens ohne die Rechnung zu bezahlen."

Nach unmerklichem Zögern beeilte sich Herr Neumann, ihm zu versichern, dass er die Rechnung im Hotel Imperial begleichen werde. „Sie musste dringend abreisen ... wegen einer familiären Angelegenheit."

Gustav war nicht gewillt, sich für dumm verkaufen zu lassen. Er packte Herrn Neumann am Revers seines

Mantels und herrschte ihn an: „Wo ist sie? Ich kann die Polizei holen, wenn Ihnen das lieber ist."

„Ach kommen Sie, Herr von K..."

„Karoly."

„Sie werden doch keine große Sache aus diesem kleinen Malheur machen wollen."

„Wenn Sie mir verraten, wo ich sie finden kann, vergesse ich dieses kleine Malheur."

Herr Neumann zögerte, sah sich kurz um. Flucht war nicht möglich, zu viele Leute flanierten über den Ringstraßencorso. „Sie wohnt jetzt im Hotel Erzherzog Johann in der Burggasse. Ich versichere Ihnen, dass sie nicht begeistert sein wird, Sie zu sehen."

„Lassen Sie das meine Sorge sein. Wenn Sie mir nicht die Wahrheit gesagt haben, wird mein Freund Polizei-Oberkommissär Kasper Sie und Emma finden, das garantiere ich Ihnen." Bildete er sich nur ein, dass ein zynisches Grinsen auf den schmalen Lippen seines Gegenübers erschien?

„Habe die Ehre!" Herr Neumann lüftete seinen Hut und schritt von dannen.

Gustav fragte sich, ob es ein Fehler war, den Mann einfach gehen zu lassen. Womöglich hatte er ihn belogen und Emma wohnte gar nicht im Erzherzog Johann?

Würde Rudi es schaffen, Herrn Neumann und Emma von Zoloto ausfindig zu machen? Die Reichshaupt- und Residenzstadt platzte aus allen Nähten. Tausende Zuwanderer aus den armen Kronländern suchten Zuflucht in Wien. Wenn es mit der Migration so weiterging, würde die Kaiserstadt bald zwei Millionen Einwohner haben.

Gustav spazierte zu Fuß zum Hotel Erzherzog Johann in der Burggasse.

Dem Portier war kein Gast namens Emma von Zoloto bekannt. „Verdammte Sch...". Gustav verfluchte seine Gutgläubigkeit.

Sicherheitshalber, falls sie unter einem anderen Namen abgestiegen war, beschrieb er dem Portier haargenau Emmas Aussehen und schob ein paar Münzen über die Empfangstheke.

„Oh, Euer Gnaden meinen das sympathische deutsche Fräulein, das so furchtbares Pech in Wien gehabt hat? Nein, sie wohnt nicht bei uns. Sie ist ums Eck, in der Pension Wunderlich in der Breite Gasse abgestiegen. Die junge Dame scheint in Nöten zu sein. Ja, sie hat bei uns nach einem Zimmer gefragt, aber es war ihr zu teuer. Bei uns zahlt man für eine Nacht im Voraus. Die Kleine hatte nicht mehr genügend Geld, ist ausgeraubt worden, müssen Sie wissen. Ich habe ihr die billige Unterkunft in der Breite Gasse empfohlen, dort kann man anschreiben lassen. Gut, dass Sie kommen und das Fräulein von dort wegbringen. Das ist kein passender Ort für nette Mamsells."

Die Redseligkeit des Portiers ging Gustav auf die Nerven, andererseits war er dem Kerl dankbar für seine Auskünfte. ‚Furchtbares Pech in Wien gehabt ... ausgeraubt worden ...' Er fragte sich, welch verrückte Geschichte Emma dem Mann aufgetischt hatte.

Als er in die Breite Gasse hinüberging, kam ihm der Gedanke, dass sie womöglich wegen ihm in die Nähe der k. k. Hofstallungen gezogen war. Er verwarf diesen Gedanken sogleich wieder.

In der Pension Wunderlich gab es anscheinend nicht einmal einen Portier. Zumindest war die Portiersloge unbesetzt. „Hallo, ist da jemand?", rief er.

Ein altes unrasiertes Männlein, das offensichtlich in einer Kammer hinter der Rezeption ein Nickerchen gehalten hatte, kam dahergeschlurft. Seine Hosenträger hingen auf den klapprigen Hüften, sein zerknittertes Hemd war ziemlich schmutzig.

Gustav nahm an, dass Emma diesem verwahrlosten Kerl nicht ihren richtigen Namen genannt hatte. Deshalb fragte er, ob hier vor kurzem ein hübsches Fräulein abgestiegen sei.

„Zimmer sieben im zweiten Stock."

„Danke, ich finde den Weg alleine."

Gustav eilte die abgetretene Holztreppe hinauf. Der Gestank von Schweiß und Alkohol stieg ihm in die Nase. Was für eine armselige Behausung! Wie konnte Emma bloß hier wohnen? Und wo war Carmen? Er traute der Spanierin nicht zu, in dieser erbärmlichen Absteige zu logieren. Emma allerdings traute er mittlerweile fast alles zu.

„Da ist schon einer oben", rief ihm der Alte nach. Entweder hörte Gustav ihn nicht oder es war ihm egal. Er musste Emma unbedingt sprechen. Ohne anzuklopfen, riss er die Tür von Zimmer sieben auf.

Das Erste, was er zu Gesicht bekam, war Rudis knackiger, nackter Hintern. „Oh nein!", schrie Gustav.

Der Polizei-Oberkommissär drehte sich blitzschnell um, zog hastig seine Hose hoch.

Gustav starrte nun auf Emmas nackten Po und ihre bestrumpften Beine.

Sie wandte sich nach ihm um. „Schau nicht so entgeistert", sagte sie lachend.

Am liebsten hätte Gustav ihr eine Ohrfeige verpasst. Doch selbstverständlich schlug er keine Frauen.

Rudi war weniger galant, er gab Emma einen Klaps auf den Po: „Zieh dich an. Der Spaß ist vorbei."

Sein Gesichtsausdruck sprach Bände. Gustav hatte seinen Jugendfreund noch nie so schuldbewusst gesehen.

Er machte kehrt, wollte diesen Puff sofort verlassen.

„Du bleibst da. Ich muss mit dir reden!“ Rudi streifte seine Hosenträger über die Schultern und sah seinen besten Freund eindringlich an.

„Da gibt es nichts mehr zu sagen.“

„Oh doch. Wir drei werden uns jetzt miteinander unterhalten. Das hatte ich eigentlich von Anfang an vor. Ich wollte mit dieser jungen Dame ein ernstes Wort reden, aber die kleine Hexe hat mich nicht zu Wort kommen lassen.“

„Du Armer!“

„Spiel nicht den eifersüchtigen Liebhaber, diese Frau ist es nicht wert. – Und du, zieh dich endlich an, du Schlampe“, herrschte der Polizei-Oberkommissär die halbnackte Emma an. „Unsere Freundin ist ein Miststück. Ich habe sie schwer in Verdacht, an dem Attentat beim Michaelertor beteiligt gewesen zu sein. Nicht wahr, meine Süße?“

„Sie besitzen zu viel Phantasie, Herr Oberkommissär“, antwortete Emma, während sie in ihr Kleid schlüpfte.

„Auf jeden Fall ist sie eine Betrügerin“, sagte Gustav. „Sie hat ihre Rechnung im Hotel Imperial nicht bezahlt.“

„Ich bezahle prinzipiell nicht für Kost und Logis. Warum sollte ich diesen Kapitalistenschweinen zu noch mehr Reichtum verhelfen? Das würde meiner Gesinnung vehement widersprechen.“

„Kapierst du, was sie damit sagen will? Sie ist eine Anarchistin!“

„Phantasieren Sie nur weiter, Herr Oberkommissär. Ich hätte der österreichischen Polizei niemals so viel Phantasie zugetraut“, sagte Emma lachend.

Gustav, der ihr Lachen an sich mochte, hasste sie in diesem Moment dafür und beeilte sich, das schmuddelige Zimmer zu verlassen. Er war so wütend, dass er seinen besten Freund, der ihm folgte, am liebsten die steile Treppe hinuntergestoßen hätte.

39. Die Anarchie der Vorstadt

Als sie die Breite Gasse hinunterliefen, waren sie beide ziemlich erregt.

„Lass uns irgendwohin gehen, wo wir reden können", schlug Rudi vor.

„Mir wäre es recht, wenn du mich in Ruhe ließest."

„Hör endlich auf zu spinnen. Diese Deutsche bringt jedem Mann nur Verderben."

Dann hielt er ihm einen Vortrag über seine Naivität und Gutgläubigkeit, der von Vera hätte stammen können. Gustav, weiterhin sauer auf seinen besten Freund, zog es vor zu schweigen.

Ehe er sich versah, saß er aber neben ihm in einem Fiaker und fuhr hinaus nach Neulerchenfeld. Er starrte beim Fenster hinaus auf das graue Häusermeer, das vom Nebel gnädig umhüllt wurde.

Bald ließen sie die Elendsquartiere am Lerchenfelder Gürtel hinter sich, bogen ab in eine noch ödere Straße. Hässliche Zinskasernen, rauchende Schlote, ein paar Branntweiner, schmutzige Verkaufsläden, vor denen schlampige Weiber Schlange standen. Die Straßen waren bevölkert mit Einwanderern, Arbeitslosen, Dienstboten, Kriminellen und Prostituierten. Dazwischen tollten verkrätzte Kinder mit Kartoffelbäuchen und Wasserschädeln wie Äffchen herum.

„Wo willst du hier ein ordentliches Wirtshaus finden?", fragte Gustav.

„Wart's ab."

„Hier riecht es nach Tod und Verwesung. In dieser Gegend scheint kaum die Sonne. Schau dir all die rachitischen kleinen Monster an. Sie werden demnächst an Tuberkulose sterben, die Männer am Suff und die Frauen in den ständigen Wochenbetten."

„Hör auf zu lamentieren. Wir sind da."

In einer lauten, stark bevölkerten Straße befahl Rudi dem Fiaker anzuhalten.

„Ein Wirtshaus neben dem anderen." Rudi deutete auf die niedrigen Vorstadthäuser, die sich zwischen Fabriken und Zinskasernen duckten. Aus den meisten Gasthäusern drang laute Musik auf die Straße.

Gustav riskierte einen Blick in eine qualmige Gaststube, die voll zechender und grölender Menschen war. „Lass uns lieber woanders hingehen. Da drinnen kann man kaum sein eigenes Wort verstehen."

„Wie wär's mit dem Wirtshaus Zur blauen Flasche in der Neulerchenfelder Straße? Die Küche soll nicht schlecht sein. Wie ich dich kenne, hast du noch nichts gegessen."

Gustav murmelte irgendetwas. Rudi betrachtete sein Gemurmel als Einverständnis.

Sie mieden die laute breite Straße, gingen durch kleine Gassen zurück nach Neulerchenfeld. Es begann zu schneien.

„Der erste Schnee!" Rudi klang erfreut.

„Der hat mir gerade noch gefehlt." Gustav stellte den Kragen seines Mantels hoch. Anstatt Schneeflocken spürte er Ruß auf seinem Gesicht.

Graue Mietskasernen ragten links und rechts der Gasse in den dunklen Himmel. Der Schnee auf den Dächern wurde in Windeseile schwarz. Sie begegneten einigen ärmlich gekleideten, frierenden Gestalten, die mit hängenden Köpfen und gebeugten Schultern vor sich hin stapften.

„Wann sind wir endlich da? Mir ist kalt", jammerte Gustav.

„Lass uns da drinnen ein bisschen aufwärmen."

In der niedrigen, überheizten Gastwirtschaft fielen Gustav sofort die früh gealterten, in bunte Fetzen gekleideten Frauen auf, die an der Theke herumlungerten. Ihre Gesichter waren gerötet, die Wangen aufgedunsen, die Augen trüb. An den Tischen hockten magere, rauchende Männer, die wie Greise aussahen, aber bestimmt noch keine vierzig Jahre alt waren.

Er bemerkte die Angst in den verhärmten Vorstadtgesichtern. Die Leute schienen zu spüren, dass ein Polizeibeamter das Lokal betreten hatte. „Die können Leute wie dich förmlich riechen", flüsterte er Rudi ins Ohr.

Devot wurden sie von dem kleingewachsenen Wirt begrüßt. Mit linkischen Gebärden führte er sie an einen Tisch beim Ofen. Die drei Männer, die dort saßen, sprangen auf und machten ihnen Platz.

„Wir trinken ein Seidl und dann nichts wie weg", sagte Gustav.

Der Polizei-Oberkommissär befahl dem Wirt, der um sie herumschwänzelte, sie allein zu lassen, und widmete nun seine ganze Aufmerksamkeit seinem immer noch gekränkten Freund.

„Versteh mich nicht falsch, ich habe keine Beweise, dass Emma an dem Attentat beteiligt war. Habe das einfach so dahergesagt. Diese Frau ist mir nicht geheuer. Ich habe noch nie so eine verrückte Nudel getroffen. Sie ist libertär und vor allem promiskuitiv, hält absolut nichts von Ehe und Treue ... Glaub mir, ich hatte echt Skrupel, mich mit ihr einzulassen, weil ich ja weiß, dass du auf sie stehst. Sie hat mich schlicht und einfach verführt."

„Mein Mitgefühl hält sich in Grenzen!"

„Sie hat mir erzählt, dass sie ohne Vater aufgewachsen ist. Ihre Mutter war angeblich ebenfalls eine sehr freizügige Person."

Sogleich musste Gustav an seine eigene Mutter denken, die mit Graf Batheny ein schlampertes Verhältnis eingegangen war. Er bemühte sich redlich, Emma nicht zu verurteilen, aber es fiel ihm schwer, das vorgetäuschte Mitgefühl tatsächlich zu empfinden. Dennoch war er nach wie vor fasziniert von dieser Frau.

Sie bestellten noch zwei Seidl.

„Die Lebensgeschichte, die Emma dir aufgetischt hat, war frei erfunden", sagte Rudi. „Ich habe meine Leute Nachforschungen anstellen lassen. Sie ist weder eine von Zoloto noch war ihre Mutter Schauspielerin. Die Frau hat in einem Varieté in Wiesbaden halbnackt getanzt und die Gäste nicht nur zum Trinken animiert. Als sie mit Emma schwanger wurde, hat sie ihre Arbeit verloren und ist auf der Straße gelandet, hat sich und ihre kleine Tochter mit dem horizontalen Gewerbe über Wasser gehalten."

„Wie bitte?"

„Ja, ich denke, diese Version stimmt. Ob Emmas Vater ein russischer Baron, ein italienischer Zuhälter oder ein braver deutscher Soldat war, weiß kein Mensch. Ihre Mutter hat ihr angeblich, wenn sie betrunken war – und das war sie, laut Emma, meistens –, immer wieder eine andere Geschichte über ihren Erzeuger erzählt. Wahrscheinlich wusste sie selbst nicht, wer sie geschwängert hatte."

„Und du glaubst ihr das? Wer von uns beiden ist naiv? Diese Frau lügt doch, wenn sie den Mund aufmacht. Ich nehme an, sie wollte nur dein Mitleid erregen."

„Möglich, aber als ich sie mit den Ergebnissen meiner Nachforschungen konfrontiert habe, ist sie ziemlich kleinlaut geworden. Vor allem, als ich ihr gesagt habe, dass ich erfahren habe, dass sie in Deutschland wegen Unterstützung gewalttätiger Aufstände gesucht wird. Mit einundzwanzig hat sie bereits in Frankfurt eine einjährige Gefängnisstrafe wegen Anstiftung zum Aufruhr verbüßt."

Gustav starrte seinen Freund fassungslos an.

„Ja, da staunst du. Ich gebe zu, auch ich war total perplex, als ich ihren Akt, den mir ein Kollege aus Frankfurt geschickt hat, gelesen habe. Und deshalb habe ich sie mir persönlich vorgeknöpft."

„Nur deshalb?"

„Hast du etwa gedacht, ich wollte von Anfang an mit ihr ins Bett? Nein, ich habe sie nur vernehmen wollen. Zu Beginn hat es auch geklappt. Sie hat eingesehen, dass es keinen Sinn mehr hatte, mich weiter anzulügen, doch dann ist plötzlich alles aus dem Ruder gelaufen. Sie hat die Knöpfe ihrer Bluse geöffnet ..."

„Verschone mich mit Details. Erzähl mir lieber, was sie sonst noch alles zu ihrer Verteidigung vorgebracht hat."

„Tja, sie scheint es nicht leicht gehabt zu haben. Mit vierzehn hat sie die Leiche ihrer Mutter identifizieren müssen. Mittlerweile hatten die beiden in Frankfurt gelebt. Man hat ihre erwürgte Mutter aus dem Main gefischt. Emma hat sich nach dem Tod ihrer Mutter, laut ihrer eigenen Aussage, als Taschendiebin durchgeschlagen. Zum Glück hat sie bei ihren Streifzügen durch die Stadt am Main bald einen beträchtlich älteren Mann kennengelernt, der weniger an ihrem kindlichen Körper als an ihren kriminellen Fähigkeiten und ihrer Intelligenz interessiert war. Er hat sie zu sich genommen, wie eine Tochter behandelt und ihr alles beigebracht, was man als höhere Tochter wissen und können muss, und nicht nur das."

„Was willst du damit andeuten?"

„Es könnte sein, dass ihr Lehrmeister nicht nur ein Krimineller war, sondern auch ein Anarchist."

Herr Neumann? Könnte er der Kopf dieser Terroristengruppe sein? Gustav sprach diesen Gedanken nicht laut aus. Wie ein Anarchist sah dieser Herr nicht aus, dachte er. Andererseits hatte er keine Ahnung, wie Anarchisten aussahen.

„Du glaubst also im Ernst, dass sie für das Attentat mitverantwortlich war?"

„Nicht wirklich, aber vielleicht kennt sie die Täter. Einen Bombenanschlag traue ich keiner Frau zu."

Wenn du dich da nur nicht irrst, dachte Gustav.

„Übrigens sind wir irgendwann auf die Ermordung Ihrer Majestät Kaiserin Elisabeth zu sprechen gekommen, und Emma hat gemeint, dass Luigi Lucheni sicherlich keinerlei Berechtigung und auch keinen Auftrag von der internationalen anarchistischen Bewegung gehabt hätte, diese harmlose, unglückliche Frau umzubringen."

„Hat sie das wörtlich so gesagt?"

„Ja. Sie hat beteuert, dass solch sinnlose Taten nicht Aufgabe der Anarchisten seien. Und jetzt kommt's! Sie hat auf Seine Majestät Kaiser Franz Joseph geschimpft, behauptet, dass er seine Frau unglücklich gemacht habe und auf dem besten Wege sei, sein Reich zu zerstören, weil er die Ungarn und auch alle anderen Völker der Monarchie unterdrücken würde. ‚Wenn dieser verrückte Italiener also euren Kaiser umgebracht hätte, würde ich diese Tat gutheißen', hat sie gemeint. Allein wegen dieser Majestätsbeleidigung hätte ich sie festnehmen müssen. Es kam, wie gesagt, alles ganz anders ..."

40. Die Aussprache

Gustav hatte den Glauben an das Gute im Menschen durch die jahrelange Beschäftigung mit den dunklen Seiten seiner Mitbürger fast verloren. Verglichen mit Rudi war er aber nach wie vor ein wahrer Menschenfreund.

Am nächsten Vormittag passte er Emma vor der Pension Wunderlich ab. Der Verdacht, dass sie nicht nur bei dem Attentat, sondern auch bei der Ermordung Edis ihre Finger mit im Spiel gehabt hatte, machte ihm schwer zu schaffen. Vor allem, seit er heute Früh die Nachricht von seinem Vater gelesen hatte.

Graf Batheny hatte sich bei seinen deutschen Freimaurerbrüdern nach einem Herrn Neumann erkundigt und war fündig geworden. Ein Mann dieses Namens und auf den die Beschreibung passte, war vor vielen Jahren wegen unehrenhaften Verhaltens und Zugehörigkeit zu einer radikalen politischen Organisation aus einer Frankfurter Loge ausgeschlossen worden. Danach war er untergetaucht.

Für Gustav stand nun fest, dass Herr Neumann derjenige war, der Emma aus der Gosse geholt hatte. Und höchstwahrscheinlich war er auch der Kopf einer anarchistischen Gruppe, der sie angehörte.

Gereizt schritt Gustav bereits um zehn Uhr früh die Breite Gasse auf und ab. Eine alte Frau saß strickend am Fenster des kleinsten Hauses von Wien an der Ecke zur Burggasse. Jedes Mal, wenn er an ihr vorbeispazierte, blickte sie ängstlich von ihrem Strickzeug auf.

Als Emma gegen elf Uhr endlich im Haustor der Pension auftauchte, adrett gekleidet und mit einem blauen Regenschirm bewaffnet, stellte er sich ihr in den Weg und verlangte eine Aussprache.

„Ich habe keine Zeit, bin spät dran.“

„Ich kann dich auch zur Polizeidirektion begleiten, wenn dir das lieber ist."

„Du hast keine Berechtigung mich festzunehmen, du bist nur ein Privatdetektiv."

„Ich könnte einen Wachmann herbeirufen und ihm mitteilen, dass du in das Attentat beim Michaelertor verwickelt warst. Ich denke, das würde genügen."

„Offensichtlich hast du vergessen, dass ich eines der Opfer des Terroranschlags war."

„Ist dir im Hotel Imperial der Boden zu heiß geworden? Oder warum bist du umgezogen?"

„Die Suite war auf die Dauer zu teuer."

„Du hast sie doch ohnehin nicht bezahlt, obwohl ihr bei dem Bankraub ein Vermögen erbeutet habt."

„Hast du noch immer nicht begriffen, dass ich weder mit dem Attentat noch mit dem Überfall auf die Bank etwas zu tun gehabt habe? Als die Bank ausgeraubt worden ist, bin ich mit Carmen im Café Imperial gesessen. Das können alle Kellner und der Rezeptionist bezeugen."

„Ein Kassier hat dranglauben müssen. Tangiert dich das gar nicht?"

„Ich habe in der Zeitung gelesen, dass die Bank von jugendlichen Verbrechern überfallen worden ist."

„Im Auftrag einer anarchistischen Gruppe."

„Behauptest du. Soviel ich weiß, bringen Anarchisten keine unschuldigen Leute um. Andererseits ist man selbst verantwortlich dafür, wenn man in solch einem scheißkapitalistischen Betrieb wie einer Bank arbeitet. Mein Mitleid hält sich also in Grenzen."

„Und was war mit dem Kutscher? Habe ich dich womöglich erst auf die Idee gebracht, Edi im feuchten Zement zu ersticken, als du damals beim Parlament auf dem frisch betonierten Brunnenrand herumgeklettert bist und ich Angst um dich hatte?"

„Du bist total verrückt! Warum hätte ich diesen netten Mann beseitigen sollen? Er hat mir das Leben gerettet."

Wieder eine Lüge. Im Gegensatz zu vielen anderen, ließ er ihr diese Lüge nicht durchgehen: „Edi hat dir nicht das Leben gerettet. Du hast ihn in diese gottverdammte Geschichte mithineingezogen, als du dich in seinen Wagen geflüchtet hast."

„Du irrst. Mein Rocksaum hatte Feuer gefangen. Er hat verhindert, dass ich bei lebendigem Leib verbrenne, und mich dann in sein Gefährt geschleppt. Warum hätte ich diesen tapferen Mann umbringen sollen?"

„Weil er ein lästiger Zeuge war, gesehen hat, wie du die Bombe geworfen hast."

„Merkst du nicht, wie absurd deine Beschuldigungen sind? Ich hatte nach der ersten Explosion einen Pferdeschädel auf meinem Schoß und war ohnmächtig. Seit wann können Ohnmächtige Bomben werfen?"

Dieses Argument konnte er beim besten Willen nicht entkräften. Doch dann sah er die Szene auf einmal deutlich vor seinem inneren Auge. „Du hast nicht die zweite Bombe geworfen, sondern die erste. Sie hat die Kutsche verfehlt, nur die Pferde getötet. Die zweite Dose mit dem Dynamit hat einer deiner Komplizen auf den Wagen geschleudert. Er hat genauer gezielt als du ..." Gustav sprach so laut, dass sich ein Passant auf der anderen Straßenseite nach ihnen umdrehte.

„Glaub, was du willst! "

„Keiner außer dir hatte ein Motiv, Edi zu beseitigen." So schnell gab er nicht auf. Edis Tod machte ihm viel mehr zu schaffen als alle anderen Morde.

„Ich habe deinen Edi nicht einzementiert. Und das ist die reine Wahrheit. Glaub mir wenigstens dieses eine Mal!" Sie streichelte seinen Unterarm, sah treuherzig zu ihm auf.

Fast hätte sie ihn überzeugt. Doch mittlerweile wusste er, sie war eine exzellente Schauspielerin. Er bestürmte sie weiter mit Fragen zu Edis Tod.

Sie bestritt hartnäckig, Schuld an seinem Tod zu sein, meinte, dass wohl die österreichische Geheimpolizei hinter diesem Mord stecken würde. „Anarchisten bringen keine armen Kutscher um!", beteuerte sie.

„Das wage ich zu bezweifeln. Ihr habt ja auch diesen Bankangestellten kaltblütig erschossen."

„Wie oft soll ich dir noch erklären, dass der Banküberfall nicht auf das Konto von Anarchisten ging, sondern von Wiener Kriminellen verübt wurde."

„In eurem Auftrag!"

„Ich sage es dir noch ein letztes Mal, Anarchisten bringen keine Unschuldigen um!"

„Und die Geheimen betonieren keinen Verdächtigen ein, sie verhaften und foltern ihn so lange, bis er alles gesteht, auch Verbrechen, die er nicht begangen hat."

„Vielleicht hat eure vortreffliche Staatspolizei die Ermordung ihres Hauptverdächtigen ja den Ungarn unterjubeln wollen? Die Rache der heißblütigen Magyaren? Hast du an diese Möglichkeit schon mal gedacht, Herr Detektiv?"

Gustav hatte daran gedacht, vor allem, nachdem Istvan von Serényi von dem Fall abgezogen und nach Hause beordert worden war.

„Eure Staatspolizei hat kein Interesse daran, den Anschlag auf den Budapester Polizeipräsidenten aufzuklären. Sie wollen ihren ungarischen Kollegen weismachen, dass ein nationalistisch gesinnter tschechischer Kutscher der Attentäter war und dass dieser Tscheche dann von ungarischen Nationalisten dafür bestraft wurde. Du wirst sehen, diese Version werden eure Zeitungen demnächst abdrucken."

„Das mag durchaus sein. In den Zeitungen steht viel Blödsinn."

„Es macht Spaß, mit einem so schlauen Mann wie dir zu diskutieren, aber ich muss dich leider verlassen, ich werde erwartet."

Erst jetzt bemerkte Gustav den Fiaker, der einige Meter unterhalb der Pension Wunderlich am Straßenrand stand.

„Adieu. Leb wohl, mein schöner Graf!"

Ein Mann streckte seine Hand aus der offenen Tür der Kutsche. Emma ergriff die Hand, ließ sich beim Einsteigen helfen.

Gustav hatte das Gesicht des Mannes nicht sehen können, war sich aber ziemlich sicher, dass es sich um Herrn Neumann handelte.

Der Fiaker entfernte sich Richtung Volkstheater, als er ihm hinterherzulaufen begann.

41. Im Theater an der Wien

Am selben Abend begegnete Gustav Emma von Zoloto im Theater an der Wien bei einer Aufführung der letzten Operette des kürzlich verstorbenen Johann Strauss, *Die Göttin der Vernunft*. Sie prominierte vor der Vorstellung am Arm von Herrn Neumann durch das Pausenfoyer und hatte für Gustav nur ein kurzes Nicken übrig.

Er wunderte sich über ihre Unverfrorenheit und Kaltblütigkeit. Sie wusste, dass zumindest Rudi und er sie verdächtigten, an dem Attentat auf den Budapester Polizeipräsidenten beteiligt gewesen zu sein, und ließ sich dennoch in der Öffentlichkeit blicken. Anscheinend war sie sich absolut sicher, dass man ihr nichts nachweisen konnte.

Marie Luise hatte ihren Halbbruder zum Abschied in ihre Loge eingeladen. Am nächsten Tag wollte sie, in Begleitung einer kürzlich verwitweten Cousine, mit dem Nachtzug nach Abbazia reisen und in diesem romantischen Ort an der Österreichischen Rivera mindestens drei Wochen, also bis kurz vor Weihnachten, bleiben.

Gustav bemühte sich, Emma und ihren Begleiter nicht aus den Augen zu verlieren.

Auf einmal ging ein Raunen durchs Foyer. Röcke raschelten, Säbel klirrten. Die Angehörigen der Armee standen Habt Acht. Die Damen knicksten ehrerbietig.

Erzherzog Otto war mit seiner Entourage eingetroffen. Leutselig winkte er den Theaterbesuchern zu und erwiderte so manchen Gruß mit einem freundlichen Nicken. Vor Gustav und Marie Luise blieb er sogar kurz stehen und küsste der Comtesse von Batheny die Hand. „Ihr entzückendes Antlitz, Marie Luiserl, lässt mein Herz schneller schlagen“, sagte er und zwinkerte ihr zu.

„Schreck, lass nach!“, stöhnte Marie Luise, kaum hatte sich der Erzherzog einer anderen Dame zugewandt.

„Verstehe ich dich richtig, seine Galanterie ist dir nicht genehm?“

„Nicht genehm? Den gleichen Satz sagt er zu jeder Comtesse. Er ist total verblödet. Ich finde ihn schlicht und einfach abscheulich. Seiner Frau, der frommen Maria Josefa aus Sachsen, macht er das Leben zur Hölle.“

Erzherzog Otto, genannt Bolla, der jüngere Bruder von Thronfolger Franz Ferdinand, war bekannt für seine Eskapaden. Wie viele Habsburger-Sprösslinge war er unglücklich verheiratet und sorgte mit seinen außerehelichen Beziehungen, seinen unehelichen Kindern und seinem ausschweifenden Lebenswandel für jede Menge Skandale. Während einer Orgie im Hotel Sacher, zum Beispiel, war er nackt, nur mit seinem Säbel und dem Orden des Goldenen Vlieses bekleidet, durch die Korridore getorkelt und prompt der Gattin des britischen Botschafters in die Arme gelaufen.

Der schöne Otto war der zweitälteste Sohn des verstorbenen Erzherzogs Karl Ludwig, dem Bruder von Kaiser Franz Joseph, und nach seinem Bruder Franz Ferdinand der zweite in der Thronfolge. Er war überaus gutaussehend, sehr herzlich und freundlich und ungemein beliebt bei Hofe und beim Volk. Dieser skandalumwitterte Müßiggänger bewohnte das Augartenpalais und hatte einen bemerkenswert großen Hofstaat zur Verfügung, während sich der Thronfolger mit dem weniger prunkvollen Palais Modena begnügen musste.

„Übrigens ist der Thronfolger krank vor Eifersucht, weil er befürchtet, dass Seine Majestät, der Kaiser, wegen Franz Ferdinands kaputter Lunge eine Neuregelung der Thronfolge erwägen könnte. Allerdings macht das Gerücht die Runde, dass sich der lebenslustige Bolla unlängst bei einem seiner Gspusis die Syphilis geholt hat. Was ihn natürlich als Thronfolger ausschließen würde."

„Oh mein Gott", seufzte Gustav, der vor nichts mehr Angst hatte als vor dieser tödlichen Krankheit. Zum ersten Mal war er froh, sich mit Emma nur auf harmlose Liebesspiele eingelassen zu haben. Wer weiß, was sie ihm alles angehängt hätte.

Als sie ihre Plätze einnahmen, erblickte er Emma wieder. Sie betrat gerade eine schräg gegenüberliegende Loge und winkte lächelnd herüber. Die Musik setzte ein und er musste sich beherrschen, sitzenzubleiben. Am liebsten hätte er Emma von ihrem Platz gezerrt und eigenhändig zur Polizeidirektion am Schottenring gebracht.

In dieser Operette ging es um die Französische Revolution. Das beliebte Enfant terrible des Herrscherhauses genoss dieses Spektakel in der Kaiserloge, während eine deutsche Anarchistin ein paar Meter entfernt von ihm saß und ihm schöne Augen machte. Wenn das nur gutgehen würde.

„Wer ist diese Frau, die dir zugewinkt hat?“, fragte Marie Luise.

„Das ist Emma von Zoloto oder wie auch immer sie heißen mag. Aber sie hat nicht mir gewunken, sondern dem Erzherzog.“

„Ach ja? Sie wirkt sehr nett.“

„Nett ist nicht das richtige Wort. Sie ist eine gefährliche Frau.“

„Wie bitte?“

„Glaube mir, sie ist tödlich – in jeder Hinsicht“, fügte er kaum hörbar hinzu.

„Was hast du gesagt?“

„Nichts, nichts, ich meine nur, Emma ist keine Frau, mit der du befreundet sein möchtest.“

„Wieso nicht?“

„Ach Marie Luise, hör auf, mich mit Fragen zu löchern. Lass uns lieber zuhören. Die Handlung scheint etwas wirr zu sein.“

Während des ersten Akts der Operette saß er wie auf Nadeln. Obwohl der hervorragende Sänger, Schauspieler und Publikumsliebling Alexander von Girardi bei dieser Wiederaufführung mitwirkte, konnte er sich nicht konzentrieren. Er musste dauernd daran denken, dass der Girardi ja ebenfalls Opfer einer skrupellosen Frau gewesen war. Seine Ehefrau und Schauspielerkollegin Helene Odilon hatte es mit Hilfe des berühmten Professors Wagner-Jauregg geschafft, ihn wegen Cocainwahns als irrsinnig und gemeingefährlich erklären und in die Wiener Irrenanstalt Svetlin einliefern zu lassen. Dieser Skandal war erst ein paar Jahre her.

Nach höchstpersönlicher Intervention Seiner Majestät des Kaisers war Girardi, der mit Katharina Schrack befreundet war, als *völlig normal* erklärt und wieder entlassen worden.

Alexander von Girardi begeisterte heute Abend wieder das Wiener Publikum, obwohl er nicht mehr der Jüngste war. Doch Gustav musste fortwährend an eine andere lebensgefährliche Frau denken.

Als kurz vor der Pause ein lauter Knall ertönte und die elektrische Beleuchtung im Theater an der Wien erlosch, befürchtete er das Schlimmste.

42. In der k. u. k. Hofkonditorei Demel

Rudi hatte neue Nachrichten von seinen deutschen Kollegen. Trotz der Suspendierung konnte er seine Finger nicht von dem ungeklärten Fall lassen. Er bestellte Gustav per Eilboten in die k. u. k. Hofzuckerbäckerei Demel. Verwundert sagte Gustav zu.

Ein Treffen im Demel? Das passte so gar nicht zu seinem proletarischen Freund. Er wird aber einen triftigen Grund haben, warum er dieses Lokal gewählt hat, dachte er.

„Hier sind wir relativ sicher vor Spitzeln. In diesem noblen Etablissement verkehren meist feine ältere Damen der besseren Gesellschaft, zumindest hier unten in der Konditorei“, erklärte Rudi ihm, als er an dem winzigen Marmortischchen Platz nahm. „Wir müssen Emma im Auge behalten. Nach ihrem Gefängnisaufenthalt in Frankfurt ist sie unter einer falschen Identität und mit falschen Papieren quer durch Europa gereist. In ihren Kreisen und mittlerweile auch von der deutschen Polizei wird sie *Die rote Frieda* genannt.“

Gustav musste sich das Lachen verkneifen. *Rote Frieda* – das klang für ihn eher nach dem Titel eines Kinderbuches.

Rudi war sein Grinsen nicht entgangen. „Sie hat dich und vor allem mich benützt, kapierst du das endlich?"

„Wofür hätte sie mich benützen sollen?"

„Ihr Anführer hat sie auf uns beide angesetzt. Sie sollte in Erfahrung bringen, was wir über das Attentat wissen, damit die Gruppe über den Fortgang unserer Ermittlungen am Laufenden war."

„Du meinst, sie hat mich benützt, um an dich heranzukommen?"

„Ja, und das ist ihr auch gelungen. Sie hat den Kontakt zur Wiener Polizei gesucht, um herauszufinden, ob wir ihr und ihren Komplizen auf der Spur sind. Diese Frau ist wirklich brandgefährlich, wahrscheinlich die gefährlichste Frau Europas."

„Übertreibst du nicht ein bisschen?", fragte Gustav, obwohl er gestern seiner Schwester gegenüber Ähnliches behauptet hatte.

„Nein! Im Gegenteil, ich untertreibe. Emma und ihre Kumpane versuchen Unfrieden zwischen Österreich, Ungarn und Tschechien zu stiften. Sie schüren das Feuer im ohnehin schwelenden Nationalitätenkonflikt der österreichisch-ungarischen Monarchie. Ihr Ziel ist eindeutig die Zerschlagung der Donaumonarchie. Im Grunde hätte ich ja nichts gegen eine Republik einzuwenden, aber ich kann und werde nicht zulassen, dass diese Leute weiter morden."

Gustav war bei den Worten seines Freundes erblasst.

„Ihre Begleiterin Carmen Vargas ist übrigens ebenfalls Anarchistin. Ihr Vater war Spanier, ihre Mutter Russin. Sie spielt die Anstandsdame für Emma, ist jedoch ihre Komplizin. Eine sehr brutale Frau, die in der

Vergangenheit mehrere Attentate verübt haben soll und sowohl in Spanien als auch in Russland von der Polizei gesucht wird."

„Das wundert mich nicht. Sie war mir gleich bei unserer ersten Begegnung unheimlich. Sie scheint Emma total in der Hand zu haben."

„Wenn du dich nur nicht irrst. Ich vermute, dass Emma die Anführerin und Carmen sozusagen die Befehlsempfängerin ist."

„Vor ihr habe ich mich immer mehr gefürchtet als vor Emma."

„Ja, weil du ein Idiot bist. Verzeih! Ich vermute, dass deine liebe Emma in der Umgebung der Hofstallungen eine anarchistische Zelle aufgebaut hat. Da ich momentan nichts zu tun habe, bin ich ihr in den letzten Tagen nachgeschlichen. Ich habe sie mehrmals mit jungen Männern in den Stallungen gesehen. Sie haben lebhaft miteinander diskutiert. Möglicherweise hat sie versucht, diese Kerle anzuheuern. Ob es ihr gelungen ist, weiß ich nicht. Sobald sie die Ställe verlassen hat, haben sich die Burschen wieder den Pferden gewidmet, ihnen Futter gegeben und ihre Boxen ausgemistet, so als ob nichts geschehen wäre."

„Ich kenne die Stallburschen. Die sind nicht empfänglich für anarchistische Ideen. Sie haben sich über Edi manchmal lustig gemacht, wenn er mit ihnen politisiert hat."

„Tja, vielleicht hast du recht. Ich vermute jedenfalls, dass die Anarchisten einen Anschlag auf den Thronfolger Erzherzog Franz Ferdinand planen."

„Wie kommst du darauf?"

„Seine Majestät der Kaiser ist uralt, wird womöglich demnächst abdanken. Unter Erzherzog Franz Ferdinand, dem allgemein unbeliebten Thronfolger, werden die Zustände in unserer Donaumonarchie noch ärger werden. Außerdem leidet er an einer tuberkulösen Lungenerkrankung und wäre daher sowieso nicht lange fähig, diesen Vielvölkerstaat zusammenzuhalten. Keiner wird ihm nachtrauern, wenn er bald das Zeitliche segnet, vermute ich."

„Die Anarchisten würden mit einem Anschlag auf ihn die Monarchie dann sogar stärken", warf Gustav ein. „Sein Nachfolger würde sein jüngerer Bruder, der allseits beliebte Erzherzog Otto ..."

„Ja, dem schönen Otto werden, eben wegen des angeschlagenen Gesundheitszustands seines älteren Bruders, in letzter Zeit vermehrt Repräsentationsaufgaben übertragen. Mir ist allerdings das Gerücht zu Ohren gekommen, dass es der Otto zu wild getrieben hat und mittlerweile an der Syphilis erkrankt ist."

„Davon habe ich auch schon gehört."

„Einen syphilitischen Kaiser, der bald völlig vertrotteln wird, kann unser Land nicht verkraften, oder?"

„Die Habsburger erledigen sich offensichtlich selbst. Da bedarf es keiner Anarchisten. Auf jeden Fall ist Mord kein legitimes Mittel, um ekelhafte und ungeliebte Zeitgenossen loszuwerden. Nicht einmal Tyrannenmord."

„Da bin ich nicht deiner Meinung, lieber Freund. Tyrannenmord ist für mich durchaus akzeptabel."

„Wie soll ich deine Worte jetzt verstehen? Billigst du etwa die Attentate?"

„Nein, aber du vergisst, dass ich suspendiert wurde. Ich bin nicht mehr zuständig für diesen Fall."

„Ich bitte dich, es geht doch nicht nur um das Attentat beim Michaelertor. Diese Anarchisten haben auch Edi und Dana auf dem Gewissen."

„Dana?"

Gustav schluckte, wusste nicht, wie er seinem Freund beibringen sollte, was er bisher so sorgsam für sich behalten hatte. Schließlich platzte er einfach mit der Wahrheit heraus, schilderte ihm detailliert seine fürchterlichen Erlebnisse an der Donau.

Rudi unterbrach ihn kein einziges Mal, sah ihn die ganze Zeit nur entgeistert an.

„Spinnst du total? Warum hast du mir das nicht früher gesagt?“, fuhr er seinen Freund an, nachdem dieser seinen Bericht beendet hatte.

„Weil es nichts geändert hätte. Wen interessiert schon der Tod einer verrückten Leichenfischerin? Ihr schafft es ja nicht einmal, die Attentäter festzunehmen, die den Polizeipräsidenten umgebracht haben. Obwohl zumindest du ahnst, wer diesen Mann und seine Begleiter auf dem Gewissen hat.“

„Du meinst Emma?“

„Ja, wer denn sonst? Stell dich nicht so an. Du erzählst mir andauernd von ihren Umtrieben in Deutschland. Warum glaubst du, sind sie und diese anderen Anarchisten zurzeit in Wien? An deiner Stelle hätte ich sie, Carmen Vargas und diesen Herrn Neumann schon längst verhaftet.“

„Wir haben keine Beweise.“

„Bla, bla, bla ... Ich weiß nicht, um welche Interessen es den oberen Herrschaften geht. Und das ist mir auch scheißegal. Ich will, dass Edis und Danas Mörder, besser gesagt, die Auftraggeber für diese Morde zur Rechenschaft gezogen werden. Danas Mörder hab ich ja selbst ins Jenseits geschickt, aber das war mir keine Genugtuung, glaub mir.“

Rudi war sprachlos. Er hatte seinen Freund noch nie so wütend erlebt.

Gustav ging nach Hause.

Es war noch früh. Der Samstagabend versprach ziemlich langweilig zu werden.

„Statt dem erkrankten Thronfolger Erzherzog Franz Ferdinand wird sein Bruder Erzherzog Otto am Sonntag die Stallburg inspizieren und der Morgenarbeit in der Spanischen Hofreitschule beiwohnen", las ihm Dorothea aus der Wiener Zeitung vor.

„Da würde ich auch gerne einmal dabei sein", sagte sie. „Ich habe die berühmten weißen Hengste noch nie gesehen."

„Dann lass uns hingehen."

„In die Hofreitschule kommt man nicht so ohne weiteres rein. Nur Mitglieder der kaiserlichen Familie und des Hohen Adels haben Zutritt."

„Ursprünglich ja. Früher haben dort ausschließlich junge Adelige ihre Reitkünste verbessert. Damit sie auch im Winter ihre Ausbildung fortsetzen konnten, hat Kaiser Karl VI. den Bau der Winterreitschule in Auftrag gegeben. Aber heute gibt es manchmal Vorführungen, bei denen adeliges Publikum zugelassen ist. Ich habe das Ballett der weißen Hengste als Jugendlicher gemeinsam mit meinem Vater gesehen. Damals wollte ich unbedingt Bereiter werden. Einer meiner ehemaligen Schulkollegen ist heute tatsächlich Oberbereiter. Wenn wir Glück haben, hat er morgen Dienst. Er wird uns sicher einen Blick hineinwerfen lassen."

„Die Winterreitschule soll der prunkvollste Reitsaal der Welt sein."

„Kein Wunder, dieser Palast für die Pferde wurde ja von keinem geringeren als Joseph Emanuel Fischer von Erlach nach Entwürfen seines Vaters erbaut", sagte Vera. Sie war gerade aus ihrem Zimmer gekommen und hatte nur den letzten Satz mitgekriegt.

Gustav schickte einen der Burschen, die vor den k. k. Hofstallungen herumlungerten und sich gerne ein paar Heller verdienten, zur Wohnung seines früheren Schulkameraden Michael Reitmeyer.

Josefa hatte Dorothea versprochen, ihr heute Abend ihre geliebten Mohnnudeln zu machen. Kaum hatten sie fertiggegessen, brachte der Bursche die positive Antwort. Der Oberbereiter erwartete Gustav und Dorothea am Sonntag um halb zehn Uhr am Josefsplatz.

„Wieso am Josefsplatz? Befindet sich der Eingang zur Spanischen Hofreitschule nicht am Michaelerplatz?“, fragte Dorothea.

„Wahrscheinlich bringt er uns durch einen Hintereingang rein“, sagte er leise.

„Was heckt ihr beiden denn aus?“, fragte Josefa, die noch mit dem Abwasch beschäftigt war. Vera hatte sich gleich nach dem Essen wieder an ihre Schreibmaschine gesetzt.

„Nichts, nichts“, beteuerte Gustav und erhob sich. „Dorothea ist nur ganz narrisch nach dem schönen Bolla ...“

„Na warte!“, rief sie und rannte ihm nach.

Josefa verdrehte die Augen zur Decke.

43. Finale in der Winterreitschule

Am Sonntagmorgen versprühte Dorothea beste Laune und alberte mit Gustav beim Frühstück herum wie in alten Zeiten.

„Wenn ich früher gewusst hätte, dass du so verrückt nach den Lipizzanern bist, hätten wir sie längst einmal besucht. Übrigens werden neben den Schimmeln auch jährlich zwei Braune ausgebildet. Sie gelten als Glücksbringer. Mein Freund Michael sagt oft: ‚Solange es einen Braunen an der Schule gibt, besteht die Spanische Hofreitschule weiter.'"

„Ich kann es gar nicht glauben, dass wir wirklich reindürfen", wiederholte sie zum dritten Mal.

Sie erinnerte ihn an die kleine Dorothea, die sich immer wahnsinnig gefreut hatte, wenn er mit ihr sonntags in den Schönbrunner Tiergarten gegangen war. Damals war sie sieben und er achtzehn Jahre alt gewesen.

Sie brachen eine Stunde vorher auf. Es hatte die ganze Nacht lang geschüttet. Momentan legte der Regen eine Pause ein, aber der Himmel über Wien war anthrazitfarben.

„Heute werden wir wegen Seiner Kaiserlichen Hoheit, dem Erzherzog, nur weiße Hengste zu sehen kriegen. Normalerweise werden bei der Morgenarbeit auch jüngere, noch graue Tiere trainiert. Für die Hengste beginnt die Schule mit vier Jahren. Die Ausbildung dauert zwei bis vier Jahre. Du darfst dir nicht zu viel erwarten. Die Morgenarbeit besteht hauptsächlich aus Lockerungsübungen und zum Teil in der Perfektionierung von Schulsprüngen. Es geht vorwiegend um eine gezielte Stärkung der Muskulatur der Tiere."

„Warum werden nur Hengste an der Spanischen Hofreitschule ausgebildet und keine Stuten?"

„Weil die männlichen Tiere pflegeleichter und einfacher zu dressieren sind. Das ist so ähnlich wie bei uns Menschen ..."

Dorothea boxte ihm lachend auf die Brust.

„Aua. Na warte, mein Fräulein!"

Sie lief ihm davon.

Als er hinter ihr her über den schlammigen Hof rannte, konnte er nicht umhin, wieder einmal ihre zarten Fesseln zu bewundern. Sie hatte ihr dunkelgrünes Kleid hochgerafft, um es nicht schmutzig zu machen.

Etwa fünfzig Meter vor ihnen eilten zwei Damen ebenfalls auf die Einfahrt zu. Gustav erkannte die beiden, obwohl er sie nur von hinten sah.

Die wie immer in Schwarz gekleidete Carmen schritt mit hochgeschürzten Röcken voran. Emma stapfte durch die Pfützen hinter ihr her. Sie trug ein weites, bodenlanges, dunkelbraunes Cape mit Kapuze und derbe Stiefel. Beim Eingangstor bestiegen sie eine überdachte Droschke.

„Wir nehmen einen Wagen, sonst sind wir waschelnass, bevor wir bei der Hofburg ankommen." Gustav deutete auf die dunklen Wolken.

Er befahl dem Kutscher: „Fahren Sie den Damen da vorne nach."

Dorothea sah ihn entrüstet an. Er wich ihrem Blick aus, lehnte seinen Kopf beim Fenster hinaus und konzentrierte sich auf die Droschke vor ihnen.

Als sie die Baustelle bei der Neuen Burg umfuhren und bei der Minoritenkirche vorbeikamen, fasste er sich ein Herz: „Ich muss wissen, wohin Emma fährt."

Er hatte bisher keine Gelegenheit, besser gesagt, nicht genügend Mut gehabt, um Dorothea über Emmas dunkle Vergangenheit aufzuklären. Prompt missverstand sie seine Absichten, war gekränkt und lehnte sich schmollend in den Sitz zurück.

Gustav wusste ihre Verstimmtheit richtig zu deuten. Mit wenigen Worten erklärte er ihr, dass er Emma verdächtigte, einer Anarchistengruppe anzugehören. „Rudi vermutet, dass sie und ihre Kumpane von den Hofstallungen aus operieren und als Nächstes einen Anschlag auf den Thronfolger planen."

Dorothea war ausnahmsweise einmal sprachlos, sah ihn fassungslos an.

Als die Droschke am Rande des Michaelerplatzes anhielt, bat Gustav seinen Kutscher ebenfalls stehenzubleiben. Eine größere Menschenmenge hatte sich bei dem von Polizisten abgesperrten Platz versammelt. Anscheinend hatten manche Leute an einem Sonntagmorgen nichts Besseres zu tun, als Angehörige des Hochadels zu begaffen.

Während Gustav Dorothea aus dem Wagen half, versuchte er Emma und Carmen im Auge zu behalten. Doch sie verschwanden bald aus seinem Blickfeld.

Sie gingen die paar Schritte hinüber zum Josefsplatz, wo sie mit seinem Freund, dem Oberbereiter, verabredet waren. Erzherzog Ottos mit Gold und Edelsteinen besetzte Karosse stand mitten auf dem ebenfalls abgesperrten Josefsplatz. Die Pferde des Sechsspänners scharrten unruhig mit den Hufen. Zwei andere hochherrschaftliche Prunkkarossen mit goldgeränderten Rädern parkten ein paar Meter entfernt.

Oberbereiter Michael Reitmeyer wartete bereits an der Ecke Herrengasse. Er war in voller Montur, trug einen kaffeebraunen, hochgeschlossenen Reitfrack und eine weiße Hirschlederhose. Auf seinem Kopf thronte ein Zweispitz mit einer breiten Goldborte. Stulpstiefel und weiße Rehlederhandschuhe sowie Schwanenhalssporen ergänzten seine Uniform. Seine Linke spielte nervös mit einer Birkengerte.

„Wir müssen uns beeilen“, sagte er nach kurzer Vorstellung und Begrüßung. „Der Erzherzog ist gerade angekommen und wird gleich drüben in der Stallburg eintreffen. Er wird nicht lange bleiben. Keiner der Habsburger-Sprösslinge hält es in den Ställen lange aus. Wegen des fürchterlichen Gestanks, gnädiges Fräulein“, sagte er zu Dorothea. „Außer Ihre Majestät Kaiserin Elisabeth. Sie hielt sich gerne in den Ställen auf. Aber das ist eine andere Geschichte. Ich muss den Erzherzog jedenfalls in ein paar Minuten von der Stallburg hinüber in die Winterreitschule begleiten. Befehl vom Oberstallmeister. Wusstest du übrigens, dass die Stallburg das älteste und bedeutendste Renaissancegebäude Wiens ist, Gustav?“

„Woher soll ich das wissen? – Michael war unser Klassenprimus“, sagte Gustav lächelnd zu Dorothea.

Auf dem Weg zur Winterreitschule gab ihnen der Oberbereiter eine kurze Einführung in die Spanische Hofreitschule: „Die klassische Reitkunst in der Renaissancetradition der ‚Hohen Schule‘ wird seit fast dreihundertfünfzig Jahren bei uns gepflegt. Wichtig ist das Studium der natürlichen Bewegungen des Pferdes. – Wir müssen hier lang, pass auf deinen Kopf auf“, unterbrach er sich selbst und schob Gustav durch eine niedrige Toröffnung in einen langen, dunklen Gang. „Im Prinzip geht es um Eleganz und um Harmonie zwischen Reiter und Hengst. – Vorsicht Stufe, gnädiges Fräulein“, warnte er Dorothea.

Gustav amüsierte sich über die Nervosität seines Freundes. War ihre Anwesenheit in der Spanischen Hofreitschule doch nicht ganz legal? Das hätte zu Michi gepasst. Als Streber unter seinen Mitschülern verschrien, war er schon zu Schulzeiten sehr bemüht gewesen, seinen Kollegen alles recht zu machen, und dadurch öfter in Schwierigkeiten geraten, als ihm lieb war.

„Kaiser Ferdinand I. hat diese prachtvollen spanischen Pferde im 16. Jahrhundert nach Wien an den Hof gebracht. Die Tiere waren besonders edel und gelehrig. Unsere heutigen Lipizzanerhengste sind die Nachkommen dieser damaligen stolzen spanischen Pferderasse, eine Kreuzung aus spanischen, arabischen und Berber-Pferden. – Voilà, wir sind da!“

Sie waren über eine gewunden verlaufende Stiege hinauf in die erste Galerie der Winterreitschule gelangt. Dorothea starrte mit offenem Mund auf die gigantischen Kristalllüster, die von der prachtvollen Kassettendecke herunterhingen und das gebrochene Weiß der Halle in einen feierlichen Glanz tauchten.

Selbst Gustav blieb angesichts der prunkvollen Barockhalle kurz die Sprache weg. Sein Blick wanderte hinauf zur Hofloge, die den Angehörigen des Kaiserhauses vorbehalten war. Über der Loge hing ein riesengroßes Porträt von Kaiser Karl VI.

„Hier ist kein Platz“, flüsterte Michael Reitmeyer aufgeregt und sah auf seine Taschenuhr. „Wir müssen runter.“

Schnellen Schrittes ging er voran. Vor allem Dorothea hatte Mühe, ihm zu folgen. Gustav wartete auf sie.

Durch eine unscheinbare Seitentür betraten sie dann die Manege der Winterreitschule.

„Ihr könnt euch auf die Stühle unter der Hofloge setzen. Aber erst, wenn der Erzherzog Platz genommen hat ... ich meine, nicht vorher hinsetzen ...“, stammelte der Oberbereiter.

„Ist in Ordnung, Michi. Wir wissen uns zu benehmen.“ Gustav klopfte seinem ehemaligen Schulfreund auf die Schultern. „Wir bleiben brav hier in der Nische stehen, bis es sich Bolla da oben gemütlich gemacht hat. Danach schleichen wir uns rüber.“

Während sie warteten, bewunderte Dorothea die korinthischen Säulen und die aufwendigen Stuckaturen an den Wänden. Gustav ließ seine Blicke über die noblen Besucher auf den Galerien schweifen. Erleichtert stellte er fest, dass sich weder Emma noch Carmen darunter befanden.

Sie warteten und warteten. Erst fünfzehn Minuten nach zehn öffnete sich die Doppeltür gegenüber dem Gemälde von Kaiser Karl VI. Das adelige Publikum in den Logen begann zu applaudieren, als die Bereiter mit den Lipizzanern ein Spalier in der Mitte der Manege bildeten.

„Oh nein!“, rief Gustav, als er in einem der Bereiter Emma erkannte.

Sie trug die gleiche weiße Hirschlederhose und den gleichen kaffeebraunen Reitfrack wie Michael. Ihren Zweispitz zierte allerdings eine schmälere Goldborte. Entweder hatte sie einen der Bereiter bestochen oder die Uniform einfach gestohlen.

Nervös sah er sich nach einem Wachmann um. Da entdeckte er in der Nische der gegenüberliegenden Tür Carmen Vargas und hinter ihr ein weiteres bekanntes Gesicht. Beim Anblick des schwarzhaarigen, sonnenverbrannten Mannes traf ihn fast der Schlag. War Danas Mörder wiederauferstanden? Hatte er das eiskalte Bad in der Donau überlebt? Das war unmöglich!

In Sekundenschnelle schob sich ein anderes Bild vor sein inneres Auge: Emma und Carmen im Budapester Orpheum in Begleitung von zwei Männern, die wie Zwillinge ausgesehen und nicht in ihre maßgeschneiderten Anzüge gepasst hatten. Mit einem Mal wusste er, woher ihm die Visage von Danas Mörder so bekannt vorgekommen war. Das musste der zweite Sizilianer gewesen sein.

Ihm war völlig klar, was Emma und ihre Begleiter vorhatten.

„Geh in Deckung, Dorothea“, zischte er und schob sie in die linke, uneinsehbare Ecke der Nische.

In diesem Moment betrat Erzherzog Otto die Manege der Reithalle. Lächelnd schlenderte er auf das Spalier zu.

Gustav schaute zuerst Emma an, dann Carmen. Bemerkte, dass beide Frauen auf den Erzherzog starrten. In Sekundenschnelle nahm er wahr, wie Carmen eine Waffe aus ihrem Muff zog, während Emma aus der Zuckertasche ihres Reitfracks eine Taschenpistole holte.

Ohne zu zögern, stürzte er sich auf den Erzherzog, der keine zehn Meter von ihm entfernt stand und die Nüstern eines Schimmels streichelte. Er riss ihn zu Boden, als der erste Schuss fiel. Das edle Tier neben ihnen begann am ganzen Körper zu zucken, knickte mit dem linken Sprunggelenk ein und sank langsam in die Manege.

Weitere Schüsse hallten durch die Winterreitschule.

Gustav spürte einen Stich in seiner linken Schulter. Gleichzeitig hörte er Dorothea schreien. Eine der Kugeln hatte ihn erwischt.

Erzherzog Otto, der unter ihm lag, rührte sich nicht mehr.

Chaos brach aus. Die noblen Herrschaften liefen schreiend davon. Die Polizeibeamten, die an den Türen Stellung bezogen hatten, versuchten sie aufzuhalten, wurden aber überrannt.

Emma kam schnellen Schrittes auf den am Boden liegenden Gustav zu. Er bemerkte, wie sie ihre Pistole unter dem Sand in der Manege verschwinden ließ, während sie sich neben ihn hinkniete. Hatte sie auf ihn geschossen oder war es Carmen gewesen?

Angezogen wie ein Bereiter-Anwärter wirkte sie in diesem Trubel völlig unverdächtig. Aber auf ihren Händen müssen sich Schmauchspuren befinden, dachte er, bevor ihm die Sinne schwanden.

Als er wieder zu sich kam, sah er in Dorotheas besorgtes Gesicht. Doch ihr liebliches Antlitz verschwamm mit einem anderen hübschen Gesicht. Auch Emma hatte sich über ihn gebeugt, begutachtete seine Wunde.

„Ist nur ein Streifschuss", sagte sie.

Für die Polizei und die verbliebenen Besucher musste es so aussehen, als würde Gustav, der Held des Tages, von einem Bereiter und einer schönen Dame umsorgt werden.

Carmen konnte er nirgends sehen. Hatte sie bereits das Weite gesucht?

Plötzlich entdeckte er sie ein paar Meter entfernt regungslos in der Manege liegen. Ihr Oberkörper war von Kugeln durchsiebt. Auf ihren Beinen lag ausgestreckt der andere Sizilianer. Auch er schien tot zu sein.

In der Winterreitschule wimmelte es mittlerweile von k. k. Polizeiagenten.

Emma besitzt wirklich Nerven aus Stahl, dachte Gustav. Anstatt abzuhauen, harrte sie neben ihm aus. Was für ein raffiniertes Ungeheuer! Kein Mensch würde auf die Idee kommen, dass sie selbst den Mann, um den sie sich so rührend kümmerte, angeschossen hatte oder zumindest an dieser wilden Schießerei beteiligt gewesen war.

„Keiner dachte, dass wir ein zweites Mal praktisch am selben Ort ein Attentat verüben würden. Nur du musstest den Helden spielen. Warum bist du uns bloß gefolgt?", fragte sie ihn.

„Weil ich geahnt habe, dass du wieder zuschlagen würdest."

Seine Stimme war am Schwinden, er hatte unerträgliche Schmerzen in der linken Schulter.

„Sei still. Du musst dich schonen."

Dorothea, die ihr leises Gespräch mitanhörte, hatte mittlerweile seine Wunde mit einem Stück ihres Unterrocks halbwegs professionell abgebunden und streichelte sein verschwitztes Gesicht.

Der Polizeiarzt kümmerte sich ausschließlich um den in Ohnmacht gefallenen Erzherzog, dem, dank Gustav, nichts passiert war.

„Verschwinden Sie endlich", fauchte Dorothea Emma an.

„Nein, ich muss Emma noch etwas fragen", stöhnte Gustav.

„Schluss mit dem Gerede", zischte Dorothea. „Du brauchst absolute Ruhe."

Emma funkelte die aufgebrachte junge Frau böse an. Dann veränderte sich der Ausdruck in ihren Augen plötzlich. Mit einem sarkastischen Lächeln sagte sie: „Ich bin schon weg. Sie können ihn behalten. Ein angeschossener Held nützt mir nichts. – Ciao, mein Lieber! Du wirst es überleben und von eurem Kaiser einen Orden für deine Heldentat bekommen."

Sie sah sich kurz um, tätschelte seine linke Wange und entfernte sich provokant langsam vom Tatort.

Die Polizisten hatten in der Winterreitschule einen Kordon gebildet. Aus den Augenwinkeln nahm Gustav wahr, wie zwei Polizeiagenten Emma passieren ließen.

„Willst du dieses Biest wirklich entkommen lassen?", fragte Dorothea mit vor Wut zitternder Stimme.

„Rudi wird sich um sie kümmern. Keine Sorge, er lässt sie nicht laufen." Seinen mühsam hervorgepressten Worten folgte ein schweres Röcheln.

„Halt durch, Gustl, ich flehe dich an, bleib wach!"

Er spürte ihre salzigen Tränen auf seinen Lippen und bildete sich ein, dass sie nahe an seinem Mund „Ich liebe dich“ seufzte. Aber vielleicht hörte er ja schon die Englein singen.

Zehn Tage später traf in der Wohnung der Karolys ein Brief ein.

„Aus Paris!“ Josefa rümpfte die Nase, als sie Gustav das versiegelte Kuvert überreichte.

Er saß mit Vera und Dorothea beim Frühstück am Küchentisch. Seine linke Schulter war bandagiert, den linken Arm trug er in einer Schlinge.

„Soll ich ihn für dich öffnen?“, bot sich Dorothea an.

„Nein danke, das kann ich selber.“

Als Linkshänder hatte er einige Mühe, das Kuvert mit der rechten Hand aufzumachen.

„Er ist von Emma“, bemerkte er.

Vera und Dorothea blickten ihn erwartungsvoll an. Auch Josefa blieb beim Tisch stehen.

„An mich persönlich.“

„Stell dich nicht so an, Gustl, lies ihn uns vor“, sagte Dorothea.

Er zierte sich eine Weile, überflog die Zeilen, bevor er laut zu lesen begann:

Lieber Gustav,

unser letztes Treffen verlief nicht so, wie ich es mir vorgestellt hatte. Auch wenn Du es mir nicht glaubst, aber ich hätte mir einen zärtlicheren Abschied gewünscht. Für die romantische Liebe gibt es im Leben einer Anarchistin jedoch nicht viel Platz.

Trotzdem möchte ich, dass Du mich nicht allzu schlecht in Erinnerung behältst. Deshalb will ich Dir kurz meine Beweggründe für meine Taten mitteilen. Mit diesen ausbeuterischen und menschenverachtenden Regimen in aller Welt muss es bald ein Ende ha-

ben. Die Regierung des Menschen über den Menschen ist Sklaverei. Nur die Anarchie bedeutet Freiheit! Doch das scheinst Du ohnehin verstanden zu haben.
Vielleicht wirst Du Dich fragen, warum wir es auf Erzherzog Otto, der bald an der Syphilis krepieren wird, abgesehen hatten. Der Grund ist ein ganz simpler: Wir haben zu spät erfahren, dass sich der Thronfolger Franz Ferdinand bei dem Spektakel in der Winterreitschule, ebenso wie schon kurz davor im Theater an der Wien, von seinem Bruder vertreten ließ. Unsere Spione bei Hofe gehörten längst liquidiert. Zuerst die Verwechslung der Kutschen der beiden Polizeipräsidenten und jetzt dieses Fiasko … Wir haben es auf wirklich wichtige Leute abgesehen, nicht auf ihre Adlaten. Aber bisher ist in Wien fast alles schief gegangen.
Vor allem wirst Du aber wissen wollen, warum der Fiaker Edi und die arme Frau unten an der Donau dranglauben mussten. Ich versichere Dir, das war nicht meine Schuld! Die ganze Geschichte ist aus dem Ruder gelaufen. Zwei von unseren neuen Leuten, Italiener, die Carmen hier in Wien rekrutierte, haben ihn und die Frau, ohne mein Wissen, beseitigt. Ich hätte nie zugestimmt, dass man den Jungen tötet. Er hat mit unseren Ideen sympathisiert, mir geholfen, obwohl er gesehen hatte, dass ich die erste Granate auf die Kutsche mit den Handlangern der Unterdrücker geworfen habe. Ich habe ihm Geld zugesteckt und gedacht, damit wäre der Fall erledigt, aber diese Männer wollten offenbar kein Risiko eingehen.
Zuletzt möchte ich Dir noch sagen, dass nicht ich Dich angeschossen habe. Carmens Kugel steckt in Deiner Schulter. Ich habe wieder einmal nur ein Pferd getötet.

Ich hoffe, Deine Schulter wird bald in Ordnung sein und Du wirst Deine temperamentvolle rothaarige Freundin demnächst schmerzfrei in die Arme nehmen können.

Leb wohl, schöner Mann, und vergib mir, obwohl es eigentlich nichts zu vergeben gibt.
Emma

Edith Kneifl
Totentanz im Stephansdom
Ein historischer Wien-Krimi
264 Seiten, € 12.95
HAYMON taschenbuch 202
ISBN 978-3-7099-7833-7

Turbulente Ermittlungen im Wien der Sisi-Zeit: Mitten in der rauschenden Silvesternacht des Jahres 1899 stürzt der Wiener Dombaumeister vom Nordturm des Stephansdoms. Unter den Augenzeugen: Gustav von Karoly. Der fesche Privatdetektiv macht sich sofort auf die Suche nach möglichen Hintergründen. Hatten etwa die Freimaurer ihre Hände mit im Spiel?

Ausgelassene Ballnächte, amüsante Liebeleien, dekadenter Adel: Mit Spannung, Gefühl und einer Prise Humor entführt Edith Kneifl die Leserinnen und Leser in das Wien des Fin de Siècle – die perfekte Krimikulisse!

Edith Kneifl
Der Tod liebt die Oper
Ein historischer Wien-Krimi
264 Seiten, € 12.95
HAYMON taschenbuch 234
ISBN 978-3-7099-7879-5

Mord an der kaiserlichen Hofoper! Der charmante Privatdetektiv Gustav von Karoly schwelgt im Liebeskummer, da kommt ihm eine Einladung an die Oper sehr gelegen. Gespielt wird Otello. Doch als sich der Titelheld den Dolchstoß verpasst, sackt er getroffen zu Boden – das Blut ist echt. Der Dolch also auch ...

Gustav stürzt sich volley in die Ermittlungen zwischen Café Sacher und Wiener Graben. Die Spuren führen ihn schließlich bis ins mondäne Sommerfrische-Paradies des europäischen Hochadels: nach Opatija, wo ihn ein dramatischer letzter Akt erwartet. Königlich-kaiserliche Krimispannung mit echtem Sisi-Flair!